Die UGA-Connection

Der Dillkreis-Lanzarote-Krimi

Bert Schönauer

Die UGA-Connection

Ein Regionalkrimi

Bibliografische Information der Deutschen Nationalbibliothek:

Die Deutsche Nationalbibliothek verzeichnet diese Publikation
in der Deutschen Nationalbibliografie; detaillierte bibliografische
Daten sind im Internet über http://dnb.dnb.de abrufbar.

© 2020 Bert Schönauer
Lektorat / Korrektorat: cle-Lektorat
Coverfoto: Winfried Krüger
Herstellung und Verlag: BoD – Books on Demand, Norderstedt
ISBN: 9783750431706

Prolog

Gleich hatte er es geschafft. Nur noch zwei Kurven und ein kleines Stück geradeaus, dann war die Sportanlage erreicht, und dort würde er sich mit seinem schmalen Roller durch die Lücke zwischen der Schranke und dem danebenstehenden Baum zwängen. Dahin konnte ihm das Auto nicht folgen, und bis es um die komplette Anlage herumgefahren war, würde er bereits oberhalb des Fußballplatzes im Wald verschwunden sein.

Er vergewisserte sich, dass die Kamera sicher an ihrem Platz war, und gab der kleinen italienischen 125er noch einmal die Sporen. Das Sechs-PS-Motörchen heulte auf, ohne dass der Roller nennenswert an Geschwindigkeit zulegte; immerhin trug er seinen Fahrer so flott über den weichen, moosigen Waldweg, dass der Verfolger nicht entscheidend näher kam. *Das war genau die richtige Wahl für meine Zwecke*, dachte er mit einem kleinen Anflug von Stolz. Und fragte sich, warum sie, um ihn durch den Wald zu jagen, den tiefergelegten Audi genommen hatten, den er auf dem Hof des observierten Anwesens gesehen hatte, und nicht den Geländewagen, der ebenfalls dort stand.

Er bog um die letzte Kehre und sah die Schranke, die den Parkplatz des Sportplatzes begrenzte, unmittelbar vor sich. *Fast geschafft!* dachte er erleichtert.

Es traf ihn ohne jede Vorwarnung von rechts. Weder hatte er es kommen sehen noch über das knatternde Motorgeräusch des Rollers hinweg irgendetwas gehört. Sie mussten geahnt haben, welche Strecke er nehmen würde, und hatten sich an genau der richtigen Stelle postiert. Die Stoßstange des Jeeps – nun wusste er auch, wo der Lada Niva von vorhin abgeblieben war – traf sein Hinterrad so präzise, dass der Roller sich einmal vollständig drehte und er seitlich ins Unterholz flog.

Zum Glück prallte er nicht gegen einen Baum, sondern landete im weichen Gestrüpp neben dem Waldweg. Und war so geistesgegenwärtig, sich noch in der Luft so zu drehen, dass er mit dem gesunden Arm aufkam. Er tastete nach der Kamera, die sich immer noch am Halsriemen befestigt unter der Jacke befand und unbeschädigt zu sein schien. Gerade als er sich aufrappeln wollte, traf ihn ein fürchterlicher Schlag am Hinterkopf, und alles wurde dunkel.

***

Er erwachte von einem unkontrollierten Schaukeln und unsäglichen Schmerzen am rechten Arm. Offenbar war er an irgendetwas festgekettet und hing ansonsten frei in der Luft. Er schrie auf und versuchte, in der Dunkelheit etwas zu erkennen. Aber die Nacht war stockfinster, weder Mond noch Sterne waren am Himmel zu sehen.

Plötzlich spürte er, wie seine Füße und Hosenbeine nass wurden. Wieder schrie er auf, diesmal mehr vor Entsetzen als vor Schmerz. Nun empfand er nackte Angst; er war sicher, er würde jetzt sterben, aber das Wie bereitete ihm tatsächlich noch größere Sorgen. *Was haben die mit mir vor?* dachte er voller Panik.

Im nächsten Moment flammte ein helles Licht auf. *Ein Suchscheinwerfer,* sagte er sich. Und nun sah er auch, woran er hing. Er war an den Roller gekettet und baumelte mitsamt diesem an der Seilwinde eines Traktors, die ihn langsam, aber stetig in ein dunkles, kaltes Gewässer hinabließ. *Oh mein Gott, hilf mir,* flehte er.

Nun hörte er eine Stimme, die kehlig lachte.

»Das hättest du dir nicht träumen lassen, dass dein Weg so endet, was?«, gluckste der Unsichtbare. »Und das alles für nichts. Wir haben die Kamera, und keiner wird je die Fotos sehen, die du geschossen hast. Und niemand wird dich hier jemals finden. Good bye, Schnüffler.«

Er antwortete nicht. Was hätte er auch sagen sollen? *Stirb wie ein Mann,* sagte er zu sich und klammerte sich an den letzten Rest Selbstachtung. *Wenigstens haben sie die anderen Beweise nicht gefunden. Dann hat meine Mission vielleicht doch noch Erfolg gehabt.*

Nun surrte die Seilwinde schneller nach unten. Er hatte mittlerweile festgestellt, dass es eine stählerne Handschelle war, die ihn an den Roller band. *Dann gibt es nur noch einen Weg,* dachte er, als ihm das übelriechende, brackige Wasser über den Kopf stieg.

Und biss zu.

01

Allein für diese Augenblicke hat es sich gelohnt, wieder nach Nanzenbach zu kommen, dachte Heide Cosovan, als sie mit ihrem Golden Retriever dem Ortsausgang entgegenging. Sie hatte einige Jahre mit ihrem moldawischen Mann Andrei und den Kindern in der Republik Moldau gelebt, wo sie gemeinsam ein Waisenhaus geleitet hatten, und war erst vor kurzer Zeit mit der ganzen Familie wieder nach Hause gezogen. Die schnurgerade Hauptstraße ihres kleinen Heimatdorfes, am Fuß des Rothaargebirges im waldreichen und beschaulichen Mittelhessen gelegen, führte direkt nach Osten, der gerade aufgehenden Sonne zu. Über eine Strecke von mehreren hundert Metern hinweg sahen alle Häuser beinahe identisch aus: schmale, langgestreckte Fachwerkbauten mit hinten angeschlossener Scheune – die mittlerweile bei den meisten jedoch in Wohnraum verwandelt worden war – und einer hohen, meist blumengeschmückten Treppe auf der Vorderseite. Diese mündete jeweils in ein etwa quadratisches Plateau, auf dessen Höhe im ersten Stock sich auch die Haupteingangstür befand. Früher – *vor der Zeit des Kabelfernsehens,* dachte Heide wehmütig – traf man sich allabendlich auf den Treppen und unterhielt sich über Gott und die Welt. Zudem waren die Häuser allesamt so ausgerichtet, dass man von der Treppe des einen den Hof des gegenüberliegenden Hauses überblicken konnte. Diese ungewöhnliche Anordnung basierte der Überlieferung zufolge darauf, dass nach dem verheerenden Brand im Jahr 1772 Baumeister Terlinden sicherstellen wollte, dass auf diese Weise ein womöglich ausbrechendes Feuer schneller entdeckt würde. Offenbar ein Plan, der funktioniert hatte.

In der Zwischenzeit hatten sie die liebevoll zu einer dörflichen Begegnungsstätte umgebaute alte Schmiede unterhalb des Brandweihers erreicht. Heide musste schmunzeln, als sie an den letzten Vereinsabend in der Schmiede dachte, an dem Jürgen

Scheffler, einer der rührigen Dorfchronisten, eine Anekdote zu dem Brand erzählt hatte, die ihm zusammen mit irgendwelchen alten Aufzeichnungen in die Hände gefallen war. Demnach sei Nanzenbach von Goethe persönlich angesteckt worden, der zu dieser Zeit im ganz in der Nähe gelegenen Wetzlar lebte und dort *Die Leiden des jungen Werthers* schrieb. Dieser hatte sich ja letztlich aus unerfüllter Liebe zu seiner geliebten Lotte das Leben genommen, und es war bekannt, dass Goethe in dem Buch seine eigene tragische Liebe zu der in Wetzlar geborenen Charlotte verarbeitet hat. Das hatte ein offensichtlich gebildeter und ebenso offensichtlich mit zu viel Fantasie gesegneter Nanzenbacher zum Anlass genommen, in der Dorfkneipe ernsthaft zu behaupten, Goethes Charlotte habe sich seinerzeit unsterblich in einen Nanzenbacher Bergmann verliebt, was den verschmähten Dichter schlussendlich so erzürnt habe, dass er das Dorf ansteckte. *Somit haben auch wir Nanzenbacher unsere eigene Mondlandungsgeschichte,* dachte Heide belustigt.

Sie erreichten nun den Ortsausgang und bogen schließlich rechts ab ins Feld, vorbei am kleinen Wasserhäuschen. Nach einer Weile ging der Asphalt in einen festen und angesichts der Dauerbelastung durch Witterungseinflüsse und schweres landwirtschaftliches Gerät überraschend ebenen Lehmboden über. Am linken Rand der Wald, wechselten sich auf der rechten Seite unregelmäßig angeordnete Bäume und Sträucher sowie langgezogene grüne Wiesen ab.

Heide, eine blonde, schlanke Frau Mitte bis Ende vierzig, nahm dem Hund die Leine ab, und dieser sauste glücklich los, um das Gelände zu inspizieren und an jedem möglichen Baum sein Revier zu markieren. Die Sonne stand noch nicht hoch genug, um das gesamte Tal zu überfluten; lediglich dort, wo der Wald Lücken aufwies, kam ein dünner Sonnenstrahl zum Vorschein, wodurch ein schönes Wechselspiel von Schatten und Licht entstand. Auf den

Blättern lag noch der Morgentau, und es roch nach frischer, unverfälschter Natur.

Der Hund immer fünfzig Meter voraus, spazierten sie an einigen Pferdekoppeln, kleinen Schuppen und dem Bauwagen vorbei, den die örtliche Motorradgruppe als Vereinsheim nutzte. Der Golden Retriever bellte fröhlich ein paar hinter einem elektrischen Weidezaun grasende, hellbraune Galloway-Rinder an, bevor sie auf der Kuppe ankamen und sich entscheiden mussten, ob sie in Richtung Hirzenhain weiterlaufen oder rechts zum Nanzenbacher Sportplatz abbiegen wollten. Der Hund nahm ihr die Entscheidung ab, indem er einfach geradeaus weiterrannte. *Okay, dachte Heide, warum nicht? Schauen wir uns halt mal die Überreste der Donnerfichte an. Ist ja schon verrückt, dass ausgerechnet ein Baum mit dem Vornamen ›Donner‹ vom Blitz getroffen wird.*

Allerdings hatte der Hund offenbar andere Pläne, denn anstatt an der nächsten Weggabelung nach links weiterzulaufen, nahm er die rechte Abzweigung und flitzte hangabwärts in Richtung Biebersteiner Weiher. Die gebürtige Nanzenbacherin erinnerte sich, dass vor dem düsteren, von Bäumen umrahmten Gewässer früher immer gewarnt worden war. Das sei tückisch, hieß es immer, man dürfe da auf keinen Fall hineingehen, um zu baden. Vermutlich war es mittlerweile vollständig ausgetrocknet.

Plötzlich fing der Hund, der in das Unterholz um den Weiher hineingelaufen war, aufgeregt an zu bellen. »Aidan, was ist los?«, rief Heide und beschleunigte ihre Schritte. Das Bellen verstärkte sich noch, bis es in ein klagendes Winseln überging. Heide rannte jetzt. Noch bevor sie eine Möglichkeit gefunden hatte, sich durch das kreuz und quer durcheinander wuchernde Gehölz zu winden, kam ihr der Hund entgegen. Er winselte und drückte sich vollkommen verängstigt an ihre Beine. »Aidan, was ist denn passiert? Was hast du gesehen? Wollen wir mal gemeinsam nachschauen?« Heide drückte nun entschlossen das Geäst zur Seite und kletterte auf die

Böschung über dem Weiher zu. Verwundert nahm sie zur Kenntnis, dass der Hund ihr nicht folgte. *Dem muss ja ein gewaltiger Schreck in die Knochen gefahren sein,* dachte sie.

Als Heide sich vollständig durch das Unterholz gekämpft hatte und nun auf der steil abfallenden Uferböschung stand, stellte sie fest, dass ihre Annahme nicht ganz richtig gewesen war; der Weiher hatte zwar in den Jahren einiges von seiner einstigen Größe verloren, war aber noch immer ein Gewässer von beachtlichen Ausmaßen, der Wasserspiegel immer wieder unterbrochen von dicht bewachsenen, sumpfigen kleinen Inseln.

Sie ging vorsichtig noch ein paar Schritte die Böschung hinab und kniff die Augen zusammen, um das dunkle Bündel am Rand einer der noch nicht von der Sonne erfassten Inseln identifizieren zu können.

Ein entsetzter Aufschrei entrang sich ihrer Kehle, und Heide Cosovan erbrach sich auf den Rand des Weihers.

02

»Chef, es ist soweit!«, platzte Kriminalkommissarin Sabitzer in Gustavsens Büro und baute sich mit glühenden Wangen vor dem wie immer völlig aufgeräumten, um nicht zu sagen leeren Schreibtisch ihres Vorgesetzten auf.

»Sandra, irgendwann wirst du es fertigbringen, dass ich entweder an Herzinfarkt sterbe oder mich an meinem Brötchen verschlucke und ersticke. Schon mal daran gedacht, vorher anzuklopfen oder wenigstens die Klinke runterzudrücken, bevor du die Tür aufreißt?«

Kriminalhauptkommissar Sven Gustavsen, Ende vierzig, gut einen Meter fünfundachtzig groß und mindestens einhundertzehn Kilo schwer, versuchte wieder einmal vergeblich, streng zu wirken, konnte sich aber wie meistens ein Schmunzeln nicht verkneifen.

»Tschuldigung, Chef.«

»Schon gut. Sowas kriegt man im Grenzgebiet zwischen Siegerland und Westerwald wohl nicht beigebracht. Kannst du ja nichts für. Deswegen haben sie dich auch in den zivilisierten Dillkreis geschickt, damit du das lernst. Also, was ist soweit?«

»Wir haben unseren ersten Mord«, versetzte Sabitzer, seit mittlerweile zwei Monaten hochmotivierte Nachwuchsermittlerin der Kripo Dillenburg, und schaute dabei so staatstragend drein wie Kennedy bei seinem berühmten Spruch in Berlin.

»Einen Mord? Hat endlich jemand diesen unfähigen Bäcker vom Kaufland erschlagen?«

»Ach, daher die schlechte Laune. Gab's wieder keine Kümmelbrötchen?«

»Ja. Die ganze Woche gab es gar keine, und heute waren sie voll Salz oben drauf; so mag ich sie nicht. Aber egal. Wo gibt es einen Mord?«

»In deinem Heimatort, Chef. Im Biebertaler Weiher in Nanzenbach liegt eine Leiche. Eine gewisse Heide Cosovan hat angerufen.«

»Bieber*steiner*. Bieber*steiner* Weiher heißt das. Warum soll denn eine Leiche im Weiher unbedingt ein Mord sein? Wahrscheinlich ist da einer nur ertrunken.« Gustavsen griff zur Kaffeetasse.

»Der Tote ist an eine Vespa gekettet.«

Die Hand des Kommissars erstarrte auf halbem Weg zum Mund, und etwas Milchschaum rann an der Außenseite seiner Sportfreunde-Lotte-Tasse herunter. Er achtete nicht darauf. »Wie bitte?«

»Frau Cosovan hat gesagt, der Tote sei mit Handschellen an eine Vespa gekettet.«

»Oha. Wenn das nicht eine besonders kreative Art von Diebstahlschutz war, sollten wir uns das besser mal anschauen.«

Gustavsen stellte die Kaffeetasse ab, wuchtete seinen großen, massigen Körper aus dem Stuhl und humpelte aus dem Büro.

»Wieder die Hüfte?«, fragte die attraktive, sportliche Brünette Ende zwanzig, die ihm auf dem Fuß folgte, mitfühlend.

»Nein, diesmal das Knie. Gestern beim Radfahren ist mir der Sattel runtergerutscht, und dadurch hatten die Beine nicht mehr die richtige Streckung. Hatte aber kein Werkzeug dabei, um den Sattel wieder zu befestigen. Das ist jetzt die Quittung.«

***

Sie kletterten in Gustavsens riesigen, rotbraunen Ford Flex und fuhren vom Polizeihof auf die Hindenburgstraße. In Höhe der Commerzbank bog der Kommissar erneut nach links ab und überquerte die neue Eisenbahnbrücke, um dann den schweren amerikanischen Wagen mit Tempo dreißig die steile Hohlstraße hinaufzulenken.

»Willst du dir nicht langsam mal ein neues Auto zulegen?«, fragte Sabitzer. »Der hier ist in Sachen Verbrauch doch nicht mehr zeitgemäß.«

»Dafür hat er Platz ohne Ende. Außerdem liebe ich das Design. Herrlich. Ausschließlich mit Geodreieck gezeichnet, ohne eine einzige Rundung. Tausendmal schöner als deine Hasenkiste namens Opel Klaus.«

»Karl!«

»Was, Karl?«

»Mein neuer Opel heißt Karl.«

»Ach so. Auch nicht viel besser.«

Mittlerweile fuhren sie auf der L3362 durch das von der Septembersonne beschienene Nanzenbacher Tal. Auf der Koppel neben Heuslers Weiher grasten ein paar Haflinger. Sabitzer schaute aus dem Fenster und sagte: »Das ist ja eine herrliche Landschaft hier. Richtig idyllisch.«

»Ja, das stimmt. Wenn man so etwas früher irgendwo unterwegs sah, sagte man: ›Hier müsste man mal Urlaub machen‹. Ich habe die Schönheit dieses Tals und des Dorfes und auch die Menschen darin erst richtig schätzen gelernt, als ich weggezogen war.«

Am Schützenhaus und dem benachbarten Aussiedlerhof vorbei erreichten sie schließlich die ersten Häuser des kleinen Dillenburger Vororts. Auf dem Platz in der Dorfmitte gegenüber der Gaststätte *Jägerheim* stand ein überdachtes Gebilde, das aussah wie eine Mischung aus Bushaltestelle und Hollywoodschaukel. Darin saßen einige ältere Männer und erwiderten Gustavsens freundliches Winken mit einem knappen Nicken und Handzeichen in Richtung obere Dorfhälfte.

»Die wissen längst Bescheid, das war mir klar«, meinte Gustavsen. »Das ist der sogenannte Nanzenbacher Maulaffenplatz. Der Treffpunkt für alle und Ausgangspunkt für alles. Außerdem erster Beurteilungsposten für sämtliche Auswärtigen. Jeder, der in Nanzenbach zu tun hatte, musste irgendwann hier vorbei und wurde dann entsprechend bewertet. Als in den Siebzigern der erste Langhaarige durchs Dorf marschierte, hat einer gemurmelt: ›Hier laufen sie rum, und der Grzimek sucht sie‹.«

»Wer ist Grzimek?«, fragte Sabitzer.

Als sie weiterfuhren, fing Gustavsen, der wusste, dass die junge Nachwuchskommissarin noch nie in dem Dorf gewesen war, an zu schmunzeln.

»Was ist los?«, fragte Sabitzer, um im nächsten Augenblick große Augen zu machen. »Was ist denn das?«

»Das ist Nanzenbach, verehrte Zugezogene. Im Volksmund auch *Treppenhausen* genannt.«

»War hier früher die Zonengrenze? Ist das die berüchtigte Planwirtschaft? Das sieht ja alles gleich aus«, wunderte sich Sabitzer.

»Keineswegs. Das Ganze ist respektive war Pragmatismus pur. Das Dorf ist im achtzehnten Jahrhundert vollständig abgebrannt. Dann hatte ein Baumeister die Idee, die Häuser so versetzt gegenüber aufzubauen, dass man von der Treppe des einen Hauses in den Hof des anderen schauen und somit einen etwaigen Brand frühzeitig bemerken konnte.«

»Und, hat es funktioniert?«

»Das Dorf steht noch, oder?«

Vorbei an der Grundschule, der Kirche und dem Brandweiher kamen sie zum Ortsausgang; Gustavsen blinkte und bog rechts ab.

»Jetzt kommt ein weiterer Vorteil meines Gefährts zum Tragen, meine Liebe«, sagte er. »Der Weg, der jetzt kommt, wäre für deinen Opel Kurt nix.«

»Karl. Opel Karl!«

»Oder so.«

Überraschenderweise erwies sich der Feldweg zunächst als sehr gut befahrbar. Der lehmige Boden war fest und eben, wie gerade erst mit einer Planierraupe bearbeitet. Die Bäume an den Fahrbahnrändern waren akkurat zurückgeschnitten, sodass nur selten Zweige an die ausladende Karosserie des amerikanischen Kombis klatschten. Dann jedoch zwangen tiefe Querrinnen den Kommissar dazu, teilweise im Schritttempo weiterzufahren, und schüttelten die beiden ordentlich durch, und jetzt war Sabitzer tatsächlich heilfroh, nicht mit ihrem eigenen Auto unterwegs zu sein.

Nachdem sie das kurze Waldstück hinter sich gelassen hatten, erreichten sie die Anhöhe. An einer Kreuzung parkte ein Streifenwagen quer zur Fahrbahn und blockierte die Geradeausfahrt.

»Sieh an, die Zebras sind auch schon da«, murmelte Gustavsen, während er den Ford auf der Wiese neben dem Einsatzfahrzeug abstellte.

»Wo ist denn dieser Bieberfelder Weiher?«, fragte Sabitzer. »Ich sehe nur Gras und Bäume.«

»Bieber*steiner*, Frau Nachwuchskommissarin, Bieber*steiner* Weiher! Wir müssen ein wenig laufen; wobei es mich wundert, dass sie daran gedacht haben, so großräumig abzusperren. Vermutlich wollten sie nur meinen müden Haxen etwas Bewegung verschaffen, und mit Sicherheit haben sie mittlerweile alles um den Weiher herum zertrampelt.«

Nach kurzem Fußmarsch kamen sie zu einem weiteren Wäldchen auf der rechten Seite. Am Rand einer steil abfallenden Böschung standen ein uniformierter Polizist und eine sehr blasse blonde Frau mittleren Alters mit einem Golden Retriever an der Leine.

»Moje Kümmel«, rief der Polizist schon von weitem.

»Moje Ulli, hallo Heide«, sagte Gustavsen. »Bist du wieder aus Moldawien zurück?«

»Hallo Sven«, sagte die Frau und gab dem Kommissar die Hand. »Ja, wir sind im Sommer wieder nach Hause gekommen, weil es Mutter so schlecht ging.«

»Na super, und dann musstest du gleich sowas erleben wie das hier. Ist es denn wieder besser mit deiner Mutter?«

»Ja, sie hat sich stabilisiert. Trotzdem braucht sie nun Betreuung rund um die Uhr. Glücklicherweise hat Andrei schnell wieder einen Job an seiner alten Arbeitsstelle gefunden.«

»Das freut mich für euch. Und schön, dass ihr wieder da seid. Grüße deine Familie bitte mal herzlich von mir.«

Nun schaltete sich Sabitzer, die dem gemütlichen Plausch unruhig zugehört hatte, ein und fragte: »Wo ist denn jetzt die Leiche?«

»Gemach, Sandra, wir haben uns ja noch nicht einmal vorgestellt. Der Mann wird uns schon nicht wegfahren; wenn eine Vespa einmal Wasser abbekommen hat, springt sie nicht mehr an, das weiß ich aus Erfahrung. Gestatten, das ist Heide Cosovan, frühere Schulkameradin und Schwester eines engen Freundes. Der Herr in Uniform ist Hauptwachtmeister Ulrich Fischer. Und unsere ungeduldige Kollegin hier ist Sandra Sabitzer, Kriminalkommissarin aus dem Siegerland, der ich gerade nicht nur das Einmaleins der Kriminalistik, sondern auch Sprache, Geschichte und Geografie unseres schönen Landstrichs nahezubringen versuche.«

»Angenehm«, sagte Sabitzer.

»Kannst mich Ulli nennen«, sagte Fischer.

»Moje«, sagte Heide, und selbst der Hund gab ein freundliches Bellen von sich.

»Und die Leiche?«, insistierte Sabitzer.

»Ja, die müssen wir uns wohl jetzt mal anschauen«, seufzte Gustavsen.

Nachdem sie die steile Böschung hinabgeklettert waren, standen sie am Rand des Weihers, welcher der Uferbeschaffenheit nach zu urteilen vielleicht noch die Hälfte seiner ursprünglichen Größe hatte und von brackig-grünem Wasser bedeckt war. Das Ufer war von dicht beblätterten Laubbäumen gesäumt, die kaum Sonnenlicht durchließen, was der ganzen Szenerie tatsächlich ein mysteriöses, düsteres Ambiente verlieh.

Der Anblick, der sich ihnen bot, als sie näher an den Weiher herantraten, ließ Sabitzer erschauern. Jeweils halb im Wasser lagen eine uralte Vespa, der berühmte italienische Motorroller, und ein menschlicher Leichnam, fast vollständig skelettiert und gut erkennbar tatsächlich mit einer Handschelle ans Hinterrad gekettet. Der andere, freiliegende Arm war teilweise von Fragmenten einer Plastiktüte umhüllt. *Vermutlich sind Teile des Körpers durch die sumpfige Beschaffenheit des Weihers an der vollständigen Verwesung gehindert worden,* dachte sie bei sich und schluckte ob des grauenhaften Zustands der Leiche.

»Ulli, sag mir, wo ich nicht hintreten darf«, rief Gustavsen dem Streifenpolizisten zu. Fischer schien leicht zu erröten und deutete verschämt auf einen kleinen Baum am linken Ende des Weihers.

»Hab ich irgendwas verpasst?«, fragte Sabitzer und schaute Gustavsen verwundert an.

»Och, nichts weiter«, schmunzelte Gustavsen, beobachtete seine junge Mitarbeiterin aber genau. Diese jedoch holte nur tief Luft und ging dann weiter, um sich tief über den Fund zu bücken. Dazu musste sie durch beinahe knietiefes Wasser waten, was ihr aber nichts auszumachen schien.

»Mord!«, rief sie kurze Zeit später im Brustton der Überzeugung.

»Ja, dass das kein Unfall beim SM war, ist auch mir klar«, brummte Gustavsen. »Aber was wäre mit Selbstmord? Kriminalbeamte dürfen nie etwas voreilig ausschließen«, dozierte er.

»Ein Selbstmörder hätte wohl eher nicht versucht, sich das Handgelenk durchzubeißen, um von der Handschelle loszukommen, oder?«, konterte Sabitzer trocken.

»Ach du Scheiße!«, ertönte hinter ihnen ein erstickter Ruf, und als sie sich umdrehten, sahen sie Hauptwachtmeister Fischer zu der Stelle eilen, vor der er Gustavsen zuvor gewarnt hatte, wo er sich lautstark erbrach.

Sabitzer sah ihren Vorgesetzten an, der jetzt breit grinste. »Ich kenne meine Pappenheimer, meine Liebe. Aber wie kommt es denn, dass du nicht auch kotzen musst, das ist doch auch für dich der erste Fall dieser Art?«

»Ich habe während der Ausbildung längere Zeit in der Pathologie verbracht, da wird man abgehärtet«, vermutete Sabitzer. »Dort wurde auch mein generelles Interesse für die Kriminalpolizei geweckt, nachdem ich eigentlich eher den Streifendienst angepeilt hatte. Aber verhindern, dass Menschen dort landen, das klang für mich nicht schlecht.«

»Nun gut«, sagte Gustavsen, »dann wird jetzt wohl das ganze Programm abgewickelt. Rufen wir mal die Weißkittel an.« Er holte sein brandneues Smartphone aus der Tasche und verdrehte beim Blick aufs Display genervt die Augen. »Kein Empfang, klasse. Wann gewöhnen sich Mörder endlich an, ihre Opfer in der Nähe eines Funkmastes abzulegen?«

»Dieser Mörder hier hat nicht gewusst, was ein Funkmast ist. Der hätte dein Xiaomi für eine Requisite vom Raumschiff Enterprise gehalten«, sagte Sabitzer.

»Wieso?«

»Der Mann liegt hier seit mindestens dreißig Jahren. Die Vespa wird zwar seit 1946 einigermaßen unverändert gebaut, aber das hier ist eine 125er Primavera, die nur bis 1982 produziert wurde. Wobei das natürlich kein Beweis ist, es spräche ja nichts dagegen, mit einer 35 Jahre alten Vespa herumzufahren. Aber die Kleidung ist definitiv aus den Achtzigern. Das sind mit Sicherheit Reste eines Overalls, wie sie in dieser Zeit in waren und wie sie beispielsweise die Jungs von Modern Talking trugen. Deshalb ist der hier auch noch einigermaßen erhalten, die waren offenbar tatsächlich mehr oder weniger aus Plastik. Und so etwas hat sich ab den Neunzigern niemand mehr zu tragen getraut. Wobei auch das selbstverständlich kein Beleg ist. Aber beides zusammen plus der Zustand der Leiche ergibt für mich ein klares Bild. Ich tippe auf mindestens dreißig Jahre, eher mehr.«

Fischer, der von seinem Baum zurückgekommen war und sich offenbar wieder etwas erholt hatte, schaute die junge Polizistin beeindruckt an. »Das scheint ein schlaues Mädel zu sein, dein Nachwuchs-Columbo. Pass auf, Kümmel, dass die dir nicht bald am Stuhl sägt«, grinste er Richtung Gustavsen.

Dieser reagierte nicht, sondern schaute gedankenverloren auf die Leiche.

»Sven, alles in Ordnung?«, fragte Sabitzer verunsichert.

»Ja, alles okay«, schien Gustavsen aufzuwachen. »Ich habe nur gerade an etwas gedacht. Aber das kann nicht sein.« Er straffte sich und schaute seine Assistentin an. »Warum gehst du nicht auf den Hügel beim Auto und rufst die Spusi an?«

Sabitzer trollte sich, und Gustavsen nutzte die Zeit, um noch ein paar dörfliche Anekdoten mit den beiden Einheimischen – Polizist Fischer war wie der Kommissar gebürtiger Nanzenbacher, wohnte jedoch seit vielen Jahren im hessischen Hinterland – auszutauschen und sich bei Heide zu erkundigen, was es Neues im Dorf gab. Nach ihrem Anruf gesellte sich Sabitzer wieder zu ihnen und versuchte verzweifelt, dem speziellen Dialekt, in dem die drei sich unterhielten, zu folgen.

Nach einiger Zeit tauchten am Rand des Hügels drei schneeweiße Gestalten auf. Die Leiterin der Spurensicherung marschierte vorneweg und begrüßte Gustavsen von weitem.

»Hallo Sven, endlich treffen wir uns wieder mal wieder im Außendienst, was?«, rief sie.

»Hallo Sabrina, wie läuft das Geschäft?«, dröhnte Gustavsen zurück.

»Naja, wie es halt so ist. Tatorte mit der Pinzette aufräumen, und dann die eintönigen Unterhaltungen mit Leuten, die nie eine Meinung haben.«

Sabitzer schaute verständnislos drein. Gustavsen sah ihren verwirrten Blick und sagte: »Darf ich vorstellen? Sabrina Hampe, Leiterin der Spurensicherung der Kripo Dillenburg und Pathologin in Personalunion, sowie die Kollegen Nadine Peukert und Mario Weishaupt. Und das ist Kriminalkommissarin Sandra Sabitzer, meine neue Assistentin.«

»Angenehm«, sagte Sabitzer.

»Moje«, antwortete die hochgewachsene, gleichermaßen zupackend und nett wirkende Frau Mitte vierzig und drückte ihr die Hand. Ihre beiden Mitarbeiter beschränkten sich auf ein knappes Nicken.

»Also, was haben wir hier?«, fragte die Pathologin.

»Kein besonders schöner Anblick. Ulli hat sich schon zweimal das Essen durch den Kopf gehen lassen. Ein Mann – vermutlich ein Mann – mit einer Vespa, der laut unserer Frau Google hier seit dreißig Jahren im Weiher liegt.«

»Klingt ja wieder einmal appetitlich. Aber ihr habt hier in der Gegend ja auch nicht unbedingt viel Erfahrung mit Mord, oder? Ist in Nanzenbach überhaupt jemals einer ermordet worden?« Die Frau mit dem schwarzen Pagenschnitt blickte fragend umher.

»Ich kann mich nicht erinnern«, überlegte Gustavsen, »weder während meiner Dienstzeit noch irgendwann davor. Selbst den

Bürgermeister haben wir damals leben lassen, als der uns die Kanalgebühren so unglaublich hochgesetzt hat, stimmt's, Ulli?«

»Oh ja«, prustete Fischer los. »Obwohl der vermutlich schon Angst hatte, er würde gelyncht, als die Busladungen voller Nanzenbacher Wutbürger vor dem Rathaus auftauchten.«

»Okay, genug Anekdötchen erzählt. Dann lasst uns den Armen mal anschauen.« Frau Hampe stapfte entschlossen los und ging durch das Wasser zu der Stelle, an der die Leiche lag. Nach einem ersten Blick auf das Szenario richtete sie sich wieder auf und drehte sich zum Ufer herum.

»Auf den ersten Blick hat Frau Sabitzer …«

»Sandra!«

»Was?«

»Sie können mich Sandra nennen.«

»Ach so, ja, und ich bin Sabrina. Dann können wir uns ja auch gleich duzen, oder?«

»Klar.«

»Prima«, sie schenkte ihr ein freundliches Lächeln, »dann weiter im Text. Wo waren wir stehengeblieben? Ach so. Ja, Sandra hat Recht, hier deutet auf den ersten Blick alles darauf hin, dass der Mann – und es ist ein Mann – seit Jahrzehnten hier liegt, entweder getötet wurde oder sich selbst getötet hat und nach und nach durch die fortschreitende Austrocknung des Weihers ans Licht gekommen ist. Genaueres wie immer nach der Obduktion, blablabla.«

»Sandra sagt, es war Mord«, ergänzte Gustavsen.

»Wie kommst du darauf? Was ist mit Suizid?«, fragte Sabrina die junge Nachwuchskommissarin.

Wieder ging Gustavsen dazwischen. »Sie meint, der Mann habe versucht, sich das Handgelenk durchzubeißen.«

Die Gerichtsmedizinerin beugte sich über den Leichnam und begutachtete die angekettete Hand des Toten – beziehungsweise was davon übrig war. »Respekt, junge Frau, gut beobachtet. Ich glaube, du liegst vollkommen richtig.«

Sabitzer wuchs sichtlich in die Breite.

»Okay«, sagte Sabrina, »dann lasst uns jetzt mal unsere Arbeit machen. Wir werden alles fotografieren, Spuren suchen – falls nach der langen Zeit wider Erwarten noch irgendetwas da ist - und dann die Leiche vom Roller trennen, um sie in die Pathologie zu bringen. Das wird einige Zeit dauern bei dem unwegsamen Gelände hier. Für die Vespa brauchen wir einen Traktor mit Seilwinde oder sowas. Obduktion am späten Nachmittag. Wollt ihr teilnehmen oder reicht es euch, wenn wir morgen früh die Ergebnisse besprechen?« Dabei grinste sie vielsagend.

»Wir kommen dazu«, sagte Sabitzer, bevor Gustavsen sich äußern konnte. Sabrina schaute ihn fragend an.

»Du hast es gehört, wir kommen«, seufzte er.

»Also gut«, beendete die Pathologin die Unterhaltung. »Dann bis heute Nachmittag.«

Während der Streifenpolizist bei den Spurensicherungsleuten am Fundort blieb, stapften die beiden Kriminologen wieder hinauf zum Ford und machten sich auf den Rückweg ins Präsidium.

»Ist ja eine echte Type, die Frau Spusi. Und nett«, meinte Sabitzer.

»Ja, die ist ein Original. Und fähig. Und in Ordnung. Sie war früher Krankenschwester, dann hat sie umgesattelt. Vermutlich haben die Patienten zu viele Widerworte gegeben«, feixte Gustavsen.

»Das Problem hat sie ja nun nicht mehr.« Sabitzer schüttelte sich, als die Bilder der Wasserleiche wieder vor ihrem geistigen Auge erschienen.

»Warum nennen dich eigentlich alle Kümmel? Wegen deiner Vorliebe für die Brötchen?« fragte Sabitzer, als sie die ungewöhnliche Hauptstraße entlangfuhren und sich der Dorfmitte näherten.

»Das ist eine längere Geschichte«, antwortete der Kommissar. Dann hielt er unvermittelt an, stieg aus und gesellte sich zu den Alten, die nach wie vor auf ihrer Bank hockten. Sabitzer stieg ebenfalls aus, begrüßte die Männer freundlich und erklärte Gustavsen, sie werde sich im nahegelegenen Dorfladen eine Kleinigkeit fürs Mittagessen holen.

»Was hast du denn mit denen besprochen?«, fragte sie, als sie zurück war und beide wieder einstiegen.

»Ach, hauptsächlich Schwänke aus der Jugend«, meinte der Kommissar lapidar und fuhr los.

***

Im Präsidium angekommen, trennten sie sich. Sabitzer ging hinunter ins Archiv, um in den alten, noch nicht digitalisierten Akten einen Hinweis auf die Identität des Toten zu suchen. Gustavsen suchte indes die Kantine auf, hielt ein Schwätzchen mit der Kollegin hinter dem Tresen und orderte schließlich eine Bockwurst und eine Dose Cola.

Zurück im Büro, machte er es sich in seinem Ergostuhl bequem und packte die Wurst aus. Gerade als er den ersten Bissen im Mund hatte, flog krachend die Tür auf.

»*Sandra Sabitzer*«, donnerte Gustavsen, »willst du mich unbedingt umbringen, indem du mich zu Tode erschreckst, wenn ich gerade den Mund voll habe?«

»Ich hab ihn, Chef, ich hab ihn!« Sabitzer platzte schier vor Selbstzufriedenheit.

»Lass mich raten, er heißt Luigi Chiellini und war ein italienischer Gastarbeiter.« Gustavsen strich sich genüsslich über den Bauch und schaute nun seinerseits sehr selbstgefällig drein.

»Woher weißt du denn das?« Sabitzer war sichtlich verärgert darüber, dass ihr der kleine Triumph versagt blieb. »Ah, ich kann es mir schon denken. Die Opas auf dem Dorfplatz. Die Schwänke aus der Jugend handelten von einem kleinen Italiener auf einer Vespa, stimmt's? Wundert mich regelrecht, dass die dir kein Lied von den Flippers vorgesungen haben.«

»Gut kombiniert, Watson«, sagte Gustavsen gemütlich. »Wusstest du, dass Larry Page bei einem Verwandtenbesuch in Nanzenbach feststellte, dass die Opas vom Maulaffenplatz über alles und jeden Bescheid wussten, und dadurch die Idee mit seiner Suchmaschine hatte? So ist Google entstanden!«

»Na dann. Dieses Nanzenbach scheint von elementarer Wichtigkeit für die Weltgeschichte zu sein. Vermutlich war Steve Jobs bei dem Urlaub auch dabei, und ihm ist beim Bieberflurer Weiher ein fauler Apfel auf den Kopf gefallen. Und deshalb gibt es jetzt iPhones.«

»Bieber*steiner*. Bieber*steiner* Weiher! Aber du hast Recht, genau so war es«, grinste Gustavsen.

»Weißt du denn noch mehr über diesen Luigi? Vielleicht können wir ja unsere Wissensdatenbanken abgleichen«, meinte Sabitzer.

»Yepp, da ist noch einiges. Luigi, genannt Gigi, ist tatsächlich Ende der Siebziger als Gastarbeiter nach Nanzenbach gekommen, hat in der Hauptstraße gewohnt und im Stahlwerk in Dillenburg gearbeitet. Außerdem war er im Sportverein engagiert und hat dort die Jugend trainiert. Nach etwa drei Jahren ist er von einem Tag auf den anderen spurlos verschwunden. Sein Roller mit ihm, und viel Gepäck hatte er wohl nicht. Deshalb ist man damals davon ausgegangen, er sei wieder nach Italien zurückgekehrt. Was die Herren der Nanzenbacher Schöpfung offenbar auch überhaupt nicht bedauert haben, im Gegensatz zur Damenwelt, die kollektiv in Trauer gestürzt ist. Offenbar war Gigi das, was man heutzutage einen Womanizer nennt.« Seufzend biss Gustavsen in seine kalt werdende Wurst und fragte kauend: »Und was hast du in den Katakomben noch herausgefunden?«

»Naja, ehrlich gesagt nichts, was du nicht schon von den Google-Opas erfahren hattest«, gestand Sabitzer. »Der Mann ist laut Akte im Mai 1979 nach Deutschland gekommen und im September 1982 verschwunden. Und das weiß man nur vom Vermieter. Ansonsten völlig unauffällig, es gibt absolut nichts über ihn. Keine Heimatadresse, keine Informationen über Verwandte, nichts. Ich fürchte, hier werden wir nicht weit kommen mit unseren Ermittlungen.«

Schlagartig wurde Gustavsen ernst. »Junge Frau, hast du schon einmal von Harry Bosch gehört?«

»Nein«, sagte Sabitzer, leicht verunsichert von der Reaktion ihres Vorgesetzten. »Wer ist das?«

»Harry Bosch ist ein Romanheld von Michael Connelly. Er ist Mordermittler in der Hollywood Division in L.A. Und von ihm stammt der Satz: ›Jeder zählt!‹ Und damit meint er, jedes Mordopfer hat es verdient, dass alles dafür getan wird, um seinen Mörder zu finden. Und das ist auch mein Credo. Da draußen liegt ein ermordeter Mensch. Ein Mensch, der noch viele Jahre vor sich hatte, die ihm offensichtlich ein anderer genommen hat. Ein Mensch, um den seit Jahrzehnten andere Menschen trauern. Oder ihm womöglich fälschlicherweise unterstellen, er habe sie verlassen und sei durchgebrannt. Alle Beteiligten haben Anspruch darauf, dass diese Tat aufgeklärt wird, und deshalb *werden* wir sie aufklären. Da, wo ich arbeite, gibt es keine Kosten-Nutzen-Rechnung. Der Fall wird aufgeklärt. Basta.«

So hatte Sabitzer ihren Vorgesetzten, der normalerweise keinen Kalauer ausließ und immer einen flotten Spruch parat hatte, noch nie erlebt. Gustavsen schien tatsächlich Tränen in den Augen zu haben, als er seine Rede beendete. Offensichtlich verbarg sich hinter dem flapsigen Verhalten und der oftmals zur Schau gestellten Derbheit ein ganz empfindsamer Charakter, für den die Polizeiarbeit nicht bloß Beruf war, sondern Berufung. Sabitzer war beeindruckt und beschloss im Stillen, alles dafür zu tun, dass dieser Mordfall aufgeklärt würde.

»Okay, ich bin dabei«, sagte sie mit belegter Stimme. »Aber wie gehen wir jetzt weiter vor? Das klingt ja alles nach einer Nadel im Heuhaufen.«

»Da hast du wohl Recht. Aber unterschätz die Google-Opas aus Nanzenbach nicht. Ich schlage vor, wir fahren heute Abend mal ins Jägerheim und mischen uns unter die Leute. Da erfahren wir mit Sicherheit einiges.«

In diesem Moment klingelte das Telefon.

»Hallo Sabrina, alte Beinhauerin, was gibt's?« *Offenbar hat er wieder zur gewohnten Leichtigkeit zurückgefunden,* freute sich Sabitzer.

Gustavsen schaltete den Lautsprecher an, damit seine Assistentin mithören konnte.

»Wir haben gerade noch an der Identität des Toten gearbeitet und wollten jetzt rüberkommen. Hast du schon mit der Obduktion begonnen?«

»Ja«, klang es blechern aus dem Verstärker. »Allerdings bin ich nicht weit gekommen.«

»Warum nicht?«

»Also, zunächst kann ich als Todesursache Ertrinken annähernd bestätigen. Es finden sich außer den Spuren am Handgelenk keine Verletzungen vorbehaltlich derer, die nach der langen Zeit nicht mehr sichtbar wären.«

»Und was noch?«

»Du erinnerst dich sicher, dass der Arm der Leiche mit Plastik umwickelt war. Dieses Plastik war eine Tüte, und die wiederum war offenbar dazu da, einen Gipsverband vor dem Regen zu schützen. Der Mann hatte einen gebrochenen Arm.«

»Das klingt gut, damit könnten wir, indem wir den damaligen Arbeitgeber oder die Hausärzte befragen, womöglich den Todeszeitpunkt enger eingrenzen. Gute Arbeit, Sabrina.«

»Das war ja bisher lediglich Glückssache«, antwortete die Pathologin, »ebenso das, was jetzt kommt. Als ich nämlich die Tüte und die Reste vom Gips abgenommen hatte, fand ich eine Tätowierung, die man noch einigermaßen erkennen konnte, weil der Arm in diesem Bereich noch nicht zu sehr geschädigt war.«

»Okay, das ist möglicherweise interessant, wenn es darum geht, den Toten endgültig zu identifizieren«, freute sich Gustavsen.

»Das habe ich mir auch gedacht und deshalb das Tattoo schon einmal gescannt und per Bildbearbeitungsprogramm vergrößert. Jetzt kann man es tatsächlich gut erkennen. Es ist ein Kamel.«

»Ein Kamel? Wie Camel Filter?«

»So ähnlich. Ein sitzendes Kamel mit Buchstaben auf der Seite.«

»Was für Buchstaben?«

»Drei Buchstaben: *UGA*.«

Mit einem Mal war Sven Gustavsen kreidebleich. Er rief in den Hörer: »Sabrina, bleib, wo du bist, wir kommen sofort!«, sprang auf, schnappte sich die Jacke und rannte los, ohne sich noch einmal zu Sabitzer umzudrehen.

Erst auf dem Hof holte sie ihn ein und fragte keuchend: »Was ist denn los, Chef? Was ist denn mit diesem Tattoo?«

»Später.«

Sie überquerten die Straße und wandten sich nach rechts, um gleich darauf links in die Uferstraße einzubiegen. An deren Ende ging es wiederum rechts über die Postbrücke, bevor sie über den Europaplatz hasteten und schließlich das langgestreckte Amtsgebäude in geschmackvollem Gelb mit roten Fenstern erreichten, in dessen Keller sich die Pathologie befand.

Gustavsen schnupperte und sagte: »Bayern-Grill.«

»Bayern-Grill?«, echote Sabitzer.

Als sie die Tür zur Pathologie aufstießen, wurde der Duft stärker. Auf einem von zwei großen Tischen lag die teilverweste Leiche, an der die Gerichtsmedizinerin gerade herumhantierte, auf dem daneben stehenden Rollwagen mit den Sezierwerkzeugen eine Pappschale mit Currysoße und einer großen Menge Pommes Frites.

»Ah, Bayern-Grill«, tippte Sabitzer. »Das war offenbar ein verspätetes Mittagessen. Die Bergung von Leiche und Roller hat demnach gedauert. Aber was ist denn das für eine Riesenmenge Pommes?«

»Riesenmenge? Die Hälfte habe ich schon zusammen mit der Currywurst vertilgt«, lachte Sabrina. »In der Geschichte des Bayern-Grills soll es noch keine zwei Personen gegeben haben, die ein zweites Mal eine große Portion bestellt haben. Es wundert mich regelrecht, dass Sven dir dieses und die anderen kulinarischen Highlights unserer schönen Gegend noch nicht vorgestellt hat.«

Gustavsen ging nicht darauf ein. »Zeig mir das Tattoo«, sagte er ernst.

Sabrina wies mit ihrem Skalpell auf den Tisch, auf dem ein einzelner Ausdruck lag. Gustavsen eilte hin und schaute sich das vergrößerte Bild mit der ominösen Tätowierung an. Dann ging er zu der Leiche und begutachtete das Original.

Die Pathologin sprach weiter. »Wie bereits am Telefon bestätigt hatte Sandra Recht. Der Mann ist, wenn ich mich nicht gewaltig täusche, an die Vespa gekettet und lebendig in den Weiher transportiert worden. Dieser war damals offenbar noch tief genug, um Mann und Roller vollständig untergehen zu lassen. Die Vespa ist aufgrund ihres Gewichts auf den Boden des Teichs gesunken, und weil er nur mit einem Arm an den Roller gekettet war, hatte der Mann zwar Bewegungsfreiheit, aber nicht genug, um wenigstens den Kopf über Wasser zu halten. Dann hat er verzweifelt versucht, sich das Handgelenk durchzubeißen, um aus dem Wasser zu kommen. Aber das hat er nicht mehr geschafft. Entweder ist er zu schnell ertrunken oder er hat es nicht über sich gebracht, richtig zuzubeißen. In jedem Fall kein schöner Tod, das steht mal fest.«

Gustavsen stand nur da und sagte nichts.

»Sven, ist alles in Ordnung mit dir? Du siehst aus, als hättest du ein Gespenst gesehen«, fragte die Gerichtsmedizinerin.

Gustavsen starrte weiterhin ins Leere und blieb stumm.

»Sven, hast du mich gehört? Ist es das, was ich glaube?«

Endlich reagierte der Kommissar. Er schaute Sabrina an und sagte tonlos: »Du ahnst überhaupt nicht, wie Recht du hast mit dem Gespenst. Und ja, du hast auch Recht mit dem, was du glaubst. Mir wird gerade eine Menge klar, und ich frage mich, wie ich das bis jetzt übersehen konnte. Sandra, wir machen für heute Schluss. Morgen früh bist du bitte um acht Uhr mit Gepäck für einige Tage in der Sonne im Büro. Und danke, Sabrina.«

Mit diesen Worten machte er kehrt und war zur Tür hinaus, ehe eine der beiden Frauen reagieren konnte.

»Was ist denn in den gefahren? So kenne ich ihn überhaupt nicht. Bis heute Mittag dachte ich, der Mann kann überhaupt nicht ernst sein«, wunderte sich Sabitzer.

»Oh doch, das kann er«, versetzte Sabrina. »Der Mann hat eine Menge Facetten, und er passt definitiv nicht nur körperlich in keine Schublade. In jedem Fall hast du einen tollen Vorgesetzten, von dem du eine Menge lernen und auf den du dich menschlich immer verlassen kannst, das kann ich dir garantieren.«

»Ja, das Gefühl habe ich zunehmend auch. Aber was meint er mit ›einige Tage Sonne‹? Wo will er mit mir hin? Und warum? Ich dachte, wir sind bei der Kripo und ermitteln? Und was weißt du über diese Geschichte?«

»Ich habe da so eine Ahnung«, antwortete Sabrina. »Und mir geht es genauso wie Sven, denn auch ich habe bis gerade eben vollkommen auf dem Schlauch gestanden. Aber das alles wird er dir schon selber sagen. Jetzt sieh mal zu, dass du rechtzeitig gepackt hast. Und wir beide gehen, wenn ihr aus der Sonne zurück seid, mal zum Bayern-Grill oder zum Kirchen-Döner oder bei mir in Eibelshausen zum China-Wok, okay?«

»Kirchen-Döner? Was ist denn das? Sind Döner-Menschen nicht normalerweise Muslime?«

»Kann schon sein. Aber Tatsache ist, in Frohnhausen, wo der Bayern-Grill ist, gibt es auch einen sogenannten Kirchen-Döner. Genaugenommen sogar zwei, einen ehemaligen, der jetzt schräg gegenüber ist, und einen, der die Räumlichkeiten des ersten übernommen hat. Und mittlerweile gekündigt ist und einen dritten eröffnen wird. Alles klar?«

»Alles klar. Oder auch nicht. In mir dreht sich alles. Nach den ersten beschaulichen Monaten in Dillenburg geht das alles irgendwie ein bisschen schnell«, seufzte Sabitzer.

»Das kriegst du schon hin. Und jetzt troll dich. Ach ja, pack dir ein gutes Buch ein für den Flug.«

»Stimmt ja, du hast so *eine Ahnung*, nicht wahr? Sagt deine Ahnung dir denn auch, wie lange der Flug ungefähr dauern wird und ob ich demzufolge ein dünnes oder ein dickes Buch brauche?«

Die Pathologin grinste nur und fuhr sich mit Daumen und Zeigefinger über den verschlossenen Mund.

»Hast du wenigstens einen Tipp, wo ich in dieser schönen Stadt etwas vernünftigen Lesestoff finde?«

»Klar. In der Marktstraße gegenüber dem Thai-Imbiss ist die Buchhandlung Ohnezahn. Da wird es dir gefallen.«

»Okay, danke, Sabrina, und bis bald.«

***

Sabitzer verließ das Gebäude und ging Richtung Postbrücke, ehe sie sich vor der Ampel nach links wandte und das Untertor passierte. Sie ging die Ladenzeile auf der Rückseite des großen Parkhauses entlang und bog schließlich nach links in die Marktstraße ein. Nach kurzer Zeit erschnupperte ihre Nase bereits den köstlichen Duft, der aus dem thailändischen Imbiss wehte, und sie beschloss, sich nach dem Bücherkauf dort etwas fürs Abendessen zu holen.

Gleich darauf sah sie auf der rechten Seite das Türschild der Buchhandlung. Sie trat ein, und ein Glockenspiel ertönte. Sabitzer blickte sich um, und was sie hier sah, gefiel ihr wirklich. Die nette Pathologin hatte nicht zu viel versprochen. Die Buchhandlung war vollständig in dunklem Holz gehalten und die einzelnen Bereiche durch offene Fachwerkbalken voneinander getrennt. Es gab insgesamt drei Sitzgruppen mit jeweils zwei bequem wirkenden Einzelsesseln, einem ebensolchen Zweisitzer und einem kleinen Tisch davor. Die Bücherregale waren aus zum Fachwerk passendem, etwas hellerem Holz gefertigt und die Beleuchtung ein wenig schummrig. Kurzum, das Ganze wirkte absolut einladend, und Sabitzer beschloss spontan, dass dies ihr vorläufiger Dillenburger Lieblingsort werden würde. Sie war eine leidenschaftliche Leserin, hatte aber bei ihrem Umzug zunächst nur das Nötigste eingepackt und deshalb nur eine kleine Anzahl Bücher mit in ihre winzige Wohnung gebracht. Bisher hatte sie sich mit E-Books über die Abende gerettet, aber als sie die köstliche Duftmischung aus Holz und gebundener Literatur einatmete, wurde ihr wieder einmal bewusst, dass eben doch nichts über ein ordentliches Papierbuch ging.

Der Laden war leer; Sabitzer stand zunächst unschlüssig da, bevor sie begann, die angebotenen Bücher etwas näher in Augenschein zu nehmen. Als sie im zweiten Gang angekommen war, öffnete sich die Tür im hinteren Bereich, auf der *Privat* stand, und es erschien die perfekte Ergänzung zum Ambiente der Ladeneinrichtung. Ein Mann mittleren Alters und mittlerer Größe, etwas untersetzt und kräftig, braunhaarig mit einem Vollbart, bekleidet mit einer braunen Cordhose und einem dunkelgrünen Pullunder über einem karierten Holzfällerhemd. In der Hand trug er ein Tablett mit

Kaffeeutensilien, im Mund eine brennende Pfeife von Poul Winslow.

Als er Sabitzer erblickte, flog ein Lächeln über sein Gesicht. Er stellte sein Tablett auf den Tisch der mittleren Sitzgruppe, nahm die Winslow aus dem Mund und reichte ihr die Hand. »Willkommen bei Ohnezahn. Ich bin Peter Kuhlmann. Wie kann ich Ihnen hinderlich sein?«

»Hinderlich sein? Ähem …«

»Entschuldigung, kleiner Scherz. Wie kann ich Ihnen helfen, sollte es natürlich heißen. Ein Kaffee? Ein paar Scones? Habe ich frisch gebacken«, fügte er stolz hinzu.

»Kaffee? Scones? Ich bin etwas verwirrt«, sagte Sabitzer. »Eigentlich wollte ich ein Buch kaufen. Geht das auch?«

Kuhlmann lachte. »Natürlich geht das. Klar. Sicher. Ich muss mich für die Verwirrung entschuldigen. Die Buchhandlung Ohnezahn ist, wie soll ich sagen, ein bisschen mehr als nur eine Buchhandlung. Es ist eine Begegnungsstätte, könnte man sagen. Deshalb auch Kaffee und Scones; gleich gibt es nämlich eine Lesung.«

»Eine Lesung? Das heißt, ein bekannter Autor kommt? Kennt man den?«, fragte Sabitzer.

»Nicht wirklich«, antwortete Kuhlmann, »es ist nicht so eine Lesung. Eher eine Art interne Veranstaltung. Und heute müssen wir sogar improvisieren, denn eigentlich wäre der örtliche Kripochef mit der Lesung dran, der musste aber wegen irgendeines neuen Falls absagen. Es hat wohl einen Mord in Nanzenbach gegeben, stellen Sie sich das mal vor. Wie gruselig«, schüttelte sich der Buchhändler.

»Ach ja, der Mord. Ja, davon habe ich auch gehört«, murmelte Sabitzer. »Wirklich furchtbar.«

»In der Tat. Also, junge Frau, wie wäre es nach dem Schreck mit einem Kaffee und einem Scone, bevor wir ein spannendes Buch für Sie suchen?«

03

Als Sabitzer am nächsten Morgen das Büro ihres Vorgesetzten betrat, saß dieser bereits am Schreibtisch und hämmerte auf der Tastatur seines Computers herum. Er sah kurz auf und begrüßte seine Mitarbeiterin mit einem Nicken, bevor er noch eine Weile weiterschrieb. Schließlich schlug er einmal vehement mit dem Finger auf *Enter* und schob dann die Tastatur zurück.

»Guten Morgen, Sandra.«

»Guten Morgen, Chef. Hast du dich wieder etwas erholt?«

Sein Blick wurde ernst. »Nicht wirklich, ehrlich gesagt. Das war schon ein kleiner Schock gestern.«

»Willst du mir denn jetzt auch mal verraten, was es mit dem Toten auf sich hat, und vielleicht auch, warum wir jetzt in die Sonne fahren?«, insistierte Sabitzer.

Abwesend schaute ihr Gustavsen in die Augen. »Das ist eine …«

»… längere Geschichte, ich weiß schon«, ging Sabitzer dazwischen. »Aber sollte ich, wenn wir doch offenbar gemeinsam ermitteln, nicht auch irgendwie eingeweiht sein?«

»Da hast du Recht, das solltest du. Allerdings muss ich mir noch überlegen, wie viel ich dir sagen darf.«

»Oh nein, jetzt kommt doch hoffentlich nicht diese ›Sonst-müsste-ich-dich-töten‹-Leier, oder was?«, antwortete Sabitzer halb wütend, halb belustigt.

Gustavsen lächelte nicht – und schwieg.

»Okay, Chef, ich hoffe mal, es gibt gute Gründe für dein Verhalten. Ansonsten hätte ich ein ernsthaftes Problem, weiter mit dir zusammenzuarbeiten, um das an dieser Stelle gleich klarzustellen.« Nun klang sie nur noch wütend und nicht mehr amüsiert.

Verblüfft ob dieses Ausbruchs schaute Gustavsen auf und fing nun doch an zu grinsen. »Mensch, das sind ja ganz neue Seiten, die ich an dir feststelle. Und ich muss ehrlich sagen, das gefällt mir sogar. Auch wenn du gerade jemanden anschreist, der zufällig dein Vorgesetzter ist, wie ich nebenbei bemerken möchte.«

Diesmal war es Sabitzer, die völlig ernst blieb. »Ich habe das genauso gemeint, wie ich es gesagt habe. Das hier ist nämlich nicht mein erster Job. In denen davor habe ich mehr als genug unangenehme Erfahrungen gemacht. Und auch *das* ist eine längere Geschichte. Und die Kurzform lautet, ich lasse mich nicht mehr verarschen, egal von wem. Punkt.« Sabitzer schien jetzt richtig aufgebracht zu sein.

Gustavsen war auch wieder ernst geworden. »Touché, das habe ich jetzt verdient. Ich schlage vor, wir machen uns auf die Socken, und unterwegs reden wir, okay?«

Er streckte versöhnlich die Hand aus. Sabitzer schlug ein. »Okay, Chef.«

Sie luden Sabitzers Gepäck in Gustavsens Ford und fuhren los. »Willst du mir denn wenigstens sagen, wo es hingeht?«, fragte die junge Kommissarin.

»Das, meine Liebe, ist meine kleine Überraschung. Ich liebe nämlich Überraschungen. Und das ist immerhin eine positive, schätze ich. Dort, wo wir hinfliegen, wird es dir nämlich gefallen.«

»Fliegen klingt gut. Nichts gegen die Kiste hier, aber in die Sonne *fahren* wäre von hier aus womöglich doch ein bisschen weit.«

»So sehe ich das auch«, grinste der Kommissar.

»Zum Glück habe ich mir gestern noch schnell ein Buch gekauft. Schließlich weiß ich ja nicht, wo es hingeht und wie lange der Flug dauert. Ich war in der Buchhandlung Ohnezahn. Kennst du die zufällig?«, fragte Sabitzer scheinheilig.

»Ohnezahn? Klar. Die kennt jeder in Dillenburg«, antwortete der Kommissar knapp und verkniff sich ein Lächeln.

Dieser Kerl bringt mich zum Wahnsinn, der lässt ja nichts raus, dachte Sabitzer und kochte innerlich. *Hätte doch zu gern gewusst, was es mit dieser Lesung auf sich hat. Aber das kriege ich schon noch raus.*

Sie fuhren ein Stück über die Autobahn, nahmen dann die Ausfahrt Haiger / Burbach und fuhren die B54 entlang Richtung Bad Marienberg.

»Irgendwie kommt mir das nicht so vor, als wären wir nach Frankfurt oder Köln unterwegs«, meinte Sabitzer nach einiger Zeit. »Kommt hier nicht gleich der Siegerland-Flughafen?«

»Richtig. Da siehst du schon ein Hinweisschild«, meinte Gustavsen.

»Fliegen von hier Maschinen in die Sonne? Das wäre mir ja ganz neu.«

»Heute schon«, antwortete der Kommissar lapidar.

Sie erreichten nun den Parkbereich, und Gustavsen lenkte den Flex auf einen Langzeitparkplatz. Als sie sich dem Abfertigungsgebäude näherten, kam ein uniformierter Flughafenmitarbeiter heraus und begrüßte den Kommissar schon von weitem.

»Guten Morgen, Herr Polizeipräsident. Was machen die Gangster im Dillkreis?«

»Die rauben die Siegerländer Banken aus, weil sie wissen, dass sie in Dillenburg nicht weit kommen«, versetzte Gustavsen lässig. »Ist die Maschine da und der Pilot wach?«

»Ja, Herr Kommissar. Die Aggregate laufen, und die Startgenehmigung ist auch schon erteilt.«

»Prima, besten Dank dafür. Wünsche noch einen schönen Tag.«

»Ihnen und ihrer bezaubernden Begleiterin auch, Herr Kommissar. Bis bald.«

Gustavsen und Sabitzer gingen Richtung Rollfeld, wo der Kommissar auf einen schnittigen, schneeweiß lackierten und mit diversen braunen Mustern versehenen Jet zusteuerte. *Embraer Legacy 650 E* stand auf der Seite.

Sabitzer war verblüfft. »Das ist das, was man einen Privatjet nennt, oder?«

»Yepp«, sagte Gustavsen.

»Und wir beide, zwei Dillenburger Kriminalbeamte des mittleren Dienstes, fliegen nun mit einem Privatjet irgendwohin in die Sonne, um einen Mord aufzuklären, der vor etwa dreißig Jahren geschehen ist und über den die Hälfte des Ermittlerteams, nämlich ich, bisher nicht das Geringste weiß. Ist das so in etwa korrekt auf den Punkt gebracht?«

»Ich schätze, du hast es ziemlich gut zusammengefasst«, grinste Gustavsen.

Sie kletterten die fragile Flugzeugtreppe hinauf und betraten die Kabine des Jets. Die Einrichtung war ebenfalls in Weiß- und Brauntönen gehalten und wirkte geschmackvoll und edel, aber nicht protzig. Insgesamt gab es etwa zehn bis zwölf Sitze, wobei einige als Zweier- oder Dreier-Sofa ausgelegt waren.

Gustavsen warf seinen Rucksack auf eine Sitzgruppe auf der linken Seite und verstaute seinen Trolley in einem Schrank dahinter.

»Such dir einen guten Platz aus. Die vorderen Sitze kannst du komplett flachlegen, auf den Sofas kann man auch ordentlich liegen, und wenn das nicht reicht, gibt es im hinteren Teil auch richtige Betten. Toilette übrigens auch hinten. Möchtest du etwas trinken?«

Sabitzer war geplättet von dem, was sie hier sah. »Das muss ich erstmal sacken lassen. Ich bin bisher noch nie über Ryanair nach Malle hinausgekommen. Das hier ist ja überhaupt nicht vergleichbar. Unglaublich.«

»Trinken?«

»Ach ja. Ein O-Saft wäre nett.« *Oder vielleicht etwas Hochprozentiges,* dachte Sabitzer bei sich.

Während Gustavsen in der Galley im vorderen Bereich des Fliegers nach dem gewünschten Saft Ausschau hielt, gaben plötzlich die Bordlautsprecher eine Melodie von sich.

»Guten Morgen, liebe Fluggäste. *UGA Airways* begrüßt Sie ganz herzlich an Bord unseres Fluges nach Lanzarote. Wir sind nun startbereit und bitten Sie, Ihre Sitzposition einzunehmen, die Rückenlehnen senkrecht zu stellen und sich anzuschnallen. Die Flugzeit nach Lanzarote wird knapp vier Stunden betragen. Die Wassertemperatur des Mittelmeeres beträgt etwa dreiundzwanzig, die des Atlantik ungefähr einundzwanzig Grad. Dies erwähne ich nur für den Fall, dass das Flugzeug über einem der beiden Meere plötzlich drastisch an Höhe verlieren sollte. *UGA Airways* wünscht Ihnen einen guten Flug.«

»Markus, du Sauhund!«, tönte es aus der Flugzeugküche. Dann ging die Tür der Pilotenkabine auf, und ein dunkelblonder, schlanker Mann in Cargohose und Polohemd kam freundlich lächelnd auf Sabitzer zu.

»Hallo, ich bin Markus Henrich. Und ich wette, der Chef ist jetzt sauer auf mich, weil ich ihm die Überraschung verdorben habe. Er hat dir nämlich nicht gesagt, wo es hingeht, stimmt's? Ich kenne den Burschen doch.«

Der Chef? Der Kommissar hat tatsächlich sein eigenes Flugzeug und einen eigenen Piloten. Sabitzers Verwirrung wurde nicht geringer.

»Du bist wirklich ein Sausack, Markus, und ich sollte dich einfach ins Mittelmeer schmeißen. Oder besser in den Atlantik, der ist ja, wie wir gehört haben, noch ein bisschen kälter.« Gustavsen kam aus der Kombüse, und sein breites Grinsen strafte seinen Wutausbruch Lügen. Die beiden Männer umarmten sich. Gustavsen stellte vor: »Sandra, das ist Markus Henrich, einer meiner besten Freunde. Er hat es in seinem Berufsleben zu nichts gebracht, und jetzt fliegt er Flugzeuge, weil er halt sonst nichts kann. Markus, das ist Sandra Sabitzer, meine neue Assistentin. Jung und vom Westerwald, aber echt pfiffig.«

»Es war ja auch dringend nötig, dass ihr jemanden mit Grips ins Revier bekommt, damit es die Gangster in Dillenburg endlich mal etwas schwerer gemacht bekommen. Hallo Sandra, ich freue mich, dich kennenzulernen. Lass dir von dem Dinosaurier hier bloß nichts gefallen. Und wenn er dir dumm kommt, sagst du es mir, okay? Ich bringe ihn dann zur Räson.«

»Ach, jetzt prahlt er wieder mit seinem asiatischen Kampfsportzeug und den sechshundert Liegestützen im Training«, seufzte Gustavsen.

»Sie haben Kampfsporterfahrung?«, fragte Sabitzer.

»Du!«, sagte Henrich.

»Ja, ich auch.«

»Ich meinte, du sollst Du sagen.«

»Ach so. Ja, danke. Also, du hast Kampfsporterfahrung?«

»Ein wenig. Ich musste ja was tun, um mit dem Dino hier klarzukommen. Warum interessiert dich das? Bist du auch kampfsportinteressiert?«

»Ein wenig. Aber das ist eine …«

»… längere Geschichte«, ergänzte Gustavsen grinsend. »Wie wär's, wenn wir jetzt mal langsam losfliegen?«

»Aye, Aye, Sir!«, stand Markus nun stramm und verschwand dann schleunigst in seiner Kabine.

Gustavsen und seine Assistentin machten es sich im Passagierbereich gemütlich und schnallten sich an. Kurz darauf schoss der Jet über die Startbahn und schraubte sich schließlich in den wolkenlosen Himmel.

»So, nun möchte ich ein paar Erklärungen haben«, sagte Sabitzer.

»Okay, wo soll ich anfangen?«

»Am besten am Anfang.«

»Tja, ich weiß noch nicht so recht, was ich als Anfang definieren soll, ehrlich gesagt.«

»Vielleicht fängst du einfach mit *UGA* an? Darum scheint sich doch hier einiges zu drehen.«

»Das stimmt. Um es kurz zu machen, *UGA* ist ein Ort auf Lanzarote, und dort werden wir jemanden besuchen. Einen Freund und Geschäftspartner.«

»Geschäftspartner? Ich dachte, du bist Kripobeamter?«

»Bin ich ja auch, aber halt nicht nur und nicht schon immer.«

»In jedem Fall scheinen die Geschäfte so gut zu laufen, dass die Partner sich einen Privatjet leisten und einen Freund als Piloten einstellen konnten.«

»Ja, das könnte man so sagen«, meinte Gustavsen.

»Sven, lass dir doch bitte nicht sämtliche Informationen aus der Nase ziehen. Da ist doch noch mehr. Was hat dieses Flugzeug und unser Reiseziel mit einer Tätowierung zu tun, die ein Italiener trägt, der mutmaßlich vor dreißig Jahren in Nanzenbach ermordet wurde? Du musst doch irgendeine Theorie haben oder zumindest einen guten Grund, weswegen wir nun in diesem Flieger sitzen?«

»Du hast völlig Recht, Sandra. Aber ich kann in diesem Augenblick tatsächlich noch nicht mehr sagen. Und zwar ausdrücklich nicht, weil ich dir etwas vorenthalten will, sondern weil ich auf jemanden Rücksicht nehmen muss. Du wirst es vermutlich heute Abend verstehen. Deshalb bitte ich dich noch um etwas Geduld. Okay?«

»Okay, wenn es unbedingt sein muss«, seufzte Sabitzer und stellte die Rückenlehne schräg. »Zum Glück habe ich Sabrinas Tipp befolgt und war bei Ohnezahn.«

Ja, zum Glück warst du da, lächelte der Kommissar in sich hinein.

***

Dreieinhalb Stunden später näherte sich die Embraer dem César-Manrique-Airport Lanzarote nahe der Hauptstadt Arrecife. Um die richtige Anflugposition zu erreichen, musste Markus einmal komplett an der Insel vorbeifliegen. Dabei schaute Sabitzer aus dem Fenster und sah hauptsächlich braun und weiß. Weiß waren die kleinen, dicht aneinandergedrängten Häuser, braun, teilweise sogar schwarz, quasi alles andere. Sie wusste, dass Lanzarote eine Vulkaninsel war, hatte sich bisher aber nie näher mit ihr beschäftigt.

Als sie zu Gustavsen hinüberschaute, sah sie, wie er mit verträumtem Blick aus dem Flugzeugfenster schaute.

»Magst du Lanzarote?«, fragte sie über den Gang hinweg.

»Ich liebe es. Seit dem Moment, als ich zum ersten Mal hier war«, sagte Gustavsen. »Dabei bin ich das erste Mal tatsächlich nur hierhergeflogen, weil der Name Lanzarote so exotisch und interessant klang. Aber ich war sofort fasziniert, und diese Faszination hat nie nachgelassen. Abgesehen davon, dass man hier das beste Klima der Welt hat. Was wohlgemerkt nicht nur meine persönliche Meinung ist, sondern vor allem die von Hals-Nasen-Ohren-Spezialisten. Es ist herrlich hier. Und ich bin gespannt, ob es dir ebenfalls gefallen wird.«

»Warum das?«

»Vielleicht, weil es mir etwas bedeutet?« Nun schaute er sie mit einem undefinierbaren Gesichtsausdruck direkt an.

Sabitzer musste schlucken. Sie spürte, wie sie rot wurde. Schnell wandte sie wieder den Kopf zum Fenster und schaute zu, wie Markus Henrich den Jet schließlich sanft aufsetzte und langsam zum Flughafengebäude rollen ließ.

04

Nachdem sie ihr Gepäck aus dem Schrank geholt und sich von Markus verabschiedet hatten, gingen sie die Flugzeugtreppe hinunter und über das Rollfeld zum Abfertigungsgebäude. Sabitzer blieb unvermittelt stehen, schloss die Augen und atmete tief ein. *Das tut so gut,* dachte sie. *Ich kann immer noch nicht wirklich fassen, dass das hier wirklich passiert.*

Sie durchquerten das Gebäude, absolvierten die Passkontrolle und folgten den Hinweisschildern zum Langzeitparkplatz.

Plötzlich sagte Sabitzer leise: »Chef, dreh dich jetzt nicht um. Ich glaube, wir werden beobachtet. Auf acht Uhr ein Mann mit kurzen grünen Hosen und Socken in den Sandalen.«

Gustavsen ließ sich nichts anmerken und ging weiter. Nach einigen Metern ließ er seinen Personalausweis fallen. Während er ihn aufhob, schaute er durch die Beine hindurch zu dem Mann, der Sabitzer aufgefallen war.

»Das ist nichts«, urteilte er, als er sich wieder aufrichtete. »Der Typ ist harmlos. Wahrscheinlich hast du ihm gefallen. Verdenken könnte ich es ihm ja nicht.«

Wieder spürte Sabitzer die Röte in ihre Wangen steigen und schaute schnell weg. Das feine Lächeln, das um Gustavsens Mundwinkel spielte, entging ihr deshalb.

Auf dem Parkplatz holte der Kommissar einen Schlüssel hervor und drückte einen Knopf. Irgendwo hörte man ein leises Piepen und sah ein oranges Aufblinken. Gustavsen änderte die Richtung und folgte den Signalen. Vor einem leuchtend blauen Kia eSoul blieb er stehen und öffnete den Kofferraum.

»Bitte.«

»Ich muss schon sagen, dein Autogeschmack ist konsequent. Auch das ist eine Kiste, die nur mit dem Lineal und vollkommen ohne Zirkel gemalt ist. Und umweltbewusst auch noch. Respekt«, frotzelte Sabitzer.

»Das stimmt. Erstens gefällt mir das Design sehr, zweitens muss man hier auf der Insel ja keine Distanzen fahren, man hat also nie ein Reichweitenproblem. Schalten muss man auch nicht. Und leise ist er obendrein. Was will man mehr?«

»Wo fahren wir jetzt hin? Nach *UGA*?«

»Nein, da haben wir erst am späten Nachmittag einen Termin. Vorher fahren wir zum Einchecken nach Nazaret.«

»Nazaret? Wären wir da nicht besser gleich in eine andere Himmelsrichtung geflogen?«, schmunzelte Sabitzer.

»Das stimmt natürlich«, fiel der Kommissar in das Lachen ein.

Sie stiegen ein und Gustavsen dirigierte das Elektroauto vom Parkplatz herunter und auf die LZ-1 Richtung Norden. Sabitzer schaute aus dem Fenster und sah sich die sauberen und gepflegten, von Palmen gesäumten Straßenränder an.

»Das ist ja wirklich total schön hier, du hast echt nicht übertrieben. Deine Liebe zu Lanzarote kann man schon nach fünf Minuten nachvollziehen«, sagte sie begeistert.

»Nicht wahr?«, lächelte der Kommissar.

Eine Zeitlang fuhren sie schweigend Richtung Norden.

»Übrigens kommen wir gleich an der Fundación César Manrique vorbei, dem ehemaligen Wohnhaus des Künstlers, der die ganze Insel enorm beeinflusst hat. So gibt es zum Beispiel außer dem Gran Hotel in Arrecife – und dem Flughafentower natürlich – kein einziges Gebäude auf Lanzarote, das höher ist als zwei Stockwerke. Man erzählt sich, dass einmal eins der früheren Hochhäuser gebrannt hat, die Anhänger Manriques aber die Feuerwehr davon abgehalten haben, zum Brandort zu kommen. Und auch sonst hat der Mann einiges bewirkt, was die Insel schließlich so einzigartig macht. Das Wohnhaus selbst ist in fünf Lavablasen gebaut; absolut faszinierend. Ich hoffe, wir werden etwas Zeit haben, damit ich dir die schönsten Ecken zeigen kann.«

»Das würde mich freuen«, sagte Sabitzer und spürte, wie es in ihrem Bauch kribbelte. *Das ist nicht real, sagte sie sich, das ist eine berufliche Ausnahmesituation, nur deshalb bist du so aufgewühlt.*

Kurz vor Tahiche brach Sabitzer die erneute Stille. »Chef, auch wenn du mich für paranoid hältst, wir werden verfolgt. Vier Autos hinter uns fährt ein weißer Polo. Der macht die ganze Zeit schon alle unsere Bewegungen mit und hält immer den gleichen Abstand.«

»Aber Sandra, es weiß doch niemand, dass wir hier sind – außer meinem Chef und dem Piloten. Wer sollte uns denn hier verfolgen?« Auch diesmal entging Sabitzer das flüchtige Grinsen des Kommissars.

»Chef, ich weiß, was ich gesehen habe. Ich bin zwar jung und unerfahren, aber nicht blind.«

»Okay, okay, dann schauen wir uns die Burschen mal etwas näher an. Wir bleiben in Tahiche einfach auf der LZ-1 Richtung Nordosten, statt auf die LZ-10 abzubiegen. Dabei verlieren wir nicht viel, zwei Kreisverkehre, und wir sind wieder auf Kurs. Und wissen dann, ob unsere Freunde im Polo uns wirklich folgen.«

Gustavsen nahm im nächsten Kreisverkehr die erste Ausfahrt Richtung Jardín de Cactus. Der weiße Polo fuhr geradeaus, wie er aus den Augenwinkeln wahrnahm. Der Beifahrer schaute nicht in ihre Richtung.

»Siehst du, falscher Alarm. Keine Beschatter.«

»Sven, du magst mich jetzt für vollkommen durchgeknallt halten, aber den Beifahrer habe ich schon mal gesehen.«

»Den Beifahrer des Polo? Vielleicht auch im Flughafen?« Gustavsen musste schon wieder grinsen und schaute sicherheitshalber zum linken Fenster hinaus.

»Nein, nicht dort. Irgendwie kam der mir bekannt vor. Nur war irgendetwas anders. Vielleicht der Bart. Ich weiß es nicht. Aber ich komm noch drauf.«

Gustavsen grinste weiter.

Im nächsten Kreisverkehr nahm er die letzte Ausfahrt und fuhr ein Stück auf der Calle Novas Campos in die ursprüngliche Richtung, bevor er rechts in den Camino las Cabreras abbog.

»Hier können wir noch ein paar Kleinigkeiten einkaufen, bevor wir unser Domizil beziehen«, deutete Gustavsen auf einen kleinen Supermarkt vor ihnen. Er fuhr auf den von hohen weißen Mauern begrenzten Parkplatz hinter dem Geschäft, und sie stiegen aus.

Im Supermarkt deckten sie sich mit frischem, knusprigem Weißbrot und etwas Käse und Wurst ein. Getränke würden sie in ihrem Zielort vorfinden, hatte Gustavsen gesagt. Als sie wieder auf dem Parkplatz ankamen und der Kommissar die Türen des Kia entriegelte, versteifte er sich.

»Runter, Sandra, sofort«, zischte er.

Sabitzer reagierte ohne Schrecksekunde und ließ sich auf die schwarze Erde des Parkplatzes fallen. Bevor sie unterhalb der Fensterlinie des Wagens war, sah sie noch, wie Gustavsen ebenfalls in Deckung ging und gleichzeitig ein Schatten hinter dem daneben geparkten Auto auftauchte. Bevor sie ihren Chef jedoch warnen konnte, spürte sie auch hinter dem Fahrzeug neben ihr eine Bewegung. Sabitzer rollte sich nach rechts, um in die Deckung des benachbarten Autos zu gelangen. Der Schatten huschte an der Kühlerhaube vorbei. Ein Mann mit einer Waffe in der Hand erschien und würde im nächsten Moment freies Schussfeld auf sie haben. Die Polizistin reagierte instinktiv und griff sich eine Handvoll vom schwarzen Sand, den sie in Richtung des Angreifers schleuderte. Das reichte, um diesen zu irritieren. Während der Mann hektisch versuchte, sich den Sand aus den Augen zu reiben, sprang ihm Sabitzer aus der Hocke mit beiden Beinen voran an die Brust. Der Kerl keuchte vor Schmerz und flog auf die Kühlerhaube des gegenüber geparkten Autos. Die Pistole hatte er jedoch noch in der Hand. Sabitzer war längst wieder auf den Beinen und setzte ihm nach. Sie schlug ihm mit der Handkante so brutal aufs Handgelenk, dass der Mann einen Schmerzensschrei ausstieß und die Waffe fallen ließ. Sabitzer ging kein Risiko ein und schickte einen Schlag mit dem Handballen unter die Nase hinterher, die mit einem hässlichen Knacken brach. Dann drehte sie den Mann, dem jetzt das Blut aus der Nase strömte, um und zwang ihn in den klassischen Polizeigriff.

Das Ganze hatte weniger als zehn Sekunden gedauert, und gerade als sie sich erheben und nach ihrem Vorgesetzten schauen wollte, erschien dessen verzerrtes Gesicht über der Motorhaube des Kia. *Wobei, eigentlich ist das ja gar keine Motorhaube, ist doch ein Elektroauto,* ging es Sabitzer durch den Kopf. *Wie kann es bloß sein, dass man in einer solchen Situation an sowas denkt? Bin ich noch normal?*

»Sandra, bist du in Ordnung?«, schrie Gustavsen voller Anspannung.

»Mir geht es gut«, antwortete Sabitzer ebenfalls voller Adrenalin. »Bei dir auch alles okay?«

Statt einer Antwort nahm Gustavsen seine Assistentin fest in den Arm, und sie war sicher, ein paar Tränchen in seinen Augen zu sehen. Dann ging sein Blick zu dem blutenden Kerl im Sand.

»Du hast dem Burschen die Nase und das Handgelenk gebrochen?«, fragte Gustavsen beeindruckt.

»Ja, und vielleicht auch die eine oder andere Rippe, schätze ich«, bestätigte Sabitzer bescheiden. »Das mit dem Handgelenk musste ich tun, damit er die Knarre loslässt, und die Nase, dachte ich, wird ihn davon abhalten, es nochmal zu versuchen.«

»Ein *wenig Kampfsport,* was?«, schmunzelte Gustavsen. »Der Typ kann wohl heilfroh sein, dass es nicht *etwas mehr Kampfsport* war.«

»Aber wo ist denn dein Kerl abgeblieben, Chef?«

»Der wartet brav auf der anderen Seite, denke ich«, grinste Gustavsen.

Sabitzer ging um das Auto herum und sah den zweiten Angreifer. Dieser lag zusammengekrümmt auf dem Boden; aus seiner Nase lief Blut, und der rechte Arm war ungewöhnlich abgewinkelt.

Sabitzer war beeindruckt. »Du hast ja quasi dasselbe mit ihm gemacht wie ich mit meinem. Das sieht so aus, als hättest du möglicherweise auch Erfahrung mit diesem *asiatischen Zeug?*«

»Naja, ich habe mich halt hier und da auch mal ein bisschen prügeln müssen«, sagte der Kommissar wegwerfend.

»Ein bisschen prügeln, klar. Genauso sieht das hier aus. Sicher«, meinte Sabitzer sarkastisch. »Und überhaupt hatten es die letzten beiden Tage ganz schön in sich. Erst eine Leiche, dann der Privatjet, jetzt ein Mordversuch an uns.«

»Nicht zu vergessen dein Besuch bei Ohnezahn und die Nanzenbacher Hauptstraße«, grinste Gustavsen.

»Das stimmt. Alles ziemlich abgefahren. Aber was machen wir jetzt mit den Typen?«

»Wir binden sie aneinander und lassen sie hier liegen. Ich werde einen Anruf machen, dann können wir weiter.«

Sabitzer zerrte den einen Verletzten zu dem anderen und lehnte beide mit dem Rücken an die Mauer, die die Parkplatzbegrenzung darstellte. Sie holte ein Paar Plastikhandschellen hervor und fesselte die gesunden Hände der beiden verhinderten Killer aneinander. Gustavsen zückte das Smartphone und fotografierte die Gesichter, bevor er ein kurzes Telefonat auf Spanisch führte. *Fremdsprachen kann er also auch, mein Provinz-Cowboy. Der Mann wird immer interessanter. Und verwirrender. Und attraktiver? Hör auf, Sandra, der Mann ist dein Chef. Und viel zu alt. Und überhaupt.* Sie suchten ihre Einkäufe zusammen, die bei dem Angriff zu Boden gefallen waren, stiegen ein und fuhren weiter.

05

In Nazaret angekommen, bog Gustavsen bei der ersten Möglichkeit nach rechts ab und fuhr dann geradeaus weiter bis an den Ortsrand. Vor einem strahlend weißen Gebäudekomplex wurde er langsamer und fuhr auf einen gepflegten Hof mit einem hellgrauen Kies-Rundweg.

»Herzlich willkommen in der Casa Gustavsen«, sagte der Kommissar grinsend.

»Ist das dein Haus?«, fragte Sabitzer überrascht.

»Könnte man sagen«, lachte Gustavsen.

»Aber das ist ja ein regelrechtes Ferienhotel!«, rief die junge Frau aus.

»Naja, Hotel ist vielleicht etwas übertrieben. Es sind genaugenommen nur vier freistehende Ferienwohnungen, eine davon nur für mich, und alle teilen sich die Sportanlagen und den Schwimmbereich. Also eher bescheiden, aber ganz nett, wie ich finde.«

»Ganz nett? Bescheiden? Mensch, das sieht sensationell aus. Ein einziger Traum«, schwärmte Sabitzer.

»Warte erstmal, bis du den Pool gesehen hast«, lachte der Kommissar.

»Wenn es vier Häuser sind, und du nutzt nur eins, vermietest du die anderen dann?«

»Nicht direkt.«

»Nicht direkt? Jetzt lässt du dir ja schon wieder alles aus der Nase ziehen. Was bedeutet ›nicht direkt‹?«

»Das bedeutet, dass ich sie nicht direkt vermiete, sondern Freunden zur Verfügung stelle.«

»Umsonst?«

»Nicht umsonst, denn sie haben ja was davon. Aber kostenlos schon, ja.«

»Danke für die *kostenlose* Deutschlektion«, sagte Sabitzer sarkastisch. »Das heißt, deine Freunde zahlen nichts für den Urlaub in einer wunderschönen Ferienanlage auf einer genauso herrlichen Insel?«

»Richtig. Nur herkommen müssen sie irgendwie. Es sei denn, es gibt die Möglichkeit, dass sie mit unserem Jet mitfliegen können.«

»Und wie oft ist es – ich will nur mal testen, wie gut ich dich mittlerweile kenne – schon vorgekommen, dass deine kostenlosen Freunde *nicht* im Jet mitfliegen konnten?«

»Naja, um ehrlich zu sein, …«

»Ich bitte darum.«

»… noch nie. Irgendwie gab es eben immer was zu fliegen, sodass sie halt mit konnten.«

»Und du hast nicht zufällig ab und zu ein bisschen daran gedreht, dass es rein zufällig immer dann, wenn Freund X und Freundin Y nach Lanzarote wollten, etwas zu fliegen gab, oder?«, feixte Sabitzer.

»Naja, wenn du so direkt fragst, vielleicht schon«, murmelte Gustavsen lächelnd.

Das Kribbeln im Bauch der jungen Polizistin hörte nicht auf.

Sie luden ihr Gepäck aus und trabten zum Ferienhaus ganz links. Gustavsen gab einen Code in einen Tastenblock neben der Haustür ein und winkte Sabitzer mit einer einladenden Handbewegung hinein. Es war angenehm kühl, wenngleich die Wärme draußen überhaupt nicht unangenehm und durch den Wind noch leichter erträglich gewesen war.

»Wir haben hier drei Schlafzimmer und zwei Bäder. Such dir ein Zimmer aus und fühl dich ganz zuhause. Mi casa und so weiter«, grinste Gustavsen.

Sabitzer schleppte ihren Trolley in den ersten Stock und entschied sich für das Zimmer ganz rechts. Es war groß, hell und geschmackvoll eingerichtet und wurde von einem breiten

Doppelbett dominiert. Vor einem der Fenster befand sich eine gemütlich wirkende Sitzgruppe, daneben ging es hinaus auf einen Balkon, auf dem sich ein Liegestuhl, ein kleiner Tisch sowie zwei weitere Stühle befanden. Als Sabitzer hinaustrat, sah sie eine wunderschöne Poollandschaft mit einem großen Schwimmbecken, gesäumt von Liegestühlen, vor einem mit Palmen ausgestatteten kleinen Garten. Der Anblick war atemberaubend, und das Wasser lud zu einem sofortigen Bad ein. Sabitzer räumte schnell den Inhalt ihres Trolley in den Schrank und schlüpfte in den sicherheitshalber mitgebrachten Bikini. Sie zog ihre Flipflops an, huschte die Treppe hinunter und betrat durch die Hintertür den Poolbereich.

Gustavsen stand bereits unter der Dusche neben dem Becken und brauste sich ab. Als er sich schließlich umdrehte, entfuhr Sabitzer ein unwillkürliches Keuchen.

»Was ist?«, fragte Gustavsen arglos.

Sabitzer suchte nach Worten. »Die … die … Narben«, stammelte sie.

»Ach so, ja. Das ist eine …«

»… längere Geschichte, ist klar«, fiel sie ihm ins Wort, froh, dass er offenbar nicht gemerkt hatte, dass seine Narben nicht das Einzige waren, was sie aus der Fassung gebracht hatte. *Der besteht ja nur aus Muskeln. Und ich dachte, die Masse unter dem Hemd wäre das Ergebnis von Cola und Würstchen.*

Gustavsen schien von all dem nichts mitzubekommen. Er sprang kopfüber in den Pool und rief, nachdem er prustend wieder aufgetaucht war: »Komm rein, es ist herrlich.«

Das ließ sich Sabitzer nicht zweimal sagen. Nachdem sie ihre Vorreinigung beendet hatte, sprang sie ebenfalls mit dem Kopf voran in das mit türkisfarbenen Kacheln ausgekleidete Becken.

Der Kommissar lag bewegungslos auf dem Rücken und schaute zu den braunen Bergen oberhalb der Ferienanlage, auf denen durch das Spiel der wenigen Wolken mit der Sonne wunderschöne Schattenmuster lagen.

»Du gehst ja gar nicht unter, wie kommt das?«, rief Sabitzer.

»Ich bin ein FSO-Schwimmer. Da geht man nicht unter.«

»FSO?«

»Fett Schwimmt Oben«, grinste der Kommissar.

»Fett ist gut. Das scheinst du ziemlich gut versteckt zu haben«, murmelte die Polizistin vor sich hin.

Nachdem sie sich ein wenig ausgeruht hatten, schwammen sie nebeneinander ein paar Dutzend Bahnen in dem 25-Meter-Becken. Dabei erwies sich der massige Gustavsen der zierlichen, pfeilschnellen jungen Frau als ebenbürtig.

Als sie sich schließlich prustend am Beckenrand festhielten, wies Sabitzer auf die kleinen, beinahe unsichtbaren Schienen neben dem Pool. »Was ist das?«, fragte sie.

»Das sind die Schienen für das Schiebedach«, antwortete Gustavsen.

»Schiebedach? Dieses Riesenbecken hat ein Schiebedach?«

»Klar. Schau dahinten am Beckenende, da faltet es sich zusammen und verschwindet im Boden. Alles automatisch. Kann ja schließlich mal passieren, dass es regnet oder schneit. Selbst auf Lanzarote kommt das vor«, grinste der Kommissar.

»Das ist unglaublich. Und unglaublich schön. Das muss ein irres Geld gekostet haben.«

»Warte mal ab, wenn wir hier in der Dunkelheit schwimmen«, schmunzelte Gustavsen. »Das Becken ist dann beleuchtet, und die Beleuchtung kann man frei wählen. Total romantisch.« Die Anspielung auf das Geld überging er.

Romantisch? Wieder kribbelte es der jungen Polizistin im Magen.

»Wie wäre es damit, jetzt einen kleinen Happen zu essen, bevor wir uns wieder auf die Socken machen?«, fragte Gustavsen.

»Essen ist eine gute Idee. Schwimmen macht hungrig. Und kämpfen auch«, grinste Sabitzer.

»Das stimmt. Und jetzt, wo du es erwähnst, du hast dich toll geschlagen heute. Im wahrsten Sinne des Wortes. Und ich bin froh, dass dir nichts passiert ist.« Mit einem Mal war Gustavsen wieder ernst.

»Danke. Und ich bin froh, dass dir nichts passiert ist«, sagte Sabitzer leise.

Sie schauten sich tief in die Augen, und erneut wurde es der jungen Frau warm, bevor ihr Vorgesetzter den Blick abwandte und aus dem Pool kletterte. Er griff sich ein Handtuch von einem Stapel in einem hübschen kleinen Regal am Beckenrand und strebte dem Eingangsbereich zu.

06

Nachdem sie geduscht, sich wettergerecht angezogen und etwas gegessen hatten, brachen die beiden Kommissare auf, um nach *UGA* zu fahren. Dazu fuhren sie ein Stück auf der LZ-10 zurück Richtung Tahiche, bevor sie nach einem kurzen Schwenk über die LZ-408 die LZ-30 nach Südwesten nahmen. Es ging sanft auf und ab, in der Ferne sah man wieder die braunen Berge mit ihren Schattenspielen, und vereinzelt kamen sie durch verträumte kleine Dörfer mit den typischen weißen Häusern und den entweder grünen oder blauen Fensterläden. Sabitzer fiel erneut auf, wie sauber und gepflegt es überall aussah. Sie öffnete das Fenster und atmete die herrliche Luft ein. Später erreichten sie den Rand des Timanfaya-Nationalparks, die Berge wurden höher und rückten näher, während sie durch eine endlose, schwarze Lavawüste fuhren.

»Das ist ja faszinierend, einfach toll«, rief Sabitzer aus.

»Oh ja, das ist es« bestätigte Gustavsen, sichtlich angetan von der Begeisterung seiner Assistentin. »Wenn wir Zeit haben, müssen wir unbedingt in den Nationalpark. Die haben dort ein Restaurant, in dem sie nur mit der Erdwärme Hähnchen grillen. Oder sie schütten einen Eimer Wasser in ein Loch, und sofort kommt eine Fontäne raus. Das ist unglaublich, du wirst schon sehen.«

Schließlich erreichten sie *UGA*, ein kleines Örtchen, wiederum bestehend aus den netten, weißen Häusern, zum Teil im flachen Teil des Tales, zum Teil wie mit dem Salzstreuer verteilt vereinzelt am Hang gelegen. Und Palmen, überall Palmen. *Einfach wunderschön,* dachte Sabitzer zum wiederholten Mal.

***

Vor der kleinen, ebenfalls weißgetünchten Kirche in der Mitte des malerischen Orts hielt Gustavsen an. Sie stiegen aus, und er zeigte zunächst auf den kleinen Platz neben der Kirche. In dessen Zentrum lag ein lebensgroßes Kamel, gefertigt aus dunklem Holz.

Strenggenommen ist das ein Dromedar, es hat nur einen Höcker, erinnerte sich Sabitzer an den Biologieunterricht.

»Kommt dir das Tier bekannt vor?«, fragte Gustavsen mit einem listigen Funkeln in den Augen.

»Nein, sollte es?«

»Wer weiß das schon.« Und schon war der Kommissar wieder ernst. »Komm, lass uns in die Kirche gehen.«

»In die Kirche? Na, von mir aus. Ich bin dabei.«

Sie betraten den kühlen, fast quadratischen Innenraum der Kirche. Auf der vordersten Bank saß ein mittelgroßer Mann mit lichtem Haarkranz in einer braunen Priesterkutte, der sich angesichts der Geräusche in seinem Rücken umdrehte. Als er Gustavsen sah, breitete sich ein warmes Lächeln in seinem Gesicht aus, er sprang auf und eilte durch den kurzen Mittelgang, um den Kommissar herzlich in den Arm zu nehmen.

»Gustavo, alter Protestant, wie schön, dich wiederzusehen!«

»Osvaldo, alter Pfaffe, wie geht es dir? Versuchst du immer noch fleißig, deine römischen Irrlehren zu verbreiten?«

»Selbstverständlich, du Abtrünniger und Verblendeter. Einer muss sich doch den verderblichen lutheranischen Einflüssen entgegenstellen.«

Er ließ Gustavsen los und nahm nun dessen junge Begleitung in Augenschein. »Wen hast du mir denn mitgebracht, Gustavo? Willkommen, junge Frau, in der heiligen katholischen Kirche von *UGA*, die, wie Sie sehen«, er zeigte mit dem Finger auf Gustavsen, »tatsächlich für *alle* offensteht, auch für die Verblendeten und Fehlgeleiteten.«

»Ist schon klar, Osvaldo«, knurrte der Kommissar in gespieltem Ärger. »Das ist Sandra, meine neue Assistentin.«

»Hallo, Eure, Euer …«, Sabitzer verstummte, sie wusste nicht, wie sie den Priester anreden sollte.

Der lachte laut. »Nenn mich einfach Osvaldo, liebe Sandra. Noch einmal willkommen in *UGA*.« Und nun wurde auch die Kommissarin herzlich umarmt.

»Kommt, lasst uns in mein Büro gehen. Es gibt bestimmt viel zu erzählen.« Mit diesen Worten schob der Priester seine beiden Besucher in den Raum an der vorderen Seite seiner Kirche. Dieser war einfach, aber gemütlich eingerichtet. Osvaldo komplimentierte Sabitzer zu einem bequem aussehenden Ledersessel, die beiden Männer nahmen auf den einfacheren Stühlen Platz.

»Gustavo, du warst lange nicht hier. Was führt dich und deine reizende Kollegin nach *UGA*?«, fragte der Gottesmann.

»Leider nichts Gutes. Aber ich fürchte, du musst noch ein wenig warten, ich muss es Wim als Erstes sagen. Du bist doch sicher heute Abend dort, oder?«

»Ja, er hat mich bereits angerufen. Das klingt in jedem Fall nicht gut. Ich werde dafür beten, dass alles in Ordnung kommt«, sagte er ernst.

»Das solltest du tun, Osvaldo, das solltest du tun.«

Sie hielten noch eine Weile Smalltalk, und Osvaldo berichtete Sabitzer auf ihre Frage zu seinem akzentfreien Deutsch von seinem Studium in Tübingen.

»Ich mache die besten Maultaschen von ganz Lanzarote, das wird Gustavo bestätigen, nicht wahr, mein Freund?«, sagte der Priester stolz.

»Stimmt. Und seine Spätzle sind auch nicht übel«, lachte der Kommissar.

Als sie aufbrachen, hielt Osvaldo seinen Freund kurz zurück und fragte ihn leise: »Wieviel weiß deine Assistentin?«

»Need to know!«, sagte Gustavsen knapp und genauso leise.

Sie verabschiedeten sich vom Priester und gingen zum Auto.

Als sie eingestiegen waren, brach es aus Sabitzer heraus. »Need to know, ja? Das ist es also. Der werte Herr Polizeipräsident entscheidet, welche Informationsbrocken das Dummchen vom Westerwald zugeworfen bekommt. Doll. So habe ich mir das nicht vorgestellt. Ich schlage vor, du bringst mich wieder in deine Finca, dort schnappe ich mir meine Klamotten und fliege irgendwie nach Hause. Und ihr könnt mit eurer Geheimnistuerei weitermachen. Auf dieser Basis arbeite ich nicht, das habe ich dir schon einmal in aller Deutlichkeit gesagt. Scheint aber nicht angekommen zu sein. Dann lassen wir es halt. Fahr mich bitte nach Nazaret. Jetzt!«

Eine ganze Weile sagte Gustavsen gar nichts. Dann nahm er sanft ihre Hand und sagte leise: »Du hast Recht. Zumindest zum Teil. Ich hätte dir einiges mehr sagen müssen. Denn du hast dir mein Vertrauen absolut verdient. Nicht nur, dass du dich heute unglaublich gut geschlagen hast, du hast auch jede Menge kluger Gedanken zu unserem Mordfall geäußert. Außerdem fand ich es beeindruckend, wie klar du mir heute Morgen die Meinung gesagt hast. Und was mich noch mehr beindruckt hat, war, wie du mit den Nanzenbacher Opas und mit der Verkäuferin vor dem Dorfladen umgegangen bist.«

»Dorfladen? Du warst hundert Meter entfernt!«

»Es ist mir trotzdem nicht entgangen, wie freundlich und respektvoll du dich gegenüber der Frau verhalten hast. Solche Dinge registriere ich, und sie zeigen mir, dass du das Herz am rechten Fleck hast und man sich auf dich verlassen und dir vertrauen kann.«

Sabitzer schluckte und war außerstande, etwas zu entgegnen.

»Aber es ist halt, wie es ist, und heute Abend wirst du es mit Sicherheit besser verstehen, dass ich dir aktuell noch nicht viel sagen konnte, unter anderem auch, um *dich* zu schützen. Tatsächlich stecken wir, wie du nachher hören wirst, in einer ganz vertrackten und, wie du heute bereits erleben musstest, gefährlichen Situation. Bis dahin bitte ich dich einfach noch um etwas Geduld; ich verspreche dir, heute Abend alle Karten auf den Tisch zu legen. Zumindest soweit es meine Person betrifft. Für die anderen Beteiligten kann ich natürlich noch nicht sprechen. Und vielleicht kann ich dir jetzt wenigstens schon eine kleine Freude machen, indem ich dir mitteile, dass du, falls du nichts dagegen hast, ab sofort auf meiner Freundesliste für günstige Urlaubsreisen stehst.«

Sabitzer hatte noch immer einen Kloß im Hals und sagte nur: »Okay.«

07

Da sie noch etwas Zeit hatten und offensichtlich war, dass Sabitzer sich ein wenig sammeln musste, fuhr Gustavsen ein Stück nach Westen und hielt schließlich auf dem Parkplatz von *Los Hervideros* an. Die Klippenlandschaft, in der man umherwandern und den Wellen zuschauen konnte, die mit brachialer Gewalt an die Felsen prallten, war seiner Ansicht nach genau das Richtige, um nachzudenken und die Ereignisse der letzten beiden Tage wenigstens ansatzweise zu verarbeiten. Sie trennten sich noch auf dem Parkplatz und suchten sich jeweils ihre eigene Route durch die Klippen. Sabitzer setzte sich auf eines der glattflächigeren Lavagebilde und schaute versonnen hinaus aufs Meer, während sie tief die herrliche Luft einsog. Gustavsen hatte ihr bereits einen Vortrag über die aerosolhaltige Meeresluft gehalten, die Bronchien und Schleimhäute so gut schmierte, dass jede Erkältung unverzüglich schwand. Auch ihr tat die frische Luft gut, und sie spürte, dass auch die aufgewühlte Stimmung sich langsam beruhigte. Sie ließ die zwei Tage noch einmal langsam Revue passieren und konnte die Geschehnisse langsam ein wenig einordnen. Abgesehen von der Frage, wer dieser Tote war und was er mit Gustavsen und diesem Wim, den sie gleich kennenlernen würde, zu tun hatte. Und natürlich abgesehen von den Gefühlen, die der Kommissar quasi über Nacht in ihr geweckt hatte. *Warum nur muss immer alles auf einmal kommen,* seufzte sie.

***

Nach ihrer Wanderung über die Felsenriffe setzten sie sich wieder in den blauen Kia und fuhren zurück nach *UGA*. Diesmal führte der Weg jedoch nicht durch das Dorfinnere mit der kleinen Kirche, sondern auf einer Art Durchgangsstraße Richtung La Geria. Kurz vor dem Ortsausgang ging es rechts ab in ein etwas engeres Sträßchen und vorbei an der *Casa el Morro.* Am Hang, in erhöhter

Position über dem Ort gelegen, erkannte man gegen den mittlerweile stockdunklen Himmel ein wiederum strahlend weißes Anwesen von enormer Größe. Gustavsen fuhr in die breite Kieseinfahrt und stellte das Auto vor dem vermeintlichen Haupthaus ab. Links und rechts waren jeweils niedrigere Anbauten zu sehen, daneben wiederum je ein doppeltes Garagentor.

Als die beiden Kommissare ausstiegen, öffnete sich die Haustür, und ein kleiner, ungemein beleibter Mann Ende sechzig trat mit einem warmen Lächeln heraus.

»Svennie, mein unbeschnittener Freund. Es ist lange her!«

»Wim, alter Jude. Ja, es ist wieder viel zu lange her. Wie immer. Sitzt du immer noch hier herum und wartest auf den Messias, während andere Leute arbeiten?«

»Er wird kommen!«, versetzte der kleine Mann, auf dessen kahlem Kopf sich das Licht der Eingangslampe spiegelte, feierlich.

»Ja, das stimmt, mein Lieber. Und zwar bald zum zweiten Mal«, grinste Gustavsen.

»Und was redest ausgerechnet du von Arbeit? Gibt es überhaupt noch Kriminalität in Dillenburg, seit wir Holländer nicht mehr kommen und mit unseren Wohnwagen überall falsch parken?«

»Das Verbrechen schläft nie, Wim. Aber ich muss zugeben, das Wegbleiben der Intensivtäter aus dem Land der Tulpen hat zu einer spürbaren Entspannung geführt«, lachte Gustavsen.

Und die beiden Männer fielen sich in die Arme.

»Aber wie kann ich nur so unhöflich sein«, sagte der kleine Mann unvermittelt und wandte sich Sabitzer zu. »Sie sind Fräulein Sabitzer, nicht wahr? Willkommen in meiner bescheidenen Finca. Ich habe schon so viel von Ihnen gehört. Und Svennie hat nicht übertrieben, das steht fest.«

Sabitzer warf einen schnellen Seitenblick auf Gustavsen, der scheinbar vollkommen fasziniert einen Kaktus neben der Eingangstür betrachtete.

»Soso, hat er nicht? Da bin ich ja beruhigt«, sagte Sabitzer trocken, lächelte aber. »Ich bin übrigens Sandra.«

»Angenehm, junge Da..., ähem, Sandra. Mein Name ist Willem. Meine Freunde nennen mich Wim. Aber kommt doch rein, ihr beiden. Die anderen sind schon alle da.«

Die anderen? Das kann ja heiter werden, dachte Sabitzer.

Sie durchquerten den Eingangsbereich des großen Hauses und gelangten schließlich in einen quadratischen Innenhof, der mit Blumen und Lampions geschmückt war. Die Lampen tauchten den Hof in ein warmes, einladendes Licht. In seiner Mitte stand ein großer, runder Tisch aus dunklem Holz. Vier Männer saßen um den Tisch, in eine offenbar anregende und lustige Unterhaltung vertieft, standen aber alle auf, als die Neuankömmlinge herantraten.

»Sandra, soll ich mal die Vorstellung übernehmen? Die meisten der Herren kennst du ja bereits.«

»Nicht die meisten; alle! Aber nur zu« sagte Sabitzer schmunzelnd.

Gustavsen schaute ein wenig verwirrt, dann fing er an zu grinsen. »Ach, richtig, da war ja was. Den Herrn ganz links, den griechisch-römischen Pfaffen mit seinen Reliquien, haben wir erst vorhin in seiner Kirche besucht. Der Mann daneben ist der Bruchpilot, der während des Fluges nie Alkohol trinkt, weil er ja hinterher noch Auto fahren muss. Und unseren Bücherwurm hast du ja ebenfalls schon kennengelernt, wie ich hörte.«

Der Inhaber des Ohnezahn war nicht wiederzuerkennen. Er hatte sich den Bart rasiert und sah in Jeans und T-Shirt nicht nur völlig anders aus als zuvor in der Buchhandlung, sondern wirkte jetzt wachsam und drahtig. *Eine bemerkenswerte Verwandlung,* dachte Sabitzer bei sich. Und wusste jetzt auch, was es mit dem Mann im Polo auf sich gehabt hatte.

Gustavsen riss sie aus ihren Gedanken. »Und hier der vierte Ritter der Tafelrunde. Sandra, ich habe die Ehre, dir Jürgen Emmerich vorzustellen, Apotheker aus Dillenburg. Genauer gesagt aus Eibach, so viel Zeit muss sein. Ach nein, da fällt mir ein, ich muss ihn dir ja gar nicht mehr vorstellen, du hast ihn ja bereits getroffen«, lachte Gustavsen.

Nun schaute der etwa einen Meter siebzig große Mann mit dem gepflegten dunkelblonden Haar ziemlich verdutzt drein. »Was heißt, wir haben uns schon getroffen? Da würde ich mich bestimmt erinnern«, setzte er sein charmantestes Lächeln auf.

»Netter Versuch, Jürgen«, gluckste Gustavsen. »Aber ihr seid euch tatsächlich bereits *begegnet*, wenn ich das mal so sagen darf. Sandra hat dich nämlich heute am Flughafen enttarnt. Sie hat keine zwei Minuten gebraucht, um zu erkennen, dass wir beschattet werden. Auch wenn du gedacht hast, es wirkt unauffällig, als typisch deutscher Tourist mit Strümpfen in den Sandalen zu gehen, bist du doch aufgeflogen. Und du, mein lieber Peter, musst jetzt gar nicht lachen. Dich hat sie in eurem weißen Polo über zwei Fahrspuren hinweg erkannt. Ihr seid schon echte Genies, ihr Geheimagenten i. R. Ich würde sagen, ein klein wenig eingerostet.«

»Könnte natürlich auch sein, dass deine Assistentin einfach richtig gut ist, oder?«, mischte sich Markus Henrich ein.

»In jedem Fall«, Gustavsen wurde schlagartig wieder ernst, »ist sie eine tolle Kämpferin. Wir sind nämlich überfallen worden, kurz nachdem wir die beiden abgehängt hatten. In Tahiche, am hellichten Tag. Ohne Sandra wäre ich jetzt tot. Punkt.«

»Was?« Die Männer redeten aufgeregt durcheinander. »Was ist passiert? Was habt ihr gemacht?«

»Wie gesagt, wir sind überfallen worden«, wiederholte der Kommissar. »Wir haben eingekauft, und als wir zum Auto zurückkamen, tauchten jeweils hinter dem Nachbarfahrzeug zwei Kerle auf. Ich bin nicht sicher, ob sie uns entführen oder gleich umlegen wollten, aber ihr wisst ja, dass man diese Frage besser erst stellt, wenn man den Gegner entwaffnet hat.«

Die Männer murmelten Zustimmung.

»Tja, was soll ich sagen, wir haben ihnen das Ganze ausgeredet. Allerdings war es für mich, wenn ich ehrlich sein soll, in zweifacher Hinsicht ein Schock. Erstens, weil ich Sandra in Gefahr gebracht habe – auch wenn sie eindrucksvoll bewiesen hat, dass sie auf sich aufzupassen versteht. Das ist unverzeihlich. Ich hätte gestern schon in der Pathologie die Notbremse ziehen und sie aus der Angelegenheit raushalten müssen. Aber ich habe nicht damit gerechnet, dass die Gegenseite derart schnell und kompromisslos reagiert. Das hätte ich aber tun müssen. Ich kann mir das nur so erklären, dass hier Emotionen im Spiel waren, die darin nichts zu suchen haben. Es tut mir sehr leid, Sandra«, wandte er sich an seine Assistentin.

Sabitzer war nicht fähig, irgendetwas zu erwidern. *Emotionen?* Ihr Herz tat einen Satz.

»Das zweite ist, dass ich mich habe einlullen lassen und unaufmerksam war. Ich hatte ja mit Ärger – wenn auch nicht mit *dieser* Art Ärger – gerechnet und deshalb Peter und Jürgen mit einer anderen Maschine vorausfliegen lassen. Aber dann habe ich mich zu sehr auf die beiden konzentriert und dabei vermutlich übersehen, dass wir noch andere Beschatter hatten. Jedenfalls kann ich mir nicht anders erklären, dass die Burschen plötzlich auf diesem Parkplatz auftauchten. In jedem Fall ist aber nun klar, dass wir hier eine Tür geöffnet haben, die irgendjemand lieber geschlossen lassen wollte.«

Nun meldete sich der Gastgeber, der Gustavsens Ausführungen schweigend verfolgt hatte, zu Wort und nötigte alle Anwesenden, Platz zu nehmen. »Lasst uns jetzt essen und fröhlich sein. Zum Geschäft kommen wir später.«

Zwei Bedienstete, ein einheimisches Ehepaar namens Benito und Lina, huschten herbei und trugen große Körbe und Platten mit Essen auf. Es gab frischgebackenes, knuspriges Weißbrot mit verschiedenen Dips, Käse und Oliven sowie dem unvermeidlichen Aioli, als Hauptgang Kaninchen mit den berühmten kanarischen Kartoffeln in Salzkruste, den *Papas Arrugadas*. Dazu gab es Wein und Bier und für Sabitzer und den Kommissar ein köstliches Radler, das, wie sie erfuhr, in Spanien *Clara* hieß und durch das Hinzumischen von Fanta Lemon eine andere Geschmacksnote erhielt als mit Sprite. Zum Nachtisch gab es *café con Leche* und *Flan de Huevos*.

08

Nach dem üppigen Mahl, während dessen die Männer sich gegenseitig kräftig auf die Schippe nahmen und Anekdoten aus alten Zeiten erzählten, lehnte sich Sabitzer zurück und verkündete: »Ich kann nicht mehr. Es war sensationell, Wim. Vielen Dank.«

»Danke, Sandra. Ich freue mich, dass du hier bist«, lächelte Wim. »Und nun, meine Lieben, müssen wir, so fürchte ich, über die unangenehmeren Dinge reden. Sven, ich glaube, ich weiß bereits, was du mir mitteilen willst, und konnte mich schon ein wenig darauf vorbereiten. Also sag uns, was du uns zu sagen hast.«

»Also gut«, Gustavsen räusperte sich. »Wim, ich fürchte, wir haben Alejandro gefunden.«

Der rundliche Mann zeigte zunächst keine Reaktion. Dann sprühten seine Augen Blitze, und seine Zähne knirschten hörbar.

»Ich habe es gewusst. Ich habe es immer gewusst. Er ist tot. Er ist seit dreißig Jahren tot. Und er ist in Nanzenbach gestorben. Ernesto hat ihn umgebracht. Richtig?«

»Ich denke ja. Natürlich wissen wir noch nicht abschließend, ob Ernesto …«

»Schwachsinn! Wir wissen alle, dass er es war. Ich habe Alex damals geschickt, damit er Ernesto auf die Finger schaut. Dabei ist er irgendwie aufgeflogen, und sein Schicksal war besiegelt. Und dieser Hurensohn läuft immer noch irgendwo da draußen herum und geht seinen schmutzigen Geschäften nach. Ist es nicht so?«

»Ich schätze, du hast Recht. Es sieht ganz so aus.«

»Wie habt ihr Alex nach der langen Zeit gefunden?«

»Er lag an einen Motorroller gekettet in einem Weiher außerhalb des Ortes, der im Lauf der Jahre zum großen Teil ausgetrocknet ist. So ist er nach und nach aufgetaucht, aber weil dieses Gewässer nicht gut zugänglich ist, erst gestern entdeckt worden.«

»Das war seine Vespa. Seine Legende war der italienische Gastarbeiter. Woran habt ihr ihn nach all den Jahren noch erkennen können?«

»Er hatte sich offenbar kurz vor seinem Tod den Arm gebrochen. Unter dem Gips war die Verwesung noch nicht so weit fortgeschritten, sodass seine Tätowierung sichtbar wurde.«

»Das Dromedar von *UGA*.«

»Ja«. Gustavsen schaute Sabitzer an und fragte sie: »Erinnerst du dich an das Dromedar unten im Ort neben der Kirche? Das war das Motiv für das Tattoo.«

»Jetzt, wo du es sagst, wird mir die Ähnlichkeit bewusst, ja«, antwortete die junge Polizistin. »Aber letztlich – bitte verzeiht meine Ungeduld und Unhöflichkeit – bin ich ja hier, um in einem Kriminalfall in Deutschland zu ermitteln. Und deshalb wäre es nett, wenn ihr die Informationen, die ihr hoffentlich habt, mit mir teilen könntet. Oder?«

Es wurde still am Tisch, und alle blickten zwischen dem Gastgeber und Gustavsen hin und her. Schließlich räusperte sich der Kommissar. »Ich arbeite erst einige Monate mit Sandra zusammen. Aber in den letzten zwei Tagen haben wir einiges zusammen erlebt. Und dabei ist mir klargeworden, dass auf sie in mehrfacher Hinsicht absolut Verlass ist. Deshalb habe ich beschlossen, zumindest soweit es mich betrifft, vollkommen offen zu ihr zu sein. Für euch kann ich natürlich nicht sprechen, und mir ist klar, dass dies ein sehr ungewöhnlicher Vorgang ist, was diese Gruppe betrifft. Aber nach dem, was passiert ist, sehe ich ehrlich gesagt keine Alternative mehr.«

Die Stille am Tisch schien endlos. Dann blickte Wim der jungen Frau fest in die Augen und nickte feierlich. Wie auf Befehl taten Markus, Peter, Jürgen und Osvaldo dasselbe.

Was ist denn jetzt los, fragte sich Sabitzer. *Bin ich hier in einer Freimaurerloge gelandet?*

»Wo fangen wir an?«, fragte Wim und schaute die junge Nachwuchskommissarin an.

»Das fragst du mich?«, antwortete Sabitzer. »Ich habe doch keine Ahnung, wo ich hier hineingeraten bin. Fangt doch einfach mit dem Anfang an«

»Das ist eine gute Idee«, lächelte Wim. »Vielleicht probierst du doch mal den Bermejo Blanco, denn das wird jetzt ein bisschen dauern. Wie wäre es? Der Bermejo ist ein lieblicher Weißer; wer Clara mag, sollte den auch mögen.«

»Okay, überredet«, sagte Sabitzer und hielt ihr Glas in die Höhe. Wim schenkte ein und sagte: »Salud!«

»Salud!« ertönte es im Chor, und alle stießen miteinander an.

09

»Dann will ich mal ganz vorne anfangen«, begann Wim. »Vielleicht am besten damit, wie Svennie und ich uns kennengelernt haben. Wie du schon mitbekommen hast, Sandra, bin ich tatsächlich Holländer. Holländischer Jude. Ich komme aus Leende bei Eindhoven. Als Junge Ende der Sechziger und Anfang der Siebziger bin ich mit meinen Eltern, wie vermutlich alle Holländer, in jedem Sommer mit unserem Wohnwagen nach Dillenburg gekommen und habe auf dem Campingplatz Meerbornsheide Urlaub gemacht. Übrigens eine Schande, Gustavsen, was aus dem geworden ist.«

»Wem sagst du das«, murmelte der Kommissar.

»Ich war bereits damals etwas pummelig und aß ziemlich gern. Und als Holländer mochte ich natürlich ganz besonders das ganze frittierte Zeug. Irgendwann hörte ich auf dem Campingplatz das Gerücht von einem Pommes-Frites-Automaten in Nanzenbach, das ist dieser kleine, putzige Vorort mit den Trempeln, nein, Treppen heißt es.«

»Ja, den habe ich gestern auch kennengelernt, den Treppenort«, grinste Sabitzer.

»Ein interessantes Dörfchen, nicht wahr? Jedenfalls konnte mich, nachdem ich das gehört hatte, nichts mehr halten. Ich schnappte mir mein Fahrrad und strampelte nach Nanzenbach. Aber bereits in der Hohl war ich total geschafft und musste das Fahrrad schieben. Und der Rest war nicht viel besser, die Strecke war ganz schön anstrengend. Wenn nicht die Neugier und der Heißhunger mich vorangetrieben hätten, wäre ich wohl nie nach Nanzenbach gekommen. Aber ich habe es geschafft. Und siehe da, vor der Metzgerei Herfried in der Hauptstraße …«

»Das ist schräg gegenüber der Google-Zentrale«, flüsterte Gustavsen seiner Assistentin zu.

»… stand der Pommes-Automat.«

»Jetzt wollt ihr mich verkohlen, oder?«, argwöhnte Sabitzer. »Ich habe noch nie etwas von einem Pommes-Automaten gehört. Und so etwas in den Siebzigern in Nanzenbach, das kann nur Science Fiction sein. Ihr nehmt mich auf den Arm.«

Wim sagte nur: »Jungs?«

Alle fünf Männer am Tisch hoben feierlich den Arm zum Schwur und sagten im Chor: »Den Pommes-Automaten hat es gegeben!«

Wim fuhr fort: »Es stimmt wirklich, Sandra, da war ein Pommes-Automat. Man musste, glaube ich, eine deutsche Mark einwerfen, und nach ein paar Minuten kam eine Portion knuspriger, heißer Pommes heraus. Und die schmeckten sogar. Ich habe nie verstanden, wie das technisch vor sich ging, aber es war so. In Nanzenbach. In den Siebzigern.«

»Erst Google, dann Apple, jetzt McCain. Was wird da noch alles kommen?«, dachte Sabitzer laut.

»In deiner Aufzählung fehlt noch das Kabelfernsehen«, grinste Gustavsen.

»Das Kabelfernsehen? Das ist auch in Nanzenbach erfunden worden?«

»Könnte man sagen«, meinte Gustavsen gemütlich. »Während das offizielle Kabelfernsehen Mitte der Achtziger in Deutschland Einzug hielt, gab es das in Nanzenbach bereits seit 1967.«

»Jetzt willst du mich endgültig aufs Glatteis führen«, zweifelte Sabitzer.

»Keineswegs, meine Liebe, keineswegs. Nanzenbach liegt ja, wie du gesehen hast, in einem Tal. Dort war der Fernsehempfang extrem schlecht. Da fällt mir ein, vielleicht könnten wir Dresden auch den Titel ›Tal der Ahnungslosen‹ abnehmen? Wie auch immer, jedenfalls hatten ein paar findige Einwohner die Idee, auf einer Anhöhe, dem sogenannten *Wissenbacher Berg*, genauer gesagt einer kleinen Lichtung, die man *Tanzplätzchen* nennt, eine Gemeinschaftsantenne aufzustellen und von dort via Kabel sämtliche interessierten Haushalte zu versorgen. Somit hatten die Nanzenbacher ab Ende der Sechziger drei Programme, nämlich ARD und ZDF sowie Hessen Drei. Und einige Jahre später, das war damals ein echtes Ereignis, auch wenn man heute drüber lacht, kam sogar der Südwestfunk dazu. Vier Programme und Kabelfernsehen. Das war Nanzenbach.«

»Und der Pommes-Automat«, lachte Wim.

»Genau. Und das ist noch nicht das Ende der Geschichte. Als nämlich das *echte* Kabelfernsehen aufkam, entschied die Telekom oder Post oder wer auch immer das damals war, es sei unwirtschaftlich, Nanzenbach mit Kabel zu versorgen. Also machte sich der existierende Fernsehverein erneut an die Arbeit und verlegte in Eigenregie Kabel durch ganz Nanzenbach. Und so wird der Ort bis heute, allerdings mittlerweile in Zusammenarbeit mit den großen Anbietern wie Unitymedia oder Telekom, mit Fernsehen versorgt. Dummerweise mit der bedauerlichen Nebenwirkung, dass der schöne Brauch, sich abends auf den Treppen in der Hauptstraße zu versammeln und den Dorfklatsch auszutauschen, beinahe schlagartig ausstarb. Fortschritt bringt halt auch immer negative Seiten mit sich«, endete Gustavsen melancholisch.

»So ist es, Svennie«, sagte Wim. »Also weiter im Text. Wo waren wir stehengeblieben? Ach ja, bei den Pommes. Die blieben allerdings nicht das Einzige, was Nanzenbach für ein Leckermäulchen wie mich attraktiv machte. Die Bäckerei Seidenspinner, das ist das erste Haus von oben, das nicht mehr in der schnurgeraden Reihe identischer Gebäude steht, hatte eine Softeis-Maschine angeschafft. An heißen Sommertagen war das nun der angesagteste Ort für die gesamte Dorfjugend; alle tummelten sich auf dem Platz vor der kleinen Post und schleckten das leckere Eis. Ich hatte jedoch ziemlich schnell herausgefunden, dass die Verkäuferinnen, wenn es auf den Ladenschluss zuging und noch zu viel Eis in den Schüsseln war, die Reste großzügig verteilten. Und so sah ich folgerichtig zu, immer gegen dreiviertel sechs dort zu sein. Dann bekam ich eine richtig große Portion Softeis – noch dazu kostenlos, denn das Zeug musste ja weg. Außerdem war es, nachdem das Eis gegessen war, quasi schon Zeit fürs Abendessen. Also rüber zum Pommes-Automaten. Ein Wim-Win sozusagen«, grinste der rundliche Holländer. »Übrigens gab es bei Seidenspinners auch die besten Brötchen der Gegend. Aber heute ist die Bäckerei nur noch für unseren Peter interessant, denn mittlerweile befindet sich an der Stelle, wo früher die Softeis-Maschine stand, die Dorfbücherei.«

Sabitzer machte sich eine Gedankennotiz. *Bücherei. Nanzenbach. Muss ich hin.*

»Tja, das war in Kurzform à la Wim der Beginn meiner Affinität zu Nanzenbach«, endete der Holländer.

»Das heißt«, fasste Sabitzer zusammen, »deiner Vorliebe für Softeis und Pommes ist es zu verdanken, dass wir jetzt alle hier zusammensitzen. Ich nehme doch an, ihr beide«, sie zeigte auf Wim und Gustavsen, »habt euch auf diese Weise kennengelernt. Vermutlich am futuristischen Pommes-Automaten.«

»Gut kombiniert, Sherlock«, grinste der Kommissar, »aber leider falsch.«

»Tatsächlich haben wir uns in den USA, genauer gesagt in Montana, kennengelernt«, stimmte Wim zu, »und das ist jetzt eine Geschichte für sich. Svennie, willst du?«

»Nein, mach du nur weiter, du bist gerade so schön in Fahrt.«

Wim war tatsächlich ein begnadeter Erzähler, wie er da mit seinem lustigen Akzent und dem Einsatz von Händen und Füßen die alten Geschichten zum Besten gab. Sabitzer hing regelrecht an seinen Lippen.

»Also, das war so. Ich war – ach so, was jetzt kommt, hat sich etwa fünfzehn Jahre später abgespielt –, also ich war mittlerweile Unternehmer …«

»Nicht etwa mit Tulpenzwiebeln?«, grinste Sabitzer.

»Tatsächlich mit Tulpenzwiebeln. Wirklich!«, schoss Wim lachend zurück. »Zwischenzeitlich hatten mein Bruder Henk und ich begonnen, zu expandieren. Wir hatten herausgefunden, dass in Montana der Ackerboden sehr gut für unsere Tulpenzwiebeln geeignet war, und dort eine Dependance unserer holländischen Firma eröffnet. Dann haben wir angefangen, marode amerikanische Firmen aufzukaufen, zu sanieren und entweder in die Firmengruppe zu integrieren oder weiterzuverkaufen. Das war ein einträgliches Geschäft, und es ging uns ziemlich gut.

Nicht so gut lief es mit der Integration in Amerika. Montana ist ja dafür bekannt, dass sich dort einige Milizen tummeln, die die Regierung ablehnen und von einem eigenen Staat nach eigenen Regeln träumen. Völlig durchgeknallte Typen sind das, unglaublich. Und in deren Fahrwasser gibt es diese Nazigruppierungen. Vielleicht hast du schon von der *Aryan Brotherhood* in Kalifornien gehört?«

Sabitzer nickte. »Auf der Polizeischule wurden die behandelt, sowohl was ihre Präsenz in Gefängnissen, ihre kriminellen Aktivitäten als auch ihren Einfluss auf die Bevölkerung bis hin zu Ausschreitungen und Bürgerkrieg betraf. Bei den Typen hat es mich immer geschüttelt.«

»Genau die meine ich. In Montana gibt es unzählige Splittergruppen dieser Art. Und wir waren ja nun mal Juden. Mein Bruder hatte eine amerikanische Frau geheiratet, mittlerweile hatten sie drei Kinder. Eines Tages wurde Naomi, meine jüngste Nichte, direkt vor dem Supermarkt in ihrer Kleinstadt entführt. Von Mitgliedern einer solchen Arier-Bande.«

Wim schaute versonnen in sein Weinglas, als würden ihn die Erinnerungen wieder aufwühlen.

»Naomi wurde auf dem Bürgersteig gepackt und in einen Van gestoßen, und weg war sie. Beobachtet wurde das Ganze rein zufällig – wenn man an Zufall glaubt – von einem jungen Deutschen, der sich gerade auf Dienstreise in den USA befand und sich nach seinen beruflichen Verpflichtungen noch ein Wochenende drüben gönnte, weil die Flüge nach Hause samstags und sonntags deutlich günstiger waren als freitags und somit Arbeitnehmer und Arbeitgeber etwas davon hatten. Dieser junge Mann war ebenfalls in dem *Albertsons* gewesen, und ihm war das kleine Mädchen, sie war gerade acht, aufgefallen. Er hatte an den Gesichtszügen erkannt, dass sie jüdischen Ursprungs sein musste. Und ebenso waren ihm zwei Typen aufgefallen, die man ohne Maske in einem Nazifilm unterbringen hätte können. Trotzdem konnte er die Entführung nicht verhindern; es ging alles rasend schnell, und das Kind war weg. Der Deutsche hatte aber sofort die richtigen Schlüsse gezogen und sich sogar das Kennzeichen des Vans gemerkt. Er schrie der Kassiererin zu, ein Kind sei entführt worden, gab ihr die Autonummer und forderte sie auf, die Polizei anzurufen. Weil aber klar war, dass es dauern würde, bis in dieser abgelegenen Gegend ein Streifenwagen vor Ort war, machte er sich mit seinem eigenen Mietwagen an die Verfolgung der Entführer. Die Fahrt dauerte vielleicht eine Stunde, und angesichts des spärlichen Verkehrs war es ziemlich schwer, an den Gangstern dranzubleiben, ohne sich selbst zu verraten. Letztendlich bogen die Kidnapper in einen Waldweg ein und verschwanden zwischen den Bäumen. Hier musste der Verfolger jetzt abreißen lassen. Er parkte sein Fahrzeug am Straßenrand und lief in den Wald. Glücklicherweise sind Arier dumm, und folgerichtig hatten die Entführer den Van vor einem der Farmhäuser in dem Waldgebiet stehenlassen, sodass ihr Verfolger sicher sein konnte, wo das kleine Mädchen hingebracht worden war. Er hat dann zunächst abgewartet und gehofft, dass die Polizei – er hatte der Kassiererin im Supermarkt auch zugerufen, in welche

Richtung der Van gefahren war – auf dem Weg war und angesichts seines Mietwagens am Fahrbahnrand die richtigen Schlüsse ziehen würde. Aber niemand kam. Später hat sich übrigens herausgestellt, dass der örtliche Sheriff ein Mitglied der Arier-Bande war.«

»Was?«, rief Sabitzer schockiert. »Und der hat dann nichts unternommen?«

»So ist es«, sagte Wim ernst. »Der Deutsche, ganz nebenbei kein Elitesoldat, sondern ganz normaler Verkäufer für Landmaschinenzubehör, war völlig auf sich allein gestellt. Das dämmerte ihm dann so langsam in der – Verzeihung, kleiner Wortwitz – Dämmerung. Er wartete, bis es vollständig dunkel geworden war, und schlich sich dann nahe an das Farmhaus heran. Dort konnte er die Diskussion der Arier verfolgen, denn die hatten schon ordentlich Alkohol intus und waren entsprechend laut. Was er dem Gesprochenen entnehmen konnte, war, dass man von den Eltern des Mädchens ein hohes Lösegeld erpressen und …«, Wim knirschte mit den Zähnen, »… ›den kleinen Judenbalg dann entsorgen‹ werde.

Der deutsche Kaufmann wartete noch ein paar Stunden, denn er hatte in irgendwelchen Krimis gelesen, morgens um drei sei die beste Zeit für einen Angriff. Allerdings bezog sich das wohl eher auf eine bewaffnete Attacke und nicht auf einen Kampf einer gegen vier mit bloßen Händen. So viele waren es nämlich. Der Deutsche hatte in einem Schuppen neben dem Farmhaus lediglich einen einigermaßen geeigneten Holzknüppel gefunden. Mit diesem brach er dann um Punkt drei Uhr durch ein Fenster im Hauptraum und ging auf die Entführer los. Einer gegen vier, wohlgemerkt. Selbst wenn man bedenkt, dass die ziemlich schlaftrunken waren und am Abend dem Alkohol zugesprochen hatten, ziemlich verrückt, oder? Ach ja, bewaffnet waren sie natürlich auch, das hatte ich vergessen.

Das Ende vom Lied war, dass Svennie, denn natürlich war der junge Deutsche niemand anderes, eine Kugel und einen Messerstich abbekommen, aber alle vier Entführer überwältigt hat. Und zwar hat er allen die Nase und den Ellbogen gebrochen. Allen vier. Und er hat unsere kleine Naomi gerettet.« Wim hatte jetzt Tränen in den Augen. »Dieser Mann da ist ein Held!«

»Unglaublich«, murmelte Sabitzer fassungslos.

»Wenn du es nicht glaubst, musst du dir mal seine Narben anschauen, die …«

»Das hab ich schon!«, platzte sie heraus.

Alle fünf Männer schauten erst sie an, dann den Kommissar, bevor sie allesamt zu grinsen begannen.

»Nein, nicht so«, stammelte Sabitzer und wurde glühend rot. »Ich meine, ja, ich habe sie gesehen, aber nicht …«

Das Grinsen der Männer wurde noch breiter, ehe Gustavsen mit schneidender Stimme klarstellte: »Wir waren heute schwimmen!«

»Ach, *so* war das«, sagte Peter Kuhlmann schmunzelnd. Sein Tonfall brachte die anderen erneut zum Lachen, und die Röte in Sabitzers Gesicht verstärkte sich noch einmal. *Gibt es hier nicht irgendwo ein Loch, in dem ich mich vergraben kann?* dachte die junge Polizistin. Ihre Gefühle fuhren Achterbahn. Sie schaute ihren Vorgesetzten an.

»Das hast du gemacht? Wirklich?«

»Ich fürchte, ja. So ähnlich ist es gewesen, auch wenn Wim immer eine Heldenarie daraus macht. Letztlich war es ja nichts Besonderes. Ein paar dummen, besoffenen Hinterwäldlern aufs Maul hauen ist nicht so schwer.«

»Sicher, das sieht man deinem Oberkörper ja deutlich an«, versetzte Sabitzer, aber es klang eher verträumt als sarkastisch.

»Wie hast du dich dabei gefühlt? Was ist dir durch den Kopf gegangen?«, fragte sie den Kommissar.

»Interessanterweise geht einem in einer solchen Situation so einiges durch den Schädel, nur nicht unbedingt das, was von Helden üblicherweise erwartet wird. Zunächst mal hatte ich natürlich total die Hosen voll. Ich war ein verweichlichter Kaufmann aus Deutschland, Kampfsport war für mich ein Fremdwort, ich kannte nicht einmal Chuck-Norris-*Witze* – die gab's zu der Zeit vermutlich noch gar nicht. Natürlich hatte ich die Waffen gesehen und gehört, dass man das Kind töten wollte. Es war also klar, dass man mich nicht verschonen würde. Das war die eine Seite. Die andere war die pure Wut auf Nazis, die ich schon immer gehasst habe. Wegen eines Nazis habe ich mal einen Job verloren. Und für mich waren Israel und die Juden schon immer etwas Spezielles. Sie sind laut Bibel Gottes Augapfel – auch wenn sie den Messias nicht erkannt haben, obwohl er direkt vor ihnen stand, nicht wahr, Wim? – und deshalb auch für mich ein besonderes Volk. Das waren so die Dinge, die mich in dem Moment beschäftigten. Nicht besonders heldenhaft, oder? Der alles entscheidende Gedanke aber war: Was würde mein Sohn sagen, wenn ich jetzt nicht eingriffe, das Ganze überlebte, das kleine Mädchen aber getötet würde? Würde er seinen Vater für einen Feigling halten? *Das* ist es, was den Ausschlag gab, durch dieses Fenster zu springen. Das ist nicht heldenhaft, es war letztlich nichts anderes als die Angst vor dem Urteil eines Kindes.«

»Lass dir nichts erzählen, Sandra. Der Kerl ist ein Held, auch wenn er so bescheiden tut«, beteiligte sich nun auch Markus zum ersten Mal an der Unterhaltung. »In den kleinen Dingen ist er übrigens gar nicht so bescheiden, da weist er nur zu gern auf seine Vorzüge hin, besonders wenn es kein anderer tut, stimmt's nicht, Svennie?«

Gustavsen ignorierte den grinsenden Piloten. »Jürgen, du kannst doch auch Flugzeuge fliegen, oder? Dann schlage ich vor, du übergibst deine Apotheke jetzt endgültig deiner Tochter, und wir stellen dich ein. Und den vorlauten Typen hier schmeißen wir auf dem Rückflug, der aber übers Nordkapp führen wird wegen des kalten Wassers, aus dem Flieger.«

»Salud!«, hoben alle die Gläser.

10

»Und wie ging es weiter?«, fragte Sabitzer schließlich. »Das dürfte ja mit der Polizei nicht ganz einfach gewesen sein nach dem, was ihr da eben erzählt habt, oder?«

»Richtig geraten«, sagte Gustavsen. »Die kleine Naomi war zum Glück ein aufgewecktes Kind und wusste nicht nur, wo sie wohnt, sondern kannte auch die eigene Telefonnummer auswendig. Glücklicherweise hatte die Farm ein Telefon – es gab natürlich noch keine Handys –, und ich rief ihre Eltern an. Ich beschrieb ihnen, wo wir waren, und bat darum, die Polizei anzurufen und uns abholen zu lassen. Darauf hörte ich nur noch ein barsches ›Keine Polizei. Wir holen euch ab!‹, und die Verbindung wurde unterbrochen. Weniger als eine Stunde später donnerte ein Cadillac auf den Farmhof, und Naomis Eltern und seine Massigkeit hier ...«, er deutete auf Wim, »... sprangen heraus. Sie fielen abwechselnd der Kleinen und mir um den Hals und waren völlig außer sich. Sie hatten ja bereits eine ganze Nacht auf irgendein Lebenszeichen ihrer Tochter gewartet.«

»Ja, das war eine unglaubliche Erleichterung«, übernahm Wim wieder. »Die Gerüchte um diesen Polizeichef hatten wir gekannt, aber natürlich trotzdem nicht wirklich damit gerechnet, dass der einfach nichts tut. Deshalb waren wir umso dankbarer, dass wir so vorsichtig gewesen waren, uns dort nicht zu melden.

Und dann haben wir uns die Entführer vorgenommen. Wir haben die Burschen im Wohnraum an Stühle gefesselt und einen von ihnen in den Schuppen mitgenommen. Mit dem Schlüssel, der im Haupthaus an der Innentür hing, haben wir den Geräteschrank geöffnet und die bedrohlichsten Werkzeuge herausgeholt. Damit wollten wir dem Kerl Angst machen, damit er ein Geständnis ablegte. Denn wir wussten, wir würden das brauchen, damit die Gangster wirklich aus dem Verkehr gezogen werden konnten.« Wim lachte plötzlich los, und Gustavsen stimmte ein. »Wir brauchten die Beißzange noch nicht einmal richtig vorzeigen, da machte sich der Kerl schon in die Hose, fing an zu weinen und schrie: ›Nicht wehtun, ich sage alles!‹ Wir holten uns also einen Cassettenrecorder aus dem Haus und ließen ihn sein Geständnis aufsagen. Dasselbe machten wir mit einem zweiten Gangster, und es lief tatsächlich inklusive der nassen Hose exakt genauso ab. Wir haben aber auch ziemlich bedrohlich ausgesehen, schätze ich, denn wir waren ja nun wirklich reichlich angesäuert. Jetzt hatten wir zwei Geständnisse, das sollte reichen – dachten wir. Wir räumten alles so gut auf wie möglich, legten die Cassette mit den Aussagen der Gangster auf den Wohnzimmertisch und setzten dann, bevor wir uns auf den Weg machten, einen anonymen Anruf an die Polizei ab. Dann holten wir Svens Auto, und ich fuhr ihn ins nahegelegene Krankenhaus. Mittlerweile war unser Held nämlich zusammengeklappt«, grinste Wim.

»Spotte nur, du fliegender Holländer. Du hättest ja schon von dem Marsch zur Hütte ein Sauerstoffzelt gebraucht«, frotzelte Gustavsen zurück.

»Ja, das ist wohl wahr, Svennie«, gab Wim zu. »Glücklicherweise war der Chefarzt der Klinik ein uns gut bekannter Jude, und so konnten wir die Meldepflicht für Schusswundenopfer umgehen.«

»Und wie ist das mit den Entführern weitergegangen?«, fragte Sabitzer atemlos. »Die sind doch hoffentlich für alle Zeiten eingebuchtet worden. Oder etwa nicht?«

»Sind sie nicht.« Gustavsen verzog das Gesicht. »Erinnerst du dich, dass ich die ganze Zeit gezögert habe, dir alles zu erzählen? *Das* war der Grund. Die Gangster, das haben wir erst später erfahren, waren bereits geflohen, als die Streife ankam. Das behauptete zumindest der offizielle Polizeibericht. Es habe keinerlei Spuren gegeben, weder von den Kidnappern noch von irgendeinem Opfer, und da auch kein Kind als vermisst gemeldet worden sei, gehe man davon aus, der anonyme Anruf sei nur ein Scherz gewesen. Und die Szenerie am Supermarkt sei wohl missverstanden worden; tatsächlich sei wohl nur ein Kind von seinen Eltern abgeholt worden. Alles in Butter, keine Entführung, keine Ermittlungen, nichts. Dabei wären diese vier Typen, das garantiere ich dir, niemals in der Lage gewesen, von selbst zu fliehen. Die waren vollkommen festgezurrt und sowieso durch ihre Verletzungen total gehandicapt. Nein, die Polizisten haben sie schlicht laufen lassen, weil sie insgeheim mit den Ariern sympathisierten. Und deshalb laufen die Kerle womöglich noch heute unbehelligt durch die Staaten, und wer weiß, was ihnen einfiele, würden sie unsere Identität kennen. Sie kannten nämlich auch Naomi nicht, sondern hatten lediglich beobachtet, dass die zum Spaß eine Kippa trug, und daraus geschlossen, dass sie Jüdin war. Sie kamen eigentlich aus North Dakota und hatten in der Nähe an irgendeiner Nazi-Tagung teilgenommen. Was wiederum gut für uns war, denn so konnten wir davon ausgehen, dass die korrupten Polizisten dafür Sorge tragen würden, dass die Typen auf Nimmerwiedersehen verschwinden und Wim und sein Bruder keine zusätzlichen Sicherheitsmaßnahmen ergreifen mussten. Natürlich haben sie trotzdem für eine Weile ein Personenschutzteam engagiert und sich in Polizeikreisen unauffällig umgehört, aber nach einiger Zeit konnte man sich soweit entspannen.

Ach ja, dass die Gangster sich viel Geld von der Entführung erhofften, lag einfach daran, dass sie an die Märchen von den Juden glaubten, die mit ihrem Geschäftssinn und ihren Wucherzinsen die Welt beherrschen. Das alles haben die beiden Bettnässer uns gestanden. Und in unserem Fall hatten sie, was das mögliche Lösegeld betraf, auch noch ins Schwarze getroffen, auch wenn es keine Zinsen gewesen waren, sondern Tulpenzwiebeln.

Tja, und deshalb hast du die ganze Story erst jetzt erfahren, und dir sollte klar sein, dass davon kein Wort diesen Hof je verlassen darf.«

»Du kannst ... ihr könnt euch auf mich verlassen, versprochen.«
Sabitzer schluckte.

»Gut.«

11

Mittlerweile war es Mitternacht; es war ein wenig kühler geworden, und die beiden dienstbaren Geister des Hauses hatten an jeder Ecke des Hofs Heizstrahler eingeschaltet, die nun für Wärme und eine gemütliche Atmosphäre sorgten. Sabitzer fühlte sich gleichermaßen wohl in der Gesellschaft dieser so unterschiedlichen, aber interessanten Männer als auch erschlagen von dem, was sie da alles gehört hatte. *Das sind Geschichten, die sich kein Buchautor ausdenken kann*, dachte sie und schielte immer wieder zu ihrem Vorgesetzten, der innerhalb von zwei Tagen in ihrer Achtung gestiegen war wie kein Mann vor ihm. *Ein Mann, ja, das ist er.* Wieder spürte sie dieses warme Gefühl im Magen und fragte sich, wie es sein konnte, dass sie ihn bis gestern überhaupt nicht als solchen wahrgenommen hatte und jetzt plötzlich von einer solchen Wucht an Gefühlen überrollt wurde.

Sie wollte aber trotz der späten Stunde auch den Rest der Geschichte noch hören und fragte Wim: »Bitte erzähl weiter. Das müsste ja dann der Beginn eurer Freundschaft gewesen sein, oder?«

»Ja, so war es«, grinste Wim, »es ging gleich lustig los zwischen uns. Natürlich wich ich nicht von Svens Seite, als er im Krankenhaus lag. Als er nach der Operation aufwachte, saß ich an seinem Bett. In seinem halben Delirium sprach er im Schlaf, und ich dachte mir, halt mal, diesen komischen Dialekt mit den vielen Rrrr kennst du doch irgendwoher. Also habe ich ihn sofort ausgefragt, als er endlich wieder ansprechbar war.

›Wo kommst du her?‹

›Deutschland.‹

›Wo in Deutschland?‹

Warum will der das wissen? Was interessiert einen Ami mitten im Wilden Westen, wo ich in Deutschland herkomme?

›Aus Hessen.‹

84

›Wo in Hessen?‹

Ist der Kerl neugierig!

›Aus Dillenburg.‹

›Welcher Ortsteil?‹

Welcher Ortsteil? Spinnt der?

›Nanzenbach.‹

›Dachte ich es mir doch. Wo in Nanzenbach?‹

Moment, hier stimmt irgendetwas ganz und gar nicht. Was will der Typ von mir?

›Was soll die Frage?‹

›Was glaubst du, was ich für ein Landsmann bin?‹

›Ich denke, US-Amerikaner, oder nicht?‹

Bin ich hier bei Jeopardy, oder was?

›Ich bin Holländer.‹

Jetzt fällt der Gulden, nun wird mir einiges klar.

›Das heißt, du bist einer von denen, die früher ständig ganz Dillenburg mit ihren Wohnwagen verstopft haben?‹

›Genauso einer bin ich.‹

Und so, meine Liebe, trafen sich ein Nanzenbacher und einer, der Nanzenbach – nicht nur wegen des Softeis und des Pommes-Automaten – liebte, auf einer abgelegenen Farm in Montana und wurden Freunde fürs Leben.«

»Das ist eine unglaubliche Geschichte. Habt ihr mal überlegt, darüber ein Buch zu schreiben? Das wäre ein Hit geworden, das steht mal fest«, wunderte sich Sabitzer. »Das war aber noch nicht alles, denke ich. Da fehlen noch ein paar Puzzlestücke, beispielsweise Ernesto und die *UGA Airways*, oder?«

»Über Ernesto wollen wir heute nicht mehr reden. Die Geschichte von *UGA Airways* dagegen ist schnell erzählt«, antwortete Wim. »Wir waren ja Kapitalisten, mein Bruder und ich, und unserem Verständnis von Kosten und Nutzen zufolge wollten wir Sven natürlich großzügig für seine Tat entlohnen. Schließlich hatte er unseren Augapfel vor dem sicheren Tod gerettet. Also boten wir ihm einen Betrag an, der ihn zum Millionär gemacht hätte. Das allerdings führte dazu, dass er wutentbrannt aus dem Krankenbett aufsprang und uns beinahe dasselbe antat wie den Entführern. Er war dermaßen wütend, dass er sofort aus dem Krankenhaus laufen und heimfliegen wollte. Wir haben uns tausend Mal entschuldigt, aber es half nichts. Und genau in dem Moment, als Sven sich gerade den Krankenhauskittel vom Leib riss und seine eigenen Klamotten überziehen wollte, kam Naomi mit ihrer Mutter ins Zimmer. Und die Kleine hat sich ihm dann in die Arme gestürzt und ihn beruhigt.« Wim lachte laut in der Erinnerung an die bizarre Szene mit dem halbnackten und überall bandagierten Gustavsen im Krankenzimmer.

»Über eine Belohnung wurde nie mehr gesprochen. Das Einzige, was Sven uns je zugestanden hat, war, ihn und seine Familie jedes Jahr zu Naomis Geburtstag in der Business Class einfliegen zu lassen. Unbequemes Fliegen hasst er nämlich bis heute, nicht wahr, Svennie?«

»Das kannst du laut sagen. Wobei, hätte ich damals schon gewusst, wie es ist, in einer C130 auf die andere Seite der Erde zu fliegen, wäre ich klaglos mit der Lufthansa-Economy geflogen, das war ja vergleichsweise der pure Luxus«, seufzte der Kommissar. Peter, Jürgen und Markus sowie der Priester nickten unisono bekräftigend.

»Aber heute seid ihr doch scheinbar irgendwie Geschäftspartner, oder?«, fragte Sabitzer.

»Ja, aber das kam erst einige Jahre später«, sagte Wim. »Wir hatten ja wie gesagt einen neuen Geschäftszweig gegründet, indem wir Firmen, die in Schwierigkeiten steckten, aufkauften und sanierten. Am Ende des Tages hieß das jedoch eigentlich immer nur, jedes Mal demonstrativ die Hälfte des bisherigen Vorstandes zu entlassen, um unsere Macht und Durchsetzungsfähigkeit zu verdeutlichen, und anschließend auch große Teile der Belegschaft abzubauen. Da diese Vorgehensweise aber nie den Kern der Probleme traf, lagen die Erträge – selbst wenn wir sehr gut davon leben konnten – letztlich weit unter dem, was wir uns vorstellten.

Das besprach ich irgendwann mit Sven anlässlich eines seiner Besuche zu Naomis Geburtstag. Kurz vorher hatten wir eine große Firma – ausgerechnet aus dem Landmaschinenbereich – gekauft, mit der Sven sogar bereits selbst Geschäfte gemacht hatte. Vom Umsatz und der Mitarbeiterzahl her war dies das größte Unternehmen, das wir je übernommen hatten, aber ertragsweise war es eine Katastrophe. Wie gesagt kannte Sven diesen Laden, und er kannte auch unsere Vorgehensweise bezüglich Sanierung. Und er sagte mir eines Tages unverblümt, wir gingen das Ganze vollkommen falsch an. Ich war verblüfft und fragte ihn, was er meinte. Er hielt mir einen langen Vortrag über Motivation und Wertschätzung, über Entrepreneurship und Identifikation. So etwas hatte ich, der Tulpenzwiebelmillionär und knallharte Sanierer, noch nie gehört. Aber es klang interessant, zumal ich wusste, dass Sven in seiner vorherigen Firma – die ihn gerade aussortiert hatte – die exakt gleichen Dinge moniert und vor genau den Entwicklungen gewarnt hatte, die das Unternehmen letztlich an den Rand des Abgrunds gebracht hatten. Somit war zwar noch nicht bewiesen, ob man mit der von ihm empfohlenen Vorgehensweise tatsächlich Erfolg haben könnte, aber auf der anderen Seite wussten wir, dass er mit seinen Warnungen und Voraussagen zur Entwicklung seines früheren Arbeitgebers Recht behalten hatte. Ergo war für meinen Bruder und mich sehr schnell klar, dass wir Sven mit einem Beratervertrag ausstatten würden. Den hat er auch akzeptiert, sich jedoch ausdrücklich nur ein Sachbearbeitergehalt, dafür aber eine hohe Gewinnbeteiligung ausbedungen. Angesichts der aktuellen wirtschaftlichen Situation war das nicht wirklich ein Risiko für uns, und so kamen wir ins Geschäft.

Und was soll ich sagen? Dieses Unternehmen lag sechs Jahre später auf Platz 382 der Fortune 500 in den USA, und wir alle waren … reich.

Dann wollte Sven zurück nach Deutschland. Seine Frau hatte ihn leider verlassen, weil ihr Heimweh zu groß gewesen war und die Beziehung die zeitweilige lange Trennung nicht überstanden hatte. Somit sah Sven seine Kinder nur noch ein- oder zweimal im Jahr, und das wollte er nicht mehr. Gleichzeitig war auch ich müde geworden; meine Frau war an Krebs gestorben …«

»Das tut mir leid, Wim«, sagte Sabitzer leise.

»Danke, Sandra; es ist lange her, aber manchmal nicht lange genug.« Wim räusperte sich und trank einen Schluck Wein. »Lange Rede, kurzer Sinn, wir verkauften unsere Anteile an der Zuliefererfirma und ich auch alle meine sonstigen Beteiligungen an meinen Bruder und wurden Frührentner – oder Privatiers, wie man so schön neudeutsch sagt. Da wir uns jedoch damals bereits darüber im Klaren waren, dass wir zu jung waren, um nur noch Geld auszugeben, haben wir lange darüber nachgedacht, was wir tun könnten. Wir wussten nur, dass wir etwas Gemeinsames machen wollten.

Und dann hatte Svennie den rettenden Gedanken. Er erinnerte mich an das Geschehen rund um Naomis Entführung und die Untätigkeit der Polizei. Wir dachten darüber nach, wie viele Menschen tagtäglich Ungerechtigkeiten erleiden, ohne dass ihnen einer hilft. Weder die Polizei noch die Justiz noch irgendjemand sonst. Und das wollten wir ändern; ganz einfach in unserem direkten Umfeld, ohne es an die große Glocke zu hängen. Wir wollten, wie es Osvaldos Lieblingsfeind Luther so schön ausgedrückt hat …«, der Priester schnaubte verächtlich, »… *dem Volk aufs Maul schauen,* um mitzubekommen, wo es

Ungerechtigkeiten gibt, wo Menschen gemobbt oder übervorteilt werden, ohne dass sich irgendeine Hand rührt. Also gründeten wir eine Firma, die sich einerseits – und hier kommen Jürgen, Peter und Markus ins Spiel – mit Sicherheitsfragen und beispielsweise Personenschutz befasst. Gleichzeitig betätigen wir uns als, sagen wir einfach, *Problemlöser.* Wir geben rechtliche Unterstützung, wo der Rechtsschutz fehlt, wir reden freundlich mit zahlungsunwilligen Versicherungen oder ermutigen mobbende Vorgesetzte dazu, ihr Verhalten zu überdenken und zu ändern. Man glaubt gar nicht, was Reden bewirken kann – wenn man seine Argumente mit dem nötigen Nachdruck vorbringt. Nicht wahr, Svennie?«, Wim lachte.

Gustavsen schmunzelte und schwieg.

»Das klingt – verzeiht mir, wenn ich das so sage – als würdet ihr es mit dem Gesetz nicht immer so ganz genau nehmen, oder sehe ich das falsch?«, fragte Sabitzer in die Runde.

12

Nun schaltete sich Markus Henrich wieder in die Unterhaltung ein. »Sandra, bist du einigermaßen bibelfest?«

»Naja«, antwortete die junge Frau verlegen, »ich bin immerhin konfirmiert und war im CVJM-Mädchenkreis. Was willst du wissen?«

»Du hast vielleicht gemerkt, dass wir uns ständig gegenseitig auf die Schippe nehmen, was unseren Glauben betrifft, oder? Und obwohl wir eine ziemlich bunte Truppe sind – ein Katholik, ein Jude, einer von der Brüderbewegung mit charismatischen Anwandlungen, ein Gemeindehopper und noch ein paar andere schräge Jesus-Nachfolger –, verbindet uns letztlich doch unser Glaube. Und natürlich haben wir alle gelernt, dass wir Böses mit Gutem vergelten sollen und so weiter. Wobei es Wim, der als Jude ja gewissermaßen noch im Alten Testament feststeckt, du weißt schon, Auge um Auge etc., natürlich noch etwas leichter hat als wir«, grinste er den Holländer an, der daraufhin die angesprochenen Augen verdrehte.

»Und um unserem Glauben nicht untreu zu werden«, fuhr Markus fort, »haben wir uns gemeinsam zwei Prinzipien zugrunde gelegt.

Das erste ist eine Bibelstelle, in der Jesus den Pharisäern die rhetorische Frage stellt, ob der Mensch für den Sabbat da ist oder der Sabbat für den Menschen. Am Sabbat durften die Juden ja keinerlei Arbeit verrichten – so gesehen hat Wim jeden Tag Sabbat.«

Ihr Gastgeber schaute in gespielter Verzweiflung in den Abendhimmel und seufzte.

»Jesus hatte die Frechheit begangen, an diesem Tag jemanden zu heilen. Und zeigte den Pharisäern mit seinen Worten schließlich auf, dass dieser Ruhetag deshalb von Gott angeordnet worden war, damit die Menschen sich, eben, ausruhen konnten von ihrem sonstigen Tagewerk. Er sollte den Menschen zu Gute kommen.

Genauso ist es mit dem Gesetz. Es ist kein Selbstzweck, sondern soll den Menschen schützen – manchmal auch vor sich selbst – und ihm sein Leben und das Zusammenleben mit anderen letztlich erleichtern. Und in den Fällen, die von ebenjenem Gesetz nicht vollständig abgedeckt sind, tritt halt nicht der am besten passende nächste Paragraf in Kraft, um dem Gesetz zu genügen, sondern dann wird entschieden, was das Beste für die betroffenen Menschen ist. Das ist Prinzip eins.

Prinzip zwei befasst sich mit der sogenannten Obrigkeit. Weißt du, ob die Bibel sich für oder gegen die Todesstrafe ausspricht, Sandra?«

»Interessante Frage. Ich bin nicht ganz sicher. Aber es heißt doch ›Du sollst nicht töten‹, oder?«

»Das stimmt, so heißt es. Aber hier muss man schon differenzieren. Es geht meinem Verständnis nach mehr um Töten im Sinne von Mord. Wenn jemand mit Tempo dreißig in einer Dreißigerzone ein Kind tödlich verletzt, das plötzlich hinter einem geparkten Auto hervorgelaufen ist, hat er dann gegen ein biblisches Gebot verstoßen? Sicher nicht. Aber eigentlich will ich ja auf etwas anderes hinaus:

Es gibt eine Bibelstelle, wonach Gott ›der Obrigkeit das Schwert gegeben‹ hat. Was man mit einem Schwert macht, ist klar, denke ich. Wobei ich jetzt nicht behaupten will, dass diese eine Bibelstelle die finale Antwort auf die Frage nach der Todesstrafe darstellt. Was jedoch ist diese Obrigkeit? Es ist sicher der Staat, die Polizei, die Justiz. Einig? Gut. Jetzt stell dir vor, du gehst mit deinem Freund im Park spazieren und …«

»Ich bin Single!«

»Salud!«, ertönte es im Chor, und die Gläser wurden gehoben. Sabitzer lächelte gequält und versteckte ihre Röte hinter dem Weinglas.

»Hätten wir das also auch geklärt«, fuhr Markus schelmisch grinsend fort. »Wie auch immer, du gehst mit deinem *imaginären* Freund im Dillenburger Hofgarten spazieren. Plötzlich kommen drei Typen aus den Büschen, die euch angreifen und dir erkennbar etwas Bestimmtes antun wollen. Stell dir weiterhin vor, du bist *keine* Kampfsportlerin, und dein Freund ist nicht so eine Kampfmaschine wie unser Sven.«

Wie gut, dass es dunkel ist, so sieht man hoffentlich mein Gesicht nicht, dachte Sabitzer, deren Wangen brannten.

»Um dich vor der Vergewaltigung zu retten, braucht es jetzt die Obrigkeit, richtig? Dummerweise ist kein Polizist weit und breit zu sehen. Nur ein einsamer anderer Spaziergänger wandert durch den Hofgarten. Als dieser näher kommt, entpuppt er sich als ziemlich großer, kräftiger, vernarbter Bursche, der aussieht, als könne er ziemlich gut zuschlagen. Unglücklicherweise erkennst du, dass er eine aufgeschlagene Bibel in der Hand hält. So ein Ärger. Denn jetzt musst du als gute Christin ja den Missbrauch über dich ergehen lassen. Du weißt schon, wer dich auf die linke Wange schlägt, dem sollst du auch die rechte hinhalten und so weiter. Und der einsame Spaziergänger ist offensichtlich ebenfalls Christ und hat demzufolge das gleiche Problem mit der linken und der rechten Backe. Und ist ja nicht Obrigkeit, sondern nur, sagen wir mal, Verkäufer für Traktorzubehör.

Merkst du was? Wenn man die Bibel in diesem Punkt schwarz und weiß und wörtlich auslegen müsste, würde das Ganze womöglich auf eine Vergewaltigung rauslaufen. Aber kann das Gott so gewollt haben? Dass wir ihm quasi am ehesten dann Ehre machen, wenn wir uns wehrlos missbrauchen oder massakrieren lassen? Wir glauben das nicht. Wir glauben vielmehr – und das ist der Punkt –, dass der zufällige Spaziergänger im Hofgarten in deinem Fall zur Obrigkeit, also zum Polizeiersatz, wird und die Angreifer hoffentlich ordentlich vermöbelt. Natürlich ist das Bild von der Obrigkeit mit dem Schwert überzogen, es muss ja nicht immer auf Verletzung oder Tod hinauslaufen. Aber es kommt auf das Prinzip an, und das ist eben unser Prinzip Nummer zwei. Wenn wir sicher sind – und wir machen uns diese Beurteilung nie leicht, sondern es braucht auch schon mal einen ganzen Abend wie den heutigen, um uns nur bei einem Fall auf das Vorgehen zu einigen –, dass irgendwo auf dieser Insel oder im Raum Dillenburg jemand leidet, ohne dass die eigentliche Obrigkeit ihm zu Hilfe kommt, und wir sind in der Lage, etwas dagegen zu unternehmen, dann tun wir das. Und ich persönlich kann mit diesen beiden Prinzipien hervorragend leben.«

»Perfekt auf den Punkt gebracht, Markus«, sagte Gustavsen knapp, während alle anderen, selbst der Priester, bekräftigend nickten.

»Das war eine eindrucksvolle Rede, Markus«, sagte Sabitzer. »Und ich glaube, diese Prinzipien gefallen mir ausnehmend gut. In diesem Sinne – um euch zu zeigen, dass ich lernfähig bin – ein Salud auf die Obrigkeit!« Sie hob ihr Glas.

»Salud!« echote der Männerchor.

»Jetzt solltet ihr mir vielleicht noch verklickern, wie ihr euch überhaupt kennengelernt habt. Das scheint mir ja doch ein recht bunt zusammengewürfelter Haufen zu sein«, nahm Sabitzer den Faden wieder auf.

»Okay«, sagte Gustavsen, »wo wir schon mal dabei sind: Die Kurzform lautet, wir – außer Wim und ich, diese Geschichte kennst du ja jetzt – haben uns alle an irgendwelchen Krisenherden und in Kriegsgebieten dieser Welt kennengelernt. Vielleicht sagt dir die Bezeichnung *Black Ops* etwas?«

»Das sind die Aktionen, die irgendwo im Geheimen ablaufen und wo die amerikanische Regierung hinterher glaubhaft abstreitet, nichts gewusst zu haben, oder?«, vermutete Sabitzer.

»Genau das«, nickte Gustavsen. »Peter hier, unser Bücherwurm, stammt aus Südafrika und war im Nebenberuf Scharfschütze. Eigentlich heißt er übrigens Pieter Ceulemans. Wir haben uns bei irgendeiner Geheimoperation kennengelernt, und es stellte sich heraus – du weißt ja, dass Südafrika ziemlich von den Holländern beeinflusst ist, deshalb auch der Name –, dass seine Vorfahren in derselben Straße in Leende gewohnt haben, aus der auch Wim stammt. So kam eins zum anderen, und letztlich gefiel es Peter in Dillenburg so gut, dass er dort sesshaft geworden ist.«

»Scharfschütze? Sorry, wenn ich so direkt bin, aber verträgt sich das mit den Prinzipien, die ihr mir vorhin erklärt habt?«

Peter fühlte sich nicht im Mindesten angegriffen. »Ja, das ist manchmal ein heikles Thema. Aber Scharfschütze zu sein bedeutet ja nicht nur, dass man genau weiß, wo man hinschießen muss, um jemanden zu töten, sondern eben auch, wie man es fertigbringt, einen Gegner auszuschalten, ohne ihn zu töten.«

»Das macht Sinn«, gab Sabitzer zu. »So habe ich es noch gar nicht gesehen.«

»Jürgen wiederum«, fuhr Gustavsen mit seiner Vorstellungsrunde fort, »stammt aus Eibach, das ist ein weiterer Ortsteil von Dillenburg.«

»Ging es da nicht irgendwo auf dem Weg nach Nanzenbach rechts ab?«, meinte sich Sabitzer zu erinnern.

»Korrekt. Da kommt er her. Kennengelernt haben aber auch wir uns nicht etwa auf der Hohlbrücke oder am Nanzenbacher Pommes-Automaten, …«

»… oder an der Eibacher Heilquelle, *der* Touristenattraktion überhaupt …«, warf Jürgen ein.

»… sondern bei irgendeiner blutigen Aktion im Nahen Osten. Er ist nämlich nicht nur Apotheker – und Scharfschütze –, sondern auch Sanitäter und hat mich nach irgendeinem Einsatz zusammengeflickt. Dummerweise war er beim Nähen etwas in Eile, sonst sähe die Narbe nicht so übel aus, und du wärst heute nicht so zusammengezuckt«, grinste der Kommissar.

»Typisch Nanzenbacher. Da rettet man ihnen den Arsch, und das ist dann der Dank. Ich hätte ihn verbluten lassen sollen«, grummelte Jürgen, grinste aber breit dabei.

»Nein, du hast es wirklich gut gemacht, und viele gute Jungs verdanken dir eine Menge«, beruhigte ihn der Kommissar.

»Dann haben wir noch Markus, unseren Bruchpiloten aus Niederscheld. Er kann zwar absolut nichts außer Liegestützen, aber ehrlicherweise habe ich nie jemanden kennengelernt, der einen Apache-Hubschrauber derart gekonnt auf einem Bierdeckel landen konnte, während ihm die Kugeln um die Ohren flogen.«

»Zuviel der Ehre, Lieutenant«, murmelte Markus bescheiden.

»Last but not least ist da noch Osvaldo, der tatsächlich Armeepriester war, als wir uns trafen. Und in der Branche, in der wir arbeiteten, hieß das, wenn Not am Mann war, musste der Priester das Schwert Gottes schon mal aus der Hand legen und mit handfesten Waffen arbeiten. Und da Osvaldo wie Wims liebe Frau, die leider nicht mehr unter uns ist, von Lanzarote stammt, schließt sich der Kreis. Jetzt weißt du alles über das dreckige halbe Dutzend von *UGA*.«

»Aber wie bist du denn selbst zu diesen sogenannten Black Ops gekommen, Sven?«, fragte Sabitzer. »Du warst doch Verkäufer oder sowas, dann hast du diese Firma geleitet, und danach warst du Frührentner. Ach, und heute bist du Kriminalpolizist, wenn ich mich recht erinnere – woran ich mittlerweile zweifle«, stöhnte sie.

»Du hast alles korrekt wiedergegeben, keine Sorge«, bestätigte Gustavsen. »Wims Familie ist ja wie gesagt jüdischen Ursprungs. Henks Sohn Jo, also Naomis großer Bruder, war bei der israelischen Armee. Vielleicht hast du mal etwas von der *Sajeret* gehört?«

»Ist das nicht eine Spezialeinheit oder so etwas, so ähnlich wie die Seals?«, erinnerte sich Sabitzer an die Vorlesungen in der

Polizeischule und die Träume der jungen Kadetten, einmal bei einer solchen Elitetruppe zu landen.

»Ja, so in etwa. Jedenfalls hat mich Jo, nachdem ich nach Amerika übergesiedelt war, dorthin mitgenommen. Und obwohl ich kein Jude war – und noch dazu Deutscher –, hat letztlich die Sache mit Naomi den Ausschlag dafür gegeben, dass ich dort aufgenommen wurde. Also durfte ich mit den Jungs ein bisschen mittrainieren, und da habe ich dann auch ein wenig Hauen gelernt, du weißt schon, Krav Maga und so.«

»Deshalb warst du heute auch schneller mit deinem Kerl fertig als ich mit meinem«, verstand Sabitzer. »Ich habe mich schon gewundert, wie ein – sei mir nicht böse – schwerer Junge wie du so fix einen bewaffneten Angreifer auf die Bretter schicken kann.«

»Ja, die Israelis sind immer noch die besten Lehrmeister, schätze ich«, grinste der *schwere Junge*.

»Okay, dann kann ich das alles – und euch – ein wenig besser einordnen, danke dafür. Aber eins«, Sabitzer grinste nun verschmitzt, »würde ich gerne, bevor wir uns schlafen legen, noch wissen: Warum nennt dich jeder *Kümmel?*«

Am Tisch brach ein schallendes Gelächter los.

»Das ist eine …«, versuchte es der Kommissar.

»Nein, nein, nix längere Geschichte. So viel Zeit haben wir noch. Ich spüre, da steckt etwas dahinter. Also, wer erzählt es mir?«, insistierte Sabitzer.

Jürgen, der Apotheker, meldete sich zu Wort. »Das kann ich machen, ich war nämlich dabei«, grinste er.

»Ja, und du Sauhund hast mir den Spitznamen selbst verpasst«, grummelte Gustavsen, grinste nun aber ebenfalls.

»Schuldig im Sinne der Anklage«, sagte Jürgen gespielt reumütig. »Es war so: In Dillenburg war Bürgermeisterwahlkampf, und kurz vor der Wahl stellten sich die drei Kandidaten einer

Podiumsdiskussion. Das hessische Innenministerium sandte extra einen Mitarbeiter vorbei, um seinen Parteifreund zu unterstützen. Der oberste Polizeidirektor war verhindert und schickte deshalb unseren Sven hier zu der Veranstaltung. Nun ging der Typ vom Ministerium aufs Podium und schwadronierte lang und breit darüber, was der amtierende Bürgermeister – natürlich mithilfe der Landesregierung – in seinen bisherigen zwei Amtsperioden aus dem maroden Dillenburg für eine blühende Stadt gemacht hatte. Unter uns gesagt, wir Zuhörer haben uns zeitweise gefragt, ob der Mann womöglich die Städte verwechselt hat; in Dillenburg war die beschriebene Entwicklung jedenfalls bis dahin nicht zu erkennen gewesen.

Wie auch immer, als er zum Thema Sicherheit kam, Polizeipräsenz und so, fiel sein Blick auf Sven, der als stellvertretender kommunaler Würdenträger in der ersten Reihe saß und ihm zu Beginn der Veranstaltung vorgestellt worden war. Dabei stellte er fest, dass Sven gerade selig vor sich hinlächelte. Dies nahm der Vollblutpolitiker aus Wiesbaden natürlich sofort als Initialzündung für eine leidenschaftliche Law-and-Order-Rede und wollte die Gelegenheit gleich ausschlachten, indem er Sven auf die Bühne bat, damit dieser die konsequente Haltung der Landesregierung und des Bürgermeisters beim Thema Innere Sicherheit bestätigt. Also sprach er zur gebannt lauschenden Menge:

›Vor mir sitzt gerade der Vertreter der hiesigen Polizei, Herr Sven Gustavsen. Herr Gustavsen, kommen Sie doch kurz nach vorne und sagen Sie einige Worte über das, was wir bisher gemeinsam für Dillenburg erreicht haben.‹

Sven wollte nicht aufs Podium und schüttelte den Kopf. Der Politiker ließ aber nicht locker. Sven versuchte, ihn mit lautlosen Lippenbewegungen von seinem Vorhaben abzubringen, aber es half nichts. Der Mann hatte seine einmalige Chance erkannt, Punkte zu sammeln, und die wollte er unbedingt nutzen. Somit blieb Sven nichts anderes übrig, als aufs Podium zu klettern.

Der Kerl sagt also zu ihm: ›Herr Gustavsen, Sie als stellvertretender Polizeichef von Dillenburg – übrigens mit einer hundertprozentigen Aufklärungsquote bei Kapitaldelikten, wie ich hinzufügen darf – können die Sicherheitslage in dieser schönen Stadt ja aufgrund Ihrer langjährigen Erfahrung am besten beurteilen. Deshalb freue ich mich, dass ich eben Ihr zustimmendes Lächeln zu meinen Ausführungen bezüglich dessen, was wir alle gemeinsam für Dillenburg bewegt haben, ernten durfte. Bitte sagen Sie dazu ein paar Worte. Danke.‹

Sven, der sich im Scheinwerferlicht vor der versammelten Menge erkennbar unwohl fühlte, nahm sich das Mikrofon und sagte: ›Herr Abgeordneter, ich fürchte, das Ganze ist ein Missverständnis. Dass ich vorhin gelächelt habe, lag lediglich daran, dass mein Abendessen heute aus einem Kümmelbrötchen bestand. Scheinbar habe ich beim Zähneputzen eins der Kümmelkörner nicht erwischt. Und das habe ich nun eben aus den Zähnen herausgepult und draufgebissen. Deshalb mein seliges Lächeln. Ich liebe nämlich Kümmel. Was Sie zum Thema Sicherheit gesagt haben, war völliger Schwachsinn!‹«

Die Heizstrahler an den Hofecken schienen zu wackeln, so laut wurde nun am Tisch gelacht. Wim liefen Tränen über die Wangen. Und auch Sabitzer konnte jetzt nicht mehr an sich halten.

Als man sich wieder einigermaßen beruhigt hatte, fragte sie: »Wie ist das Ganze denn weitergegangen, Jürgen?«

»Naja«, antwortete der Apotheker-Sanitäter, »die Kurzfassung lautet, wir haben heute einen neuen Bürgermeister.«

»Salud darauf«, sagte Gustavsen.

»Salud!«

»Und ich glaube, nun reicht es der jungen Dame erst einmal«, meldete sich Wim wieder zu Wort. »Sandra, ich schätze, du hast jetzt einiges zu verarbeiten. Deshalb schlage ich vor, wir machen Schluss für heute und treffen uns vormittags wieder hier. Ich nehme an, Jürgen, Peter und Markus übernachten bei euch in Nazaret?«

»So ist es geplant«, sagte Gustavsen.

Sie verabschiedeten sich voneinander und gingen zu ihren Autos. Sabitzer beobachtete, wie aufmerksam die Männer nun nach allen Seiten sicherten. *Wie Raubtiere im Dschungel, sogar der Priester,* dachte die junge Polizistin.

Sabitzer und Gustavsen im Kia, die drei anderen Männer im Polo, fuhren sie hinter Osvaldo her, der mit seinem uralten, klapprigen weißen Fiat Ritmo ins Dorf hinunterknatterte und schließlich neben der knuffigen kleinen Kirche anhielt. Nachdem der Gottesmann im Kircheneingang verschwunden war, fuhren sie im Konvoi weiter Richtung Nordosten.

In Nazaret angekommen, strebten die drei nach einem kurzen Gute-Nacht-Gruß der zweiten Ferienwohnung zu, während die beiden Kommissare Kurs auf Gustavsens Bleibe nahmen.

»Das war unglaublich, Sven. Vielen Dank für den Tag«, sagte Sabitzer leise.

»Ich habe zu danken. Du hast dich prima gehalten. Und ich glaube, du hast heute nicht nur mich davon überzeugt, dass wir uns auf dich verlassen können. Ich jedenfalls bin froh, dass du hier bist.«

Wieder stieg ihr die Röte ins Gesicht, und ihr wurde wieder bewusst, dass dieser Mann eine Menge Saiten in ihrem Inneren zum Klingen gebracht hatte.

Sie trat an den Kommissar heran, hauchte ihm einen Kuss auf die Wange und eilte in ihr Zimmer, bevor er irgendetwas sagen konnte. Gustavsen stand noch eine Weile im Flur und dachte darüber nach, was da gerade passiert war, bevor er mit einem leisen »Gute Nacht, Sandra« seufzend seine Zimmertür öffnete.

13

Von lautem Lachen und Planschen aus dem Poolbereich geweckt, schaute die Kommissarin blinzelnd auf den Sperrbildschirm ihres Handys. *Acht Uhr, immerhin,* dachte sie. Sie hatte tief und traumlos geschlafen, was sie angesichts dessen, was sie gestern erlebt und erfahren und was sie aufgewühlt hatte, erstaunte. *Muss die besondere Luft sein, von der Sven so geschwärmt hat,* schmunzelte sie.

Sie kletterte aus dem Bett und ging durch die offene Terrassentür. Nachdem sie damit gerechnet hatte, dass die Männer im Pool nur herumalberten, wurde sie jetzt eines Besseren belehrt, denn dort draußen war ein ernsthaftes Rennen im Gang. Die vier Männer pflügten durch das halbolympische Becken, als ginge es um Leben und Tod. Sabitzer war beeindruckt.

Sie schaute sich um, sah die braunen Berge in der Ferne – wieder sorgten ein paar Schäfchenwolken für herrliche Muster auf den Bergflanken –, sog die warme, frische Luft ein und beschloss, dass auch ihr ein Bad nicht schaden würde. Also schlüpfte sie nach dem Zähneputzen in ihren getrockneten Bikini und lief mit federnden Schritten die Treppe hinunter.

Am Pool angekommen, wurde sie von den Männern, die ihren Wettkampf mittlerweile beendet hatten und sich nach Luft schnappend am Beckenrand festhielten, mit einem kollektiven »Guten Morgen, Sandra« begrüßt.

»Komm rein«, rief Markus, der Pilot, »das Wasser ist herrlich.«

Das ließ sich die junge Frau nicht zweimal sagen, ging schnell unter die Pooldusche und sprang ins Becken. Nach ein paar schnellen Bahnen drehte sie sich auf den Rücken und versuchte, Gustavsens FSO-Haltung nachzuahmen. Ganz gelang es ihr nicht, sie musste doch etwas paddeln, um nicht unterzugehen. Trotzdem fand sie nun die Muße, alle Sinne auf die Sonne, die Luft und die Berge zu konzentrieren und tief und genussvoll durchzuatmen. *Es ist einfach herrlich,* dachte sie, *und gleichzeitig irgendwie unwirklich, wenn man bedenkt, warum ich eigentlich hier bin.*

Die Männer hatten den Pool mittlerweile verlassen und waren zum Duschen gegangen. Gestern hatte Sabitzer festgestellt, dass die gesamte Anlage nicht nur unglaublich geschmackvoll eingerichtet, sondern auch absolut praktisch ausgelegt war. So gab es – etwas Derartiges hatte sie noch nie gesehen – sogar eine Luftschleuse, durch die man gehen und sich dadurch das komplette Abtrocknen sparen konnte. Lediglich bei den langen Haaren musste noch der Fön ran. Gustavsen hatte ihr erklärt, das Schlimmste beim Schwimmbadbesuch sei doch, wenn man sich nach dem Schwimmen die Strümpfe über die klammen, nassen Füße zerren müsse. Das habe er mit dieser Lösung vermeiden wollen. *Recht hat er,* hatte Sabitzer belustigt gedacht, *man muss es sich allerdings auch leisten können.* Aber das war ja, wie sie gestern Abend gelernt hatte, offenbar der Fall.

Nun mischte sich der köstliche Duft nach Kaffee und gebratenem Schinken ins Aroma des frühen kanarischen Morgens. Sofort fing Sabitzers Magen an zu knurren, und nach einer letzten gemütlichen Bahn kletterte sie aus dem Becken. Eine etwas ältere schwarzhaarige Frau war gerade dabei, einen Tisch im kleinen Garten hinter dem Pool zu decken. *Frische Brötchen, Croissants, Marmelade, Wurst, alles da,* registrierte Sabitzer erfreut.

»Muy buenos días«, kratzte die Nachwuchskommissarin die Reste ihrer rudimentären Spanischkenntnisse zusammen und lächelte die Frau an.

»Moje«, lautete die Antwort in akzentfreiem Deutsch. »Ich bin Elena. Wie geht es dir?«

»Hallo, ich bin Sandra, ich freue mich, dich kennenzulernen. Du sprichst ja perfekt Deutsch. Wie kommt das?«, wunderte sich Sabitzer. »Lass mich raten, *Moje* deutet irgendwie darauf hin, dass dir ein kleiner, aber bedeutender Ort in Deutschland namens Nanzenbach nicht ganz unbekannt ist. Hab ich Recht?«

»Das ist eine …«

»Ach, ich weiß schon, eine längere Geschichte, richtig?«, grinste Sabitzer. »Scheinbar ist alles, was mit Sven Gustavsen zusammenhängt, eine längere Geschichte.«

»Das stimmt«, lachte Elena. »Und meistens ist die Geschichte nicht langweilig, stimmt's?« Ihr offenes Lachen war ansteckend,

»Ja, das kann man wohl sagen«, stimmte Sabitzer zu.

»Du solltest dich beeilen mit dem Anziehen. Die Männer kennen keine Verwandten, wenn es ums Essen geht. Den Rest besprechen wir dann später«

»Oh, da werde ich mich besser auf die Socken machen. Denn ich habe schon jetzt tierisch Hunger, so toll, wie das hier riecht.« Sabitzer flitzte in ihr Zimmer.

Überraschenderweise hatten die Männer mit dem Frühstück auf die junge Nachwuchskommissarin gewartet und gaben sich alle Mühe, die beiden Frauen am Tisch – Elena hatte sich zu ihnen gesellt, was Sabitzer erfreut zur Kenntnis nahm – wie vollendete Kavaliere zu behandeln.

Das Frühstück unter Palmen war wundervoll. *Wenn das so weitergeht, bin ich kugelrund, wenn ich wieder zuhause ankomme,* fürchtete Sabitzer. Der direkt gepresste Orangensaft und der knusprig gebratene Schinken schmeckten unvergleichlich frisch und gut.

Die Stimmung am Tisch war gelöst. Sabitzer fragte sich, ob die Lockerheit der Männer womöglich eine Strategie war, mit den Belastungen und Gefahren, denen sie ausgesetzt waren, umzugehen. *Wie auch immer, das sollen die Psychos beurteilen, ich freue mich einfach, dass es so ist.*

Als Elena schließlich aufstand und begann, den beinahe vollständig leergegessenen Tisch abzuräumen, sprangen Markus und Jürgen auf und packten fleißig mit an. *Sieh mal an,* grinste Sabitzer in sich hinein.

14

Nachdem sie sich reisefertig gemacht hatten, verabschiedeten sie sich von Elena und kletterten in die beiden Autos, um zurück nach *UGA* zu fahren. Der Weg führte wieder durch die malerische Landschaft und die kleinen Dörfchen mit den hübschen weißen Häusern, dann jedoch nicht zu Wims Finca am Hang, sondern zur kleinen Kirche in der Dorfmitte. Vor der Tür stand ein weißer Volvo XC60.

In der Kirche warteten Osvaldo und Wim nebst dessen beiden Angestellten Benito und Lina. Die Neuankömmlinge wurden freundlich begrüßt.

»Guten Morgen, Sandra. Ich hoffe, deine erste Nacht auf Lanzarote war erholsam?«, erkundigte sich der Priester.

»Es war wunderbar, danke. Und erst das Frühstück ...«, schwärmte Sabitzer.

»Oh ja, Elenas Schinkengewürzmischung ist legendär«, steuerte Wim mit verträumtem Lächeln bei.

»Okay, wenn alle da sind, können wir mit der Andacht beginnen«, sagte der Priester.

Eine Andacht mit Katholiken, Protestanten, Brüdern und einem Juden? Das wird interessant, dachte Sabitzer.

***

»Im Gedenken an unseren Freund und Bruder Alejandro«, begann der Gottesmann, »möchte ich uns eine Geschichte aus dem dreizehnten Kapitel des vierten Buches Mose vorlesen. Da geht es um die Kundschafter, die Mose aussandte, um das Land, das sie erobern sollten, in Augenschein zu nehmen.«

Er las das Kapitel laut vor. Die Anwesenden hörten aufmerksam zu.

»Mir ist diese Begebenheit eingefallen«, klappte der Priester seine Bibel zu, »weil Alejandro, um den wir heute trauern, ebenfalls ausgesandt wurde. Und auch wenn es nicht ums Erobern ging, war es doch so, dass er wie die zwölf Israeliten Informationen sammeln sollte, um dann letztendlich einen Sieg davonzutragen.

Interessant an der Geschichte ist ja, dass die Zwölf, obwohl sie alle exakt dasselbe gesehen hatten, zu so unterschiedlichen Schlussfolgerungen kamen. Zehn von ihnen warnten das Volk vehement davor, sich mit den Kanaanitern anzulegen. Lediglich zwei erinnerten sich an Gottes Zusage, dass ihnen das Land gehören würde, und empfahlen den Kampf.

Die Geschichte und ihre Fortsetzung sollen uns natürlich lehren, unser Vertrauen auf Gott zu setzen, auch wenn die Umstände dagegen sprechen.

Im Gegensatz zu den zwölf Männern aus der Bibel ist Alejandro von seinem Erkundungsgang leider nicht mehr zurückgekommen. Und obwohl wir alle seit langem wussten, dass er nicht mehr kommen wird und sicher nicht mehr lebt, war die Bestätigung gestern doch ein Schock.

Doch was verbindet Alejandro mit den Protagonisten aus der biblischen Erzählung? Ich denke, wir sind uns alle einig, dass er keiner der Zehn gewesen, sondern wie Kaleb und Josua mutig gegangen wäre – und gegangen ist. Und die ihn kannten, wissen auch, dass er sein Vertrauen auf Gott gesetzt hat. Das gibt uns den Trost und die Zuversicht, dass Alex seit nunmehr dreißig Jahren am Ziel ist, in seinem ganz persönlichen Gelobten Land. Das soll und darf uns und seine Familie trösten.

Gleichzeitig ist klar, dass wir diesen Mord nicht auf sich beruhen lassen können. Andererseits müssen wir kühlen Kopf bewahren und dürfen nicht als Racheengel auftreten, schon wegen unserer Prinzipien und unserer Glaubwürdigkeit. Dafür und für Alejandros Familie wollen wir jetzt beten. Sandra«, wandte er sich zu der jungen Polizistin, »da wir hier keinen offiziellen Gottesdienst abhalten, dürfen Frauen sich auch beteiligen – ist ja in manchen

Kirchen verboten und in anderen erlaubt. Also fühl dich frei, ein Gebet zu sprechen oder nicht.«

Sandra Sabitzer sprach ein Gebet.

Nach der Gebetsgemeinschaft gingen Jürgen und Peter vor die Tür, um die Umgebung zu sichern. Daraufhin enterte die bunte Truppe die Autos und fuhr den Hang hinauf zu Wims Anwesen.

Wieder gruppierten sie sich um den dunklen Holztisch im Innenhof, während Benito und Lina ins Hausinnere eilten und gleich darauf mit Erfrischungsgetränken zurückkamen.

»Also, Leute, was haben wir bisher?«, eröffnete Wim die Diskussion. »Sven, willst du anfangen?«

Gustavsen räusperte sich. »Das Wichtigste habt ihr alle schon gehört. Jetzt ist die Frage, was das alles zu bedeuten hat. Wie Wim bereits klargestellt hat, war Alejandro dafür abgestellt, Ernesto zu überwachen und Beweise gegen ihn zu sammeln, und …«

»Stopp!«, ging Sabitzer dazwischen. »Hier müsst ihr mich noch auf den aktuellen Stand bringen, ich weiß nämlich über diese Geschichten noch gar nichts.«

15

»Stimmt«, sagte Wim, »da müssen wir doch noch mal ein wenig
ausholen. Ich versuch's mal im Telegrammstil – soweit mir das
möglich ist. Also, Ernesto heißt mit Nachnamen Alvarez Valverde
und ist der Bruder meiner verstorbenen Frau Paulita, somit mein
Schwager. Genaugenommen ist er nicht ihr leiblicher Bruder,
sondern wurde als Kleinkind adoptiert. Ihr Elternhaus ist in
Guatiza, das liegt etwas unterhalb des Jardín de Cactus im
Nordosten der Insel. Dort hat er auch zuletzt gewohnt, bis er auf
Nimmerwiedersehen verschwunden ist. Kurz gesagt, Ernesto ist ein
Gangster. Er hatte hier auf Lanzarote die Finger in allen möglichen
krummen Dingern, allerdings alles eher im kleinen Rahmen. Das
änderte sich, als er ins Schleppergeschäft eingestiegen ist. Es ist ja
bekannt, dass die Kanaren mittlerweile eine bedeutende
Anlaufstelle für Flüchtlinge aus Afrika sind. Das ist allerdings nichts
Neues, sondern läuft auf niedrigerem Niveau schon seit vielen
Jahren. Ernesto hat sich das Geschäft schon früh unter den Nagel
gerissen, seine Konkurrenten mit teilweise brutalen Methoden
ausgestochen und eine Menge Geld gescheffelt.

Als ihm auf der Insel der Boden zu heiß wurde, hat er sich ein
zweites Spielfeld für seine Gaunereien gesucht. Dazu muss man
wissen, dass Paulitas und Ernestos Vater Deutschlehrer am Goethe-
Institut war und die Kinder deshalb fließend Deutsch sprachen –
dadurch habe ich Paulita auch kennengelernt, ich brauchte nämlich
eine Dolmetscherin für eine spanische Firmen-Übernahme.« Wim
seufzte und trank einen Schluck.

»Wie auch immer«, fuhr er schließlich fort, »wir hatten ein kleines
Ferienhaus in Nanzenbach oberhalb des Dorfes gekauft, und dort
hatte uns Ernesto einige Male besucht, bevor es wegen seiner
kriminellen Auswüchse zum Bruch kam. Und dummerweise kam er
auf die Idee, seine illegalen Aktivitäten auf Dillenburg und
Umgebung auszuweiten. Aus seiner Sicht war das nicht einmal

dumm, denn wie auf Lanzarote hatte er es hier mit einer, sagen wir, überschaubaren und mehr oder weniger heilen Welt zu tun, wo er seine kleinen Betrügereien weiterführen konnte. Hinzu kam, dass er eben perfekt Deutsch sprach.

Also hat sich Ernesto tatsächlich ein zweites Hauptquartier in Nanzenbach eingerichtet, genauer gesagt außerhalb des Ortes in der Nähe des Bahnhofs.« Wim machte eine Pause und fing an zu grinsen.

»Ein Bahnhof außerhalb des Ortes?«, echote Sabitzer prompt. »Ist das wieder so eine Geschichte wie das Kabelfernsehen und der Pommes-Automat?«

Wim grinste weiter. »Ich wusste, das würde dir auffallen, Sandra. Ja, tatsächlich befindet sich der Nanzenbacher Bahnhof nicht nur außerhalb des Dorfes, sondern sogar eine knappe Stunde Fußweg vom Ort entfernt im sogenannten Schelderwald. Natürlich wird der Bahnhof seit langer Zeit nicht mehr als solcher genutzt; anhand seiner Lage kann man sich jedoch ganz gut vergegenwärtigen, wie mühevoll das Leben auf dem Land in früheren Zeiten gewesen sein muss.

Wie auch immer, auf dem Weg vom Nanzenbacher Sportplatz zu ebendiesem Bahnhof gibt es vereinzelt ein paar Wohnhäuser, und an der Schelde-Lahn-Straße befand sich das Restaurant *Nikolausstollen*, wo es diese herrliche Knoblauchbutter gab. Jammerschade, dass das nicht mehr existiert.« Wim schien beim bloßen Gedanken daran das Wasser im Mund zusammenzulaufen.

»Jedenfalls hat sich Ernesto mit einigen seiner Leute, alles Galgenvögel, in einem dieser Häuserblocks eingenistet. Natürlich unter falscher Identität. Und seither hat er abwechselnd im Dillkreis und auf Lanzarote sein Unwesen getrieben. Er hat also auch hier immer noch sein Gauner-Netzwerk. Zwei daraus habt ihr gestern kennengelernt.«

»Das habe ich mir gedacht«, sagte Sabitzer. »Was ist eigentlich mit denen passiert?«

»Sven hat unseren Kontaktmann bei der Polizei angerufen, der über die Angelegenheit informiert ist und auch weiß, dass wir im Stillen ermitteln und nicht an Publicity interessiert sind. Deshalb werdet ihr beide auch nicht zur Polizei müssen, um eine Aussage zu machen. Ob die beiden allerdings lange sitzen, ist fraglich ohne ordentliches Gerichtsverfahren. Aber wir und Andres, das ist unser Gewährsmann bei der Policía Canaria, sind uns darüber einig, dass wir an den großen Fisch nur herankommen, wenn wir bei den kleinen nicht offiziell in Erscheinung treten.

Warum aber nenne ich Ernesto, den Kleingauner, jetzt einen großen Fisch? Nun, bei Kriminellen ist es offenbar genauso wie bei Drogensüchtigen – sie brauchen immer mehr. Und so genügten Ernesto seine kleinen Schweinereien irgendwann nicht mehr, und er wollte höher hinaus. Er begann, Banken und Juweliere auszurauben, sowohl auf den Kanaren als auch in Deutschland. Und irgendwann kam es, wie es kommen musste, bei einem Überfall auf eine Kunstgalerie in der Nähe von Wetzlar kamen zwei Personen zu Tode, der Inhaber und eine Kundin. Das gab dann den Ausschlag dafür, dass wir uns konsequent in die Ermittlungen einschalteten – bis dahin hatten wir nur Nadelstiche gesetzt, Überfälle verhindert, Erpresser überwältigt und anonym der Polizei übergeben und so weiter. Aber jetzt hörte der Spaß natürlich auf, zumal wir – ich – auch noch eine Mitverantwortung dafür trugen, dass Ernesto seine kriminelle Ader nun in unserem geliebten Nanzenbach und seiner Umgebung auslebte.

Übrigens ist das auch der Grund«, wandte sich Wim an Sabitzer, »warum Sven sich später überhaupt der Kripo angeschlossen hat, wo er doch finanziell unabhängig ist und mit unserer Sicherheitsfirma genug Beschäftigung hat – falls du dich darüber gewundert haben solltest.«

»Ja, das wäre eine meiner nächsten Fragen gewesen«, lächelte die Nachwuchskommissarin. »Aber wie habt ihr das hinbekommen? Ich meine, Sven hat doch sicher keine klassische Polizeiausbildung absolviert, oder habe ich da irgendeine weitere Lücke im Lebenslauf übersehen?«

»Du hast Recht, Sandra«, schmunzelte Wim und fuhr fort: »Eine entsprechende Ausbildung hat er nicht. Sagen wir, es gab da ein paar Beziehungen, die das Ganze möglich gemacht haben, und lassen das mal so stehen. Außerdem kommt seine Aufklärungsquote dem Dienststellenleiter zugute, der damit wiederum nach außen glänzen kann. Somit sind alle glücklich. Und Sven hat dadurch sowohl Einfluss auf die laufenden Ermittlungen als auch Zugriff auf die Datenbanken der Polizei, was für uns ein großer Vorteil ist – wenngleich unser Bücherwurm Peter diesbezüglich auch ein paar außerordentliche Fähigkeiten aufweist, wenn ich das so sagen darf.« Wim grinste wieder, wurde aber sofort wieder ernst.

»Das Problem an der Sache war und ist allerdings, dass erstens keine Beweise für Ernestos Beteiligung an den Überfällen vorliegen und er und seine Bande zweitens nicht vor Mord und Totschlag zurückschrecken. Hinzu kommt, dass Ernesto damals untertauchte und, obwohl wir sicher sind, dass er sich immer noch in seinem Bunker im Schelderwald aufhält, nie wieder öffentlich in Erscheinung getreten ist. Es wurde sogar gemunkelt, er habe sich einer Gesichtsoperation unterzogen und seine Identität komplett gewechselt. Theoretisch könnte er längst tot sein, zumal zumindest die bewaffneten Überfälle nach der Tragödie in Solms schlagartig aufhörten.

Das war letztlich der Grund, warum ich Alejandro nach Nanzenbach geschickt habe. Er sollte beobachten und versuchen, Beweise gegen Ernesto zu sammeln. Er hat es auch geschafft, einige von Ernestos Aktivitäten nachhaltig zu stören, aber echte Beweise konnte er in den drei Jahren nicht herbeibringen. Ernesto ist, das muss man ihm leider zugutehalten, ein raffinierter Bursche.

Aber seit gestern wissen wir jetzt nicht nur, dass Alejandro seinen Einsatz mit dem Leben bezahlt hat, sondern auch, dass Ernestos Gang lebt. Das steht nun fest, und jetzt müssen wir überlegen, wie wir damit umgehen.

Oh, eins muss ich noch hinzufügen: Die Sache mit Ernesto begann, bevor Sven und ich uns näher kennenlernten. Deshalb kannte er Alejandro nur vom Hörensagen.«

»Das stimmt«, bestätigte Gustavsen, »außerdem war ich zu der Zeit, als Alex in Nanzenbach wohnte, schon weggezogen. Trotzdem bin ich einigermaßen erschüttert, dass ich das spurlose Abhandenkommen eines angeblichen italienischen Gastarbeiters nie mit Alejandros Verschwinden in Zusammenhang gebracht habe. Gefunden hätten wir ihn so zwar auch nicht früher, aber ich zerbreche mir seit vorgestern vergeblich den Kopf darüber, wie mir das entgehen konnte. Schließlich *habe* ich doch, als ich bei der Kripo anfing, sämtliche Vermisstenfälle dahingehend untersucht.« Der Kommissar schüttelte den Kopf.

»Das kann diesmal ich aufklären, Sven«, meldete sich Sabitzer. »Die Angelegenheit Luigi Chiellini war nicht als Vermisstenfall deklariert, sondern als Mietprellerei. Der Vermieter hat Anzeige erstattet, weil sein Mieter nicht mehr bezahlt hat. Daraufhin hat man ein paar Ermittlungen durchgeführt, es aber letztendlich dabei belassen. Es ging ja nur um ein paar hundert Mark. Deshalb konntest du in den Vermisstenakten nichts finden. Schließlich ist das alles noch nicht digitalisiert.«

»Aber wie bist du darauf gekommen, Sandra, und ich nicht?«, insistierte Gustavsen.

»›Folgt der Spur des Geldes‹, hat unser Ausbilder immer gesagt, ›oder der der Liebe. Eins davon ist fast immer das Motiv.‹ Daran habe ich mich erinnert«, sagte die Nachwuchspolizistin lächelnd.

»Respekt, junge Dame, Respekt«, sagte Wim anerkennend. »Sven, ich habe das deutliche Gefühl, du hast hier eine tolle Ergänzung gefunden.«

Ergänzung? Sabitzer vibrierte innerlich.

16

»Das alles bringt uns nun zu der Frage«, nahm Gustavsen den Faden wieder auf, »was der Überfall gestern zu bedeuten hat. Danke übrigens für die Zusammenfassung, Wim«, nickte er zu ihrem Gastgeber hinüber.

Peter fragte: »Ich weiß, das ist jetzt vielleicht zu viel verlangt, aber hattet ihr den Eindruck, die beiden Gangster gestern wollten euch entführen, oder glaubt ihr, sie waren darauf aus, euch zu töten?«

Sabitzer und Gustavsen schauten sich an. »Entführen!«, sagten sie wie aus einem Mund.

»Die Körpersprache, wenn ich das so sagen darf, deutete auf Entführen hin«, versuchte sich der Kommissar zu erinnern, »wobei ich nicht ganz sicher bin, ob ihnen vielleicht eine Geisel genügt hätte und somit ein Opfer in Kauf genommen worden wäre. Auch, um damit den Druck auf den jeweils Überlebenden zu erhöhen. Was denkst du, Sandra?«

Sabitzer schauderte es, als sei ihr jetzt erst bewusst geworden, in welcher Gefahr sie geschwebt hatten. »Ich sehe das so wie du. Außerdem ist ja die Frage, verzeiht mir, wenn ich als Außenstehende frei drauflos spekuliere, warum man uns – beide – hätte töten sollen. Was wollten wir denn tun? Wim informieren, dass Alejandro umgebracht worden ist. Das hätten wir – schließlich leben wir nicht mehr in der Zeit der Schlacht von Marathon – auch telefonisch oder per E-Mail oder WhatsApp tun können. Somit kann es nicht darum gegangen sein, zu verhindern, dass Wim die Information erhält. Für mich sieht das eher so aus, als ob die Gegenseite befürchtet, dass wir irgendetwas *wissen*, was mit dem Mord zusammenhängt, und das wollte man aus uns herauspressen.«

Die Männer sahen sich beeindruckt an. »Sven, ich habe genau wie Wim den starken Eindruck, dass du da eine ziemlich gute Assistentin an deiner Seite hast«, sagte Jürgen zum Kommissar.

»Und ich glaube, sie hat mit ihrer Vermutung ins Schwarze getroffen.«

»Das glaube ich auch«, sinnierte Gustavsen, »also das mit der guten Assistentin ...«, Sabitzer errötete leicht, »... und auch das mit der Information, die man uns abpressen wollte. Die Frage ist, was das sein soll. Es kann sich doch eigentlich nur um etwas handeln, was wir bei der Leiche angetroffen haben. Aber da war nichts außer Alejandro und einem Moped und einer Handschelle. Oder erinnerst du dich an irgendetwas, was da nicht in den Rahmen passte, Sandra?«

Sabitzer überlegte kurz. »Nein, zumindest nichts Offensichtliches. Das wiederum führt zu zwei Schlussfolgerungen beziehungsweise Fragen. Erstens, habt ihr damals die wenigen Hinterlassenschaften Alejandros nach seinem Verschwinden genau geprüft, damit ihr ausschließen könnt, dass da irgendetwas dabei war, was uns heute weiterbringen könnte?«

»Da war so gut wie nichts. Wir haben lediglich ein paar Klamotten und Toilettenartikel gefunden. Wir haben jede Zahnpastatube auseinandergenommen und die komplette Wohnung auf den Kopf gestellt, Dielenbretter rausgerissen etc. Nichts«, dachte Wim an die fürchterliche, ungewisse Zeit nach Alejandros spurlosem Verschwinden zurück.

»Dann müsste, sofern unsere Theorie stimmt, irgendeine Information irgendwo anders sein. Vielleicht hatte Alejandro irgendwo an der Vespa etwas versteckt, was uns weiterhilft und irgendeine Beweiskraft besitzt«, überlegte Sabitzer.

Wortlos stand Gustavsen auf, nahm sein Smartphone und verließ die Runde. Lina nutzte die Zeit, um Getränke nachzuschenken und kleine Tapas zu servieren. Es gab spanische *Croquetas* mit Schinken-, Käse- und Hähnchenfüllung. Sabitzer hatte sich in der kurzen Zeit bereits unsterblich in die köstlichen kleinen Häppchen und die leckere *Fanta Lemon* verliebt.

Mittlerweile war Gustavsen wieder an den Tisch zurückgekommen, und die Spekulationen über den aktuellen Fall gingen weiter.

Dann klingelte das Handy des Kommissars. Diesmal blieb er sitzen und nahm das Gespräch an. Er hörte eine halbe Minute zu, sagte »Danke, Sabrina!« und beendete die einseitige Unterhaltung.

»Markus, wir müssen zurück nach Deutschland. Sabrina hat etwas gefunden«, wandte er sich knapp an den Piloten.

Peter griff sofort in die Tasche und warf Markus den Schlüssel des Polo zu; ohne ein Wort stand dieser auf, winkte dem Bediensteten-Ehepaar zum Abschied zu und verschwand.

Die können auch anders als albern, das steht mal fest, dachte Sabitzer beeindruckt.

»Wir fahren in fünf Minuten. Dann haben wir noch Zeit, unsere Klamotten in Nazaret abzuholen, und sind dann rechtzeitig am Flughafen. In der Zwischenzeit wird Markus die Formalitäten erledigt haben und den Flieger warmlaufen lassen«, ordnete der Kommissar an.

»Da Osvaldo und ich gleich zu Alejandros Familie müssen, können wir nicht mitkommen. Wir würden dann morgen nachkommen, wenn ihr es für nötig haltet«, sagte Wim. »Deshalb könntest du uns noch schnell darüber informieren, was du gerade erfahren hast.«

»Entschuldige, Wim, du hast Recht. Kurz gesagt, Sandras Ahnung hat sich als Treffer herausgestellt. Sabrina hat etwas im Tank der Vespa gefunden. Offenbar hat Alejandro dort etwas in einem wasser- oder besser gesagt benzindichten Behältnis versteckt. Es sind wohl Aufzeichnungen vorhanden, ein Schlüssel und vor allem eine Filmdose. Das wird uns mit Sicherheit weiterhelfen. Und ja, ich würde es gut finden, wenn ihr beiden nachkommen könntet. Erstens glaube ich, dass es sicherer ist, wenn wir in der nächsten Zeit alle zusammen bleiben, zweitens können wir jedes funktionierende

Hirn gut gebrauchen. Markus kann euch gleich morgen früh abholen«, endete der Kommissar.

Sie standen auf, und Sabitzer verabschiedete sich mit einer herzlichen Umarmung und einem »Muchas gracias« von Benito und Lina. Wim und Osvaldo nickte sie zu und sagte: »Hasta la próxima.« Die Männer lächelten und winkten ihnen zum Abschied hinterher.

***

In weniger als einer Stunde hatten sie alle in Gustavsens Kia Nazaret erreicht, ihre Koffer gepackt und waren am Flughafen eingetroffen. Dort stand die elegante weiß-braune Maschine bereits mit laufenden Triebwerken bereit, und direkt nach dem Einsteigen dirigierte Markus den Jet auf die Rollbahn hinaus, um dann ohne weitere Verzögerung durchzustarten.

Der Flug verlief schweigsam; Jürgen und Peter waren, wie Sabitzer bereits gestern registriert hatte, ohnehin nicht die großen Redner, Gustavsen war tief ins Nachdenken versunken, und Sabitzer hatte nach einem letzten Blick von oben auf die wunderschöne Insel Lanzarote endlich die Gelegenheit, die Ereignisse und das Gehörte der letzten Tage in Ruhe zu reflektieren. In der Nacht zuvor war sie ja, obwohl eigentlich vollkommen aufgedreht, eingeschlafen, sobald ihr Kopf das Kissen berührte.

Das ist völlig irre, wo ich hier reingeraten bin, dachte sie. *Und offensichtlich ist dieser Fall auch richtig gefährlich. Aber wollte ich es anders haben? Auf keinen Fall; unglaublich, was für eine interessante Truppe ich hier kennengelernt habe. Und dann ist da ja auch noch mein Chef,* dachte sie mit einem neuerlichen Kribbeln im Bauch. Jetzt wurde ihr auch zum ersten Mal so richtig bewusst, was für ein großes Vertrauen die Männer in sie setzten. *Unfassbar,* sagte sie zu sich selbst. Und nahm sich fest vor, keinen von ihnen je zu enttäuschen.

17

Auf dem Siegerland–Flughafen angekommen, warteten sie nicht auf Markus, der sich noch um das Flugzeug zu kümmern hatte und nachkommen würde, und fuhren in Gustavsens Ford Richtung Dillenburg. Mittlerweile war es später Nachmittag, und ein im Vergleich zu der sanften Brise auf Lanzarote beißender Wind fegte über die Höhen des Grenzgebiets zwischen Westerwald und Siegerland.

In Dillenburg fuhren sie zunächst bei Sabitzers Wohnung in der Bredastraße vorbei, wo sie kurz nach dem Rechten sah und etwas Wechselkleidung einpackte – Gustavsen hatte etwas von ›Hauptquartier für die nächsten Tage‹ gemurmelt –, bevor sie sich wieder nach Nanzenbach aufmachten. An der Polizeistation vorbei ging es über die Hohlbrücke. Oben auf der Hohl angekommen, seufzte Jürgen leise, als sie am Hinweisschild nach Eibach vorbeikamen.

»Ist Eibach auch so ein interessantes Dörfchen wie Nanzenbach?«, fragte Sabitzer den Apotheker.

»Viel schöner, viel abwechslungsreicher, nicht so eintönig wie Treppenhausen«, sagte Jürgen im Brustton der Überzeugung, während Gustavsen ein verächtliches Schnauben hören ließ. »Außerdem ist es da gesund; wir haben eine weithin bekannte Heilquelle. Und ein Tretbecken bei der wunderschönen Mühle. Und sowieso haben wir viel mehr Tradition als die Nanzenbacher. Es gibt ja immer diese Wettbewerbe, welcher Ort der älteste ist und so weiter. Die Nanzenbacher behaupten, das Dorf habe bereits Ende des zwölften Jahrhunderts existiert, als Barbarossa beim dritten Kreuzzug auf dem Weg nach Jerusalem dort hindurchgeritten sein soll. Das untermauern sie mit dem Spitznamen *Uboardshausen*. Denn als sie den Kaiser mit seinem wallenden roten Bart gesehen haben, soll einer gerufen haben: ›Uh, wos en Board!‹, das heißt auf Deutsch so viel wie ›Oh, was für ein Bart!‹.«

»Genauso war es«, sagte der Kommissar, »da gibt es überhaupt keinen Zweifel. Aber die Eibacher Story ist noch besser. Die behaupten nämlich, sie könnten beweisen, dass ihr Kaff schon im dritten Jahrhundert vor Christus existiert hat. Es gebe nämlich Fotos …«, gluckste Gustavsen, »… die belegen, dass einer von Hannibals Elefanten, der bei der Alpenüberquerung verlorengegangen ist, sich nach Eibach verirrt und die Heilquelle komplett leergetrunken hat.« Jetzt lachten alle laut.

Als sie sich wieder einigermaßen beruhigt hatten, sagte Gustavsen: »An dieser Stelle verraten wir aber nicht, wie alt Frohnhausen ist. Das kann dann Sabrina für uns erledigen.« Und wieder wieherten die Männer los.

Mittlerweile hatten sie Nanzenbach erreicht. Gustavsen steuerte den Flex die schnurgerade, jetzt regennasse Hauptstraße entlang, ließ auch die Abfahrt zum Biebersteiner Weiher rechts liegen und fuhr weiter Richtung Hirzenhain. Nach etwas mehr als einem Kilometer bergan verlangsamte er, blinkte und bog nach rechts in einen abschüssigen Feldweg ein. Dieser führte zu einem umzäunten Grundstück, dessen Tor offen stand. Auf der linken Seite lagen hintereinander zwei Fischteiche von etwa dreißig Metern Länge, rechts schmiegte sich ein flaches, in skandinavischer Blockbauweise errichtetes Haus an den Hang. Gustavsen fuhr durch das Tor, das sich hinter ihm sofort wieder schloss, steuerte an der Längsseite entlang und drückte auf einen Knopf in der Dachkonsole des Ford. Am östlichen Ende des Hauses befanden sich insgesamt vier Garagen, von denen sich die erste nun automatisch öffnete. Der Kommissar lenkte das große Fahrzeug in die Garage, deren Tor sich hinter ihnen sofort wieder herabsenkte. Die Garage selbst war riesig und nun hell beleuchtet.

18

»Willkommen im deutschen *UGA*-Hauptquartier«, grinste Gustavsen seine Assistentin an. »Hier werden wir die nächsten Tage verbringen, bis wir wissen, wo die Reise in Sachen Ernesto hingeht.«

Sie betraten durch eine Seitentür den Wohnbereich, und Sabitzer war beeindruckt. Alles war in unterschiedlichen, geschmackvoll zueinander arrangierten Holztönen gehalten, alle Decken waren offen und zeigten die wunderschöne Balkenkonstruktion. Auch dieses Haus war – wie der Jet, wie Gustavsens Feriendomizil und auch Wims Anwesen auf Lanzarote – ein offensichtlicher Beleg dafür, dass Geld keine Rolle gespielt, der Besitzer jedoch mehr Wert auf Gemütlichkeit und Pragmatismus gelegt hatte als darauf, andere mit seinem Wohlstand zu beeindrucken. *Ich sage nur Ford Flex*, grinste die junge Polizistin in sich hinein.

Gustavsen führte seine Assistentin zu ihrem Zimmer und meinte: »Hier kannst du dich vor dem Abendessen noch ein bisschen frisch machen. Wenn du willst, kannst du aber auch ein wenig schwimmen oder Fitnesstraining machen. Oder auf den Schießstand gehen, das ginge auch«, grinste der Kommissar.

»Ich weiß nicht«, zweifelte Sabitzer. »Schwimmen wäre nach dem langen Flug und der Fahrt jetzt klasse, aber ich bin nicht sicher, ob es mir bei dem Wetter in einem der Fischtümpel da draußen so gut gefallen wird.«

»Wo denkst du hin«, lachte Gustavsen. »Wir haben hier einen, wie sagt man auf neudeutsch, Indoor-Pool. Leider ohne Schiebedach, weil er wie Fitnessstudio und Schießstand in den Hang hineingebaut ist. Aber es wird dir trotzdem gefallen, hoffe ich. Handtücher findest du übrigens dort.« Mit diesen Worten ließ der Kommissar die junge Frau allein.

Zum Schwimmen musste man Sabitzer nicht überreden. Schnell hatte sie ihre wenigen Klamotten in den Schrank ihres gemütlich eingerichteten Zimmers geräumt und den Bikini sowie den flauschigen Bademantel, der auf dem Bett bereitgelegen hatte, angezogen. Als sie wieder auf den Flur trat, um das Bad zu suchen, entdeckte sie kleine Hinweisschilder – *das ist ja wie in einem Nobelhotel hier.* Diesen folgte sie die Treppe hinunter, bis sie vor drei Türen anlangte, auf denen *Fitness, Schießstand* und *Wellness* zu lesen war. Die ersten beiden würde sie sich für später aufsparen, nahm sie sich vor und ging in den Schwimmbereich. Wie vermutet hatte ihr Chef tiefgestapelt, als er von *trotzdem gefallen* sprach. Für das, was sie sah, wären Attribute wie *Wellnessoase* völlig unzureichend gewesen. Die gesamte Einrichtung war ein einziger Traum. Dekoriert wie eine mediterrane Landschaft, die Wände in denselben Brauntönen wie die Berge auf Lanzarote – selbst die Schattenspiele waren hier irgendwie eingearbeitet worden –, und die Kacheln des 25-Meter-Beckens in derselben Farbe wie die in Gustavsens Ferienanlage. Mehrere Türen gingen aus dem Hauptraum ab, es gab zwei Saunen und einen Hamam. Am hinteren Ende der langgezogenen Schwimmhalle sprudelte ein großer Jacuzzi.

Wieder fühlte sich Sabitzer wie im Film – *aber in einem ziemlich interessanten,* dachte sie. Sie zog den Bademantel aus, duschte schnell und sprang in den herrlich warmen Pool. *Ich kann irgendwie immer noch nicht glauben, dass das alles wirklich passiert.*

Nach einer halben Stunde intensivem Bahnenschwimmen versuchte sie sich noch einmal vergeblich an Gustavsens FSO-Lage und ging dann für einige Minuten in den achtunddreißig Grad warmen Whirlpool, bevor sie mit einem bedauernden Seufzen in Richtung Dusche aufbrach. *Jetzt bin ich gespannt, wie es hier mit dem Abtrocknen gehalten wird.* Und richtig, auch hier gab es die Luftschleuse, in der man lediglich eine halbe Minute verharren und sich danach nur noch ein wenig um das Trocknen der Haare kümmern musste.

***

Durch das Bad mit neuen Lebensgeistern erfüllt und frisch angezogen suchte Sabitzer den Wohnbereich des Hauses auf. In einem großen Wohn- und Esszimmer saßen der Kommissar, Peter und Jürgen sowie ein kahlköpfiger Mann Mitte Fünfzig. Als dieser die junge Polizistin auf sich zukommen sah, sprang er federnd auf und gab ihr lächelnd die Hand. »Hallo. Du bist sicher Sandra. Ich bin Wolfram und freue mich, dich kennenzulernen.«

Auf ihren fragenden Blick hin beeilte sich Gustavsen, das weitere Teammitglied vorzustellen. »Wolfram ist unser Sicherheitsmann und Trainer. Er besitzt irgendwelche Dans in allen möglichen Kampfsportarten und zeigt uns regelmäßig, was für Stümper wir sind. Außerdem kümmert er sich wie gesagt um die Sicherheit dieses Anwesens und unsere Ausrüstung. Übrigens ist er ein echter Nanzenbacher, das unterscheidet ihn von allen Anwesenden, denn ich bin ja auch bloß ein Abtrünniger«, grinste der Kommissar.

»Zuviel der Ehre«, sagte Wolfram bescheiden, »ich tue nur mein Bestes. Sandra, ich habe schon gehört, dass du ebenfalls Kampfsport magst und beherrschst. Wir haben im Fitnessbereich auch ein kleines Dojo, da werden wir gelegentlich mal trainieren, okay?«

»Ich freu mich drauf. Hallo Wolfram«, sagte Sabitzer lächelnd.

Noch bevor sie sich setzen konnte, öffnete sich eine Tür, und hintereinander erschienen eine attraktive Frau von etwa fünfzig Jahren mit dunkelbraunen Haaren und Sabrina Hampe, die Dillenburger Gerichtsmedizinerin. Die Pathologin steuerte sofort auf Sabitzer zu und nahm sie in den Arm. »Ich habe schon gehört, was auf Lanzarote passiert ist. Wie gut, dass ihr unversehrt seid. Willkommen zurück. Das hier ist übrigens Anja, Wolframs Frau und unsere Schnittstellenmanagerin.«

»Schnittstellenmanagerin?«

»Ja«, lachte Anja und schüttelte Sabitzer die Hand, »Sven hat auf seinen vielen Reisen festgestellt, dass im anglikanischen

Sprachraum irgendwie jeder ein *Manager* ist. Das hat mir gefallen, so klingt es nicht wie *Mädchen für alles*.«

»Wobei sie das auch nicht ist, sondern vollwertiges Mitglied unseres Teams«, betonte der Kommissar. »Aber ehrlich gesagt schadet es auch nicht, dass sie exzellent kochen kann. Apropos, wann gibt's was zu schnabulieren?«

»In zehn Minuten will Markus hier sein. Dann kann es sofort losgehen«, sagte Anja und ging wieder Richtung Küche.

Nachdem der Pilot tatsächlich pünktlich eingetroffen und kurz im Bad verschwunden war, setzten sich alle an den großen, runden Tisch. Diesmal gab es Gutbürgerliches, knuspriges Bauernbrot mit Sauerländer Würstchen und Senf, dazu Bier oder Radler.

Während des gemütlichen Abendessens wurden alle möglichen Anekdoten aus dem Dorfleben oder der gemeinsamen Vergangenheit der Freunde erzählt. Sabitzer, die hierzu naturgemäß noch nichts beitragen konnte, saß still dabei, hörte zu und bewunderte die offene, lockere und gleichermaßen wertschätzende Art und Weise, mit der alle Anwesenden miteinander umgingen und auch sie so gut wie möglich zu integrieren versuchten. Zeitweise konnte man vergessen, warum man hier eigentlich zusammensaß und zu welchem Zweck dieses Team überhaupt zusammengestellt war, aber wie auf Lanzarote war jederzeit spürbar, dass auch hier sofort in den Arbeitsmodus gewechselt werden würde, wenn das nötig sein sollte. Der jungen Polizistin gefiel diese Vorgehensweise ausgesprochen gut, hatte sie doch in ihren früheren Arbeitsverhältnissen beide Extreme, nämlich auf der einen Seite die totale Verbissenheit und auf der anderen diese unsägliche Laissez-faire-Haltung kennen, aber keineswegs schätzen gelernt. Hier jedoch fühlte sie sich ausgesprochen gut aufgehoben.

19

»Okay, Leute«, seufzte Gustavsen schließlich, »es hilft nichts, wir müssen übers Geschäft reden.«

»Einen Moment noch«, ging Sabitzer dazwischen. »Zuerst muss ich noch die Auflösung der Frage nach dem ältesten Dorf der Region hören. Habt ihr versprochen.«

Die Pathologin schaute verständnislos in die Runde.

»Sabrina, die Kerle hier haben heute im Auto ein Wettpinkeln veranstaltet, welches ihrer Heimatdörfer das älteste sei. Rekordhalter ist demnach Eibach, wo es, man höre und staune, bereits Fotos aus dem dritten Jahrhundert vor Christus gibt. Aber sie sagten, du hättest dazu auch etwas beizutragen.«

»Ach so, das«, sagte Sabrina. »Ja, das stimmt. Diese modernen Kaffs bilden sich alle eine Menge darauf ein, wie alt sie angeblich sind. Aber mit den wirklich historischen Orten wie Frohnhausen können sie natürlich bei Weitem nicht mithalten. Als man nämlich im Frohnhäuser Rathaus vor einiger Zeit alle Standesamt-Akten digitalisiert hat, wurde festgestellt, dass Eva, also die Frau von Adam im Garten Eden«, sie machte eine kurze, dramatische Pause und fuhr mit todernstem Gesicht fort, »eine geborene *Waldschmidt* war.«

Nun war am Tisch keiner mehr zu halten. Gustavsen standen vor Lachen die Tränen in den Augen, und auch die Gerichtsmedizinerin selbst lachte lauthals mit.

Als alle sich wieder beruhigt hatten, fragte Gustavsen den Kampfsporttrainer: »Wolfram, wie sieht es aus?«

»Also«, begann der drahtige Mann, »um das Haus herum gab es in den letzten Tagen keine Aktivitäten. Wir haben nämlich«, wandte er sich erklärend an die Neue im Team, »mehrere Sicherheitszonen rund um das Anwesen hier. Durch aufeinanderfolgende und sich ergänzende Sensoren sowie Kameras überall entgeht uns im, sagen wir, Scharfschützenbereich keine Bewegung außerhalb des Grundstücks.

In Nanzenbach und Dillenburg wurden dagegen vereinzelt Männer gesichtet, die unserer Ansicht nach zu Ernestos Verbrecherbande gehören. Sie haben sich aber nicht auffällig benommen und auch nicht irgendwo übermäßig viele Fragen gestellt.

In der Schelde wiederum ist Bewegung zu sehen. In Ernestos Hauptquartier ging es teilweise zu wie in einem Bienenstock. Ständig Leute rein und raus. Meistens aber in Autos mit verdunkelten Fenstern und direkt in die Garagen, sodass unsere Kameras, die wir in den Bäumen hängen haben, niemanden identifizieren konnten.«

»Danke, Wolfram« sagte Gustavsen. »Bevor wir uns nun Sabrinas Fundstücken zuwenden, noch ein kleines Update zu unserem Trip nach Lanzarote. Sandra und ich sind also überfallen worden, und zwar am hellen Tag auf einem Supermarktparkplatz. Und auch wenn in dem Moment sonst niemand dort war, sie also keine Zeugen zu befürchten hatten, zeigt es doch, dass Ernestos Bande – und dass die zwei Galgenvögel zu seiner Truppe gehören, hat uns Andres von der Policía Canaria mittlerweile bestätigt – augenscheinlich so unter Spannung steht, dass sie jegliche Vorsicht außen vor lässt. Was im Umkehrschluss natürlich auch heißt, dass es für uns gefährlicher wird, weil sie offensichtlich alle Zeugen eliminieren wollen, koste es, was es wolle. Übrigens hat sich unser neuestes Teammitglied Sandra bei dem Überfall eindrucksvoll bewährt. Wolfram, du hättest deine wahre Freude daran gehabt, wie sie ihren Angreifer fertiggemacht hat. Außerdem hat sie nicht nur das Herz am rechten Fleck, sondern besitzt auch eine hervorragende Kombinationsgabe«, beendete der Kommissar die Lobesrede.

»Und gut aussehen tut sie auch noch, nicht wahr, Svennie?«, grinste die Pathologin.

Wurde Gustavsen tatsächlich ein wenig rot?

»Wie auch immer«, versuchte er den Faden wieder aufzunehmen, »dann zeig uns mal, was du für uns hast, du Herrin des Y-Schnitts.«

Die Gerichtsmedizinerin und Leiterin der Spurensicherung legte einen transparenten Beutel auf den Tisch vor den Kommissar. »Du kannst alles anfassen, wir haben den kompletten Erkennungsdienst drübergeschickt. Fingerabdrücke, DNA, das ganze Programm. Die Fotorolle ist noch zur Entwicklung; soll morgen fertig sein.«

Gustavsen zog einen metallenen Gegenstand aus der Tüte. »Was ist das für ein Schlüssel?«, fragte er in die Runde. »Für ein Schließfach ein bisschen groß, auch für damalige Verhältnisse«, mutmaßte er.

Anja, die gerade dabei war, den Tisch abzuräumen, warf einen kurzen Blick auf den massiven Schlüssel und sagte wie nebenbei: »Felsenkeller.«

»Felsenkeller? Was meinst du damit, Anja?«, fragte der Kommissar.

»Solche Schlüssel benutzen sie für die Felsenkeller im Ort. Meine Großmutter hat so einen, du weißt schon, hinter dem Brandweiher im Hang drin. Und sie hat genau so einen Schlüssel benutzt, daran erinnere ich mich.«

»Gute Arbeit, Anja«, lobte Gustavsen seine *Schnittstellenmanagerin*. »Das heißt, wir müssen nun herausfinden, zu welchem Felsenkeller der Schlüssel gehört. Das sollte über Ausschlussverfahren und Ausprobieren leicht möglich sein. Jürgen und Peter, würdet ihr das zusammen mit Wolfram übernehmen?«

Die Angesprochenen nickten.

»Bevor wir uns nun dem Rest von Alejandros Hinterlassenschaften widmen, würde ich mir gerne die naheliegende Vermutung gestatten, dass in diesem Felsenkeller Beweismaterial liegt, beispielsweise Beute aus dem Überfall in

Solms. Es ist ja bekannt, dass die damals gestohlenen Kunstgegenstände nie wieder aufgetaucht sind, es gibt also nur zwei Möglichkeiten: Entweder hat sie irgendein fanatischer Sammler irgendwo im Keller aufgehängt oder – und das ist meine Einschätzung – sie sind halt nie auf den Markt gekommen, weil die Sachen zu heiß waren.«

»Ich tippe auch auf Letzteres«, pflichtete Peter, der wieder seine Winslow-Pfeife rauchte und den Raum in ein leichtes Vanille-Aroma hüllte, dem Kommissar bei. »Die haben die Sachen damals erstmal gut versteckt. Und als sie feststellten, welche Wellen das Ganze geschlagen hat und dass auch wir uns schließlich an ihre Fersen geheftet haben, haben sie nie den Versuch gemacht, das Zeug zu verhökern. Vermutlich hätten die auch weiterhin nichts damit gemacht, wäre der Weiher nicht ausgetrocknet und Alex nicht aufgetaucht. Aber jetzt, wo er gefunden worden ist, sind sie nervös geworden, und das sagt mir, dass er tatsächlich Beweise hatte.«

20

»Lass mal sehen«, sagte Gustavsen und griff sich die ausgeblichenen Blätter, auf denen die Schrift jedoch noch erstaunlich gut zu lesen war. *Gut, dass Alex einen Kugelschreiber benutzt hat und keinen Füller,* dachte der Kommissar und überflog die Notizen.

»Und, was steht drauf?«, fragte Sabitzer ungeduldig. »Hilft es uns weiter?«

»Langsam, Sandra, ich muss das erstmal alles verstehen. Ist schließlich spanisch – oder besser kanarisch. Denn die *Lanzaroteños* verwenden wie die meisten Einwohner der Kanaren immer noch Worte von den Ureinwohnern und vermischen die mit dem offiziellen *Castellano.* Ist nicht immer einfach.

Aber das eine oder andere kann ich entziffern. Alejandro hat eine Art Tagebuch geführt, in dem er alles festhielt, was er sah. Offenbar ist er mehrere Male pro Woche in der Schelde gewesen – Sandra, so nennen die Einheimischen das Waldgebiet, in dem Ernestos Hauptquartier steht – und hat das Gelände beobachtet. Das Datum ist ausgeschrieben, die Zahlen dahinter dürften die Zeiten sein, zum Beispiel 1800 für abends um sechs. Alejandro hatte eine militärische Ausbildung, und beim Militär ist es üblich, die Zeiten als ›achtzehnhundert‹ zu bezeichnen. Und dann kommen jeweils drei Buchstaben, ABC, CBD und so weiter. Die wiederholen sich unregelmäßig. Das sieht für mich so aus, als habe er bestimmten Personen, die dort immer wieder ein- und ausgingen, die entsprechenden Kürzel zugeordnet.« Gustavsen arbeitete sich weiter durch die lose Blattsammlung.

»Das Ganze muss sich Osvaldo nochmal ganz genau anschauen. Womöglich entgeht mir irgendeine sprachliche Feinheit, und vielleicht irre ich mich auch, was die Initialen betrifft.«

Plötzlich pfiff Gustavsen durch die Zähne. »Hier habe ich was«, sagte er mit wachsender Erregung. »Das dürften die letzten Tage seiner Observierung gewesen sein. Und auch die letzten seines Lebens, wie wir jetzt wissen«, fügte er wehmütig hinzu.

»Hier steht erstmal ein Name: *Pichler*, wenn ich das richtig entziffert habe. Sandra, schau mal.«

Sabitzer rückte an den Kommissar heran und beugte sich über das vergilbte Blatt. »Ja, das würde ich auch als *Pichler* identifizieren«, bestätigte sie.

»Okay, den Namen merken wir uns schon mal«, sagte Gustavsen. »Dahinter steht *Fahrer* und *Solms*. Damit hätten wir, wenn mich nicht alles täuscht, den Namen eines Beteiligten am damaligen Überfall. Allein das ist schon Gold wert und mehr, als Wim und auch ich in mehr als dreißig Jahren herausgefunden haben. Gute Arbeit, lieber Alejandro, und ruhe in Frieden.« Dem Kommissar versagte die Stimme, und er wischte sich eine Träne fort.

»Eins verstehe ich nicht«, versuchte Sabitzer die Situation zu überspielen. »Wenn Alejandro doch drei Jahre hier war, warum hat er denn Wim nicht zwischendurch Bericht erstattet? Augenscheinlich wusste Wim ja nichts über dieses Tagebuch oder die Informationen darin.«

»Gut kombiniert. Aber du musst bedenken, das war Ende der Siebziger, Anfang der Achtziger. Es gab nicht die Kommunikationsmöglichkeiten, die man heute hat. Außerdem wusste man, wie raffiniert Ernesto ist und dass er überall seine Spitzel hatte. Er hat jeden bestochen, den er brauchte, und wer nicht mitspielen wollte, wurde bedroht – oder Schlimmeres. Hätte Alex irgendwo einen Brief eingeworfen und wäre an den falschen Postbeamten geraten, wäre alles verloren gewesen. Und er konnte ja mit seiner Vespa nicht allzu weit wegfahren, um einen Brief in irgendeinem Kuhdorf im Hinterland einzuwerfen. Deshalb haben Wim und Alejandro vereinbart, dass dieser komplett in seiner falschen Identität aufgeht und sich erst meldet, wenn er unwiderlegbare Beweise hat. Tja, und die hat er womöglich unmittelbar vor seinem Tod gefunden – aber nicht mehr weitergeben können.« Gustavsen seufzte.

»Weiter im Text. Hier steht das Kürzel *AHO* mit einem Datum, einer Zeitangabe und *DF*. Was könnte uns das sagen?«, fragte der Kommissar in die Runde.

»Ich hab's«, rief Anja, die zwischenzeitlich die Arbeiten in der Küche beendet und sich mit Getränken und Gebäck wieder zu den anderen gesellt hatte. »Er hatte ein Date. Und ich weiß auch, mit wem und wo. Wolfram, siehst du's auch?«

Wolfram überlegte. »Denkst du, was ich gerade denke?«

»Ganz genau«, grinste Anja.

»Dann tippe ich mal, er hatte eine Verabredung mit Ariane Hohmann aus Hirzenhain, und *DF* ist die Donnerfichte«, sagte Wolfram mit einem fragenden Blick zu seiner Frau.

»Genauso ist es«, bestätigte Anja strahlend.

Gustavsen sah verwirrt vom einen zum anderen. »Dann klär uns mal auf«, forderte er.

»Ganz einfach«, grinste Anja, »Wolfram und ich haben ja eine Zeitlang zusammen bei *Kaliax* in Dillenburg gearbeitet. Dort war es üblich, dass man mit Kürzeln arbeitete, und zwar immer mit dem ersten Buchstaben des Vor- und den zwei ersten des Nachnamens. Somit lautete mein Kürzel – wir waren damals noch nicht verheiratet – *AKR* und Wolframs war *WKL*. Ausnahmen gab es bei Doppelnamen oder mehreren Vornamen. Sven würde dort beispielsweise *SBG* abgekürzt«, grinste Anja.

Sabitzer sprang sofort über das hingehaltene Hölzchen. »Wofür steht das *B*?«

»Baltus«, seufzte Gustavsen. »Sven Baltus Gustavsen.«

»Klingt doch gut«, lachte Sabitzer. »Und danke für die Erklärung, Anja. Aber zurück zu AHO. Was ist damit, und warum seid ihr sicher, die dahinter steckende Person zu kennen?«

»Ein Satz noch vorab«, schaltete sich Wolfram ein, »die Regeln für die Kürzel sind nicht in Stein gemeißelt. Beispielsweise könnte es zwei Personen mit denselben Initialen in einer Firma geben. Dann muss eine Alternative gesucht werden. Und du, Sandra, würdest ebenfalls anders abgekürzt werden als vorhin beschrieben. Deine Initialen würde man aus naheliegenden Gründen angesichts der deutschen Vergangenheit nicht so verwenden. Dich würden sie vermutlich *SAN* nennen, denn auch die zweite Alternative *SAB* könnte wiederum zu Verwechslungsgefahr mit irgendeiner Sabine führen.«

»Versteh schon«, sagte Sabitzer. »Hab's kapiert. Mich würden nur die Aryans in Montana so nennen, wie meine Initialen es normalerweise hergäben.«

»Korrekt«, sagte Anja. »Weiter im Text. Aber bevor wir auflösen, möchte ich doch mal testen, wie gut Wolfram und ich uns kennen. Wolfram, wie hieß der Slogan?«

»Oha, die AHO!«, antwortete der Angesprochene wie aus der Pistole geschossen.

»Exakt, das ist es«, jubelte Anja.

Verständnislos schauten die anderen sich an.

»Und was bedeutet das nun wieder?«, fragte Gustavsen ungeduldig.

»Nun, bei Kaliax arbeitete auch ein Mädel aus Hirzenhain. Sie hieß Ariane Hohmann und war ein ziemlich heißer Feger, wenn ich das mal so sagen darf«, erklärte Wolfram mit einem Verständnis heischenden Blick zu Anja. Die zeigte sich jedoch unbeeindruckt.

»Das stimmt, Ariane war eine ganz Hübsche, und da wir uns in der Firma im Laufe der Zeit tatsächlich weitgehend nur noch mit unseren Kürzeln angeredet haben, hieß es irgendwann, wenn Ariane auftauchte, bei den Kerlen eben ›Oha, die AHO‹. Das ist die Story, Jungs und Mädels. Und ich sehe es genauso wie Wolfram, Alejandro und Ariane haben sich an der Donnerfichte verabredet.

Das war nämlich generell ein ziemlich angesagter Treffpunkt für Liebespaare, denn der Baum war so riesig«, erklärte sie mit Blick auf Sabitzer, »dass man unten am Stamm einen Tisch und Bänke hingezimmert hatte und dort sitzen konnte, ohne von außen gesehen zu werden, weil die Äste alles blickdicht abdeckten. Das war richtig nett dort. Außerdem stand die Donnerfichte passenderweise zwischen Hirzenhain und Nanzenbach im Wald. Total schade, dass ausgerechnet dieser Baum vom Blitz erwischt worden ist. Ob die beiden aber etwas miteinander hatten, das weiß ich wiederum nicht. Wenn, dann hätte sich das bestimmt rumgesprochen. Sie müssten es also konsequent geheim gehalten haben«, schloss Anja zufrieden.

»Ich bin beeindruckt, Anja. Du hast ja nun schon die zweite Nuss in diesem Fall geknackt. Ab sofort bist du Kriminalkommissaranwärterin i. N.«, lobte sie der Kommissar.

»I.N.? Was ist das wieder, du abtrünniger Ex-Nanzenbacher?«, echote Wolfram.

»*Im Nebenberuf* natürlich«, lachte Gustavsen. »Kompliment übrigens auch an dich, Wolfram. Im Ernst, ihr beide seid Gold wert, das steht mal fest.«

»Ohne eure Euphorie bremsen zu wollen, wissen wir aber noch nicht, ob diese vermeintliche Verabredung irgendeine Relevanz für unseren Fall besitzt«, wandte Sabitzer ein. »Es sei denn …«, endete sie mit einem feinen Lächeln.

»Es sei denn was?«, fragte Gustavsen.

»Das sage ich dir, wenn wir beide im Jägerheim waren«, grinste Sabitzer ihren Vorgesetzten an.

»Zahlst du mir jetzt meine bisherige Informationspolitik heim?«, argwöhnte Gustavsen.

»So ist es«, lachte die junge Polizistin.

»Okay, wenn ich's recht bedenke, hab ich mir das redlich verdient«, brummte der Kommissar. »Also morgen Jägerheim. Und jetzt weiter im Notizbuch. Übrigens, die vermutliche Verabredung fand eine Woche vor seinem angenommenen Tod statt, wenn ich das Ende der Aufzeichnungen als seinen Todestag respektive den Tag davor zugrunde lege. Hier ist jetzt auch die Rede von Fotos. Und auch hier müssen wir wieder bedenken, es waren die Achtziger, als man noch Rollenfilme hatte, die irgendwo entwickelt werden mussten und davor kein Licht abbekommen durften. Von Digitalfotografie war noch nicht die Rede. Heutzutage würde man beim Observieren jeden Tag Dutzende von Handyfotos machen und in irgendeiner Cloud parken. Außerdem erinnert euch an Wolframs Beschreibung der Aktivitäten rund um Ernestos Haus im Wald. Die werden auch damals schon unerkannt in die Garagen gefahren sein, sodass man keinen der Gangster vor die Linse bekam. Aber am Schluss ist es Alejandro scheinbar doch gelungen, ein paar Schnappschüsse zu machen. Und vielleicht …«, seufzte Gustavsen, »hat ihn genau das auch das Leben gekostet, weil er sich womöglich zu nahe herangewagt hat und aufgeflogen ist. Und so steht es hier auch. Er schreibt, dass er einen Platz gefunden hat, von dem er durch ein Fenster hindurch Fotos schießen konnte, wo er aber gleichzeitig auch ziemlich exponiert war. Dazu schreibt er, dass er die erste Dose zu den Beweismitteln legen und die Kamera ansonsten als Köder verwenden wird, falls man ihn erwischen sollte. Denn wenn sie die Kamera fänden, würden sie vielleicht nicht zu ausführlich nach anderen Unterlagen suchen. Und genauso ist es offensichtlich gekommen. Lieber Alex, du warst ein cleverer Kerl, und ich bedaure zutiefst, dich nie kennengelernt zu haben.« Gustavsen musste erneut schlucken.

Wieder übernahm seine Assistentin wie selbstverständlich.

»Okay, Leute, was haben wir also? Wir haben ein Date, wir haben einen Schlüssel zum Felsenkeller, wir haben Fotos, die wir noch nicht kennen. Das heißt, morgen sollten wir uns als Erstes um die Felsenkeller kümmern, dazu brauchen wir keine weiteren

Informationen. Dann sollten wir abwarten, bis wir die Fotos haben, bevor wir ins Jägerheim gehen und Erkundigungen über unsere Meerjungfrau einholen, denn …«

»Meerjungfrau?«, fragte Peter durch den Rauch seiner Winslow hindurch.

»Ja, Meerjungfrau«, lachte Jürgen, der sich ansonsten wie üblich schweigsam verhalten hatte. »Es gibt auch etwas, das man Film nennt, du Bücherwurm. Allerdings heißt es *Arielle, die Meerjungfrau,* Sandra, nicht Ariane. Und Klugscheißermodus aus.«

»Wollte nur sehen, ob ihr noch alle wach seid«, gluckste Sabitzer. »Aber zurück zum Thema. Mit dem Besuch im Jägerheim sollten wir warten, bis wir die Fotos gesichtet haben. Möglicherweise finden wir darin bereits etwas, was uns weiterhilft. Oder wir können die Bilder mitnehmen und herumzeigen. Soweit ich weiß, Sven«, grinste sie den Kommissar an, »war der Erfinder der Gesichtserkennungssoftware des FBI einer der besten Kumpels von Page und Jobs und damals gemeinsam mit den beiden in Nanzenbach im Urlaub, nicht wahr?«

»Das stimmt. Woher weißt du das?«, gab der Angesprochene mit todernstem Gesichtsausdruck zurück.

»Wovon redet ihr?«, runzelte Markus die Stirn.

»Nur Polizeikram«, sagte Gustavsen lapidar. »Nichts weiter.«

»Na gut«, sagte Markus. »Immerhin sind wir gefühlt ein paar Schritte weiter und haben einen Plan. Oder besser gesagt, *ihr* habt einen Plan. Ich habe einen anderen, denn ich muss ja Wim und Osvaldo abholen. Und deshalb gehe ich jetzt ins Bett. Gute Nacht allerseits.« Damit erhob sich der Pilot.

»Vielleicht sollten wir an dieser Stelle alle Schluss machen«, schlug Gustavsen vor und stand ebenfalls auf. »Wir sehen uns dann um sieben beim Frühsport.«

Sie wünschten sich reihum eine gute Nacht und gingen zu ihren Zimmern. Das des Kommissars lag neben dem seiner Assistentin.

Als sie deren Tür erreicht hatten, begann wieder das mittlerweile vertraute Kribbeln bei der jungen Frau. *Das hier ist beruflich, Sandra Sabitzer, nur beruflich.* Sie schauten sich in die Augen, und diesmal machte er den ersten Schritt, nahm sie in den Arm und hauchte ihr einen Kuss auf die Wange, sagte »Gute Nacht, Sandra« und war in seinem Zimmer verschwunden, bevor sie reagieren konnte.

»Gute Nacht, Sven«, sagte sie leise und zog sanft die Zimmertür hinter sich zu.

21

Sabitzers Wecker hupte um halb sieben. Sie stellte fest, dass sie wieder tief und traumlos geschlafen hatte. *Erstaunlich,* dachte sie, *bei dem, was in den letzten Tagen alles passiert ist.*

Sie fühlte sich frisch und unternehmungslustig. Da Sven etwas von Frühsport gesagt hatte, zog sie nach der kurzen Morgentoilette ihre Sportkleidung an und ging hinunter in den Kellertrakt. Als sie das Fitnessstudio betrat, war sie nicht überrascht. *Genau so habe ich es mir vorgestellt,* dachte sie mit einem Schmunzeln, *alles vom Feinsten.*

Tatsächlich war das geräumige Studio nicht nur auf den ersten Blick vollständig, sondern auch sehr geschmackvoll eingerichtet, sodass es nicht wie die klassische Muckibude aussah. Es war hell, aber nicht grell, die unterschiedlichen Trainingsgeräte waren mit großen Topfpflanzen und bepolsterten Raumteilern voneinander getrennt und an den hellgelb gestrichenen Wänden hingen abstrakte Sportzeichnungen. In der hinteren Ecke des Raumes lag wie von Wolfram angedeutet ein Trainingsbereich für Kampfsport, der wie ein traditionelles japanisches Dojo gestaltet war, sich trotz seiner Andersartigkeit jedoch harmonisch ins Gesamtbild des Studios einfügte. *Sehr ansprechend,* dachte Sabitzer und ging zur ersten Station mit Ergometer und Laufband. Dort war Anja bereits zugange; sie hatte schon acht Kilometer zurückgelegt, wie Sabitzer mit einem Blick aufs Display des Laufbands erkannte.

»Respekt, Anja, du hast ja schon einiges geschafft heute. Wo ist denn dein Mann?«, fragte Sabitzer.

»Der ist an der frischen Luft«, lachte Anja. »Im Studio trainiert er nicht so gerne. Außer Kampfsport natürlich. Ansonsten mag er keine Muckigeräte, und laufen will er lieber in der Natur. Er rennt jeden Morgen mindestens fünfzehn Kilometer.«

»Das sieht man ihm auch an. Der scheint ja für sein Alter echt topfit zu sein.«

»Ja, das ist er wohl. Und er freut sich drauf, mit dir zu kämpfen. Sven hat ganz schön von deiner Kampfkunst geschwärmt.«

»Ach, das war nichts Besonderes«, versuchte Sabitzer bescheiden zu sein. »Ich hatte ein bisschen Glück und einen Gegner, der nicht viel drauf hatte.«

»Ja, ist klar«, grinste Anja, »immer schön die Bälle flach halten.«

Nun ging die Tür auf, und im Gänsemarsch erschien der Rest der Truppe, bis auf Markus, der offenbar bereits wieder Richtung Lanzarote aufgebrochen war.

Wieder staunte die junge Kommissarin, wie diszipliniert dieses Team sein konnte, das ansonsten doch die personifizierte Lockerheit war. Alle gingen ohne viele Worte an die Geräte und absolvierten mehr oder weniger schweigend ihre Übungen. Nach etwas mehr als einer halben Stunde erschien auch Wolfram, der keinerlei Anzeichen eines gerade bewältigten Fünfzehn-Kilometer-Laufs aufwies, und bat zum Kampf. Alle mussten im Dojo antreten und unter Wolframs Anleitung Elemente aus Krav Maga und der klassischen Polizei-Kampfsportart Ju Jutsu nachbilden, bevor sie in Zweierteams aufeinander losgelassen wurden. *Unglaublich, selbst die Pathologin ist eine echte Kämpferin,* dachte Sabitzer beeindruckt.

Sie selbst musste, wie nicht anders zu erwarten, schließlich gegen Wolfram persönlich antreten. Sie umkreisten sich lauernd, und als Sabitzer gerade einen Hebel ansetzen wollte, lag sie plötzlich auf dem Rücken und japste nach Luft. Sie hatte den Schleuderwurf, bei dem Wolfram ihren Nacken mit der Hand nach unten drückte, um mit dem Wadenbein über den Hals zu kommen und sie so unter Abspreizung ihres rechten Arms zu Boden zu befördern, noch nicht einmal kommen sehen. *Das ist ja Wahnsinn,* dachte sie noch im Fallen, *was ist denn das für eine Kampfmaschine?*

Trotzdem hatte Wolfram jetzt ihren Ehrgeiz geweckt, und sie beschloss, hier nicht mit fliegenden Fahnen unterzugehen.

Tatsächlich landete sie ein paar Wirkungstreffer und schaffte es sogar einmal, den erfahrenen Trainer auf die Matte zu befördern, aber letztlich hatte sie natürlich keine Chance gegen den mit allen Wassern gewaschenen Profi.

»Respekt, Sandra, du hast mir einiges abverlangt«, schnappte selbst Wolfram jetzt nach Luft.

»In jedem Fall hat's Spaß gemacht«, keuchte Sabitzer, »und dieses Krav Maga gefällt mir auch. Da bringt ihr mir hoffentlich noch einiges bei«, schaute sie fragend zu Gustavsen.

»Naja, ob *ich dir* noch so viel beibringen kann, will ich mal bezweifeln«, sagte der Kommissar, »aber Wolfram wird es schon richten. Und nun, Leute, ab zum Frühstück. Nach dem Kampf ist Mampf.«

***

Frisch geduscht und angezogen trafen sie sich im Wohn-Ess-Zimmer. Anja und Wolfram waren bereits in der Küche aktiv, aus der es köstlich nach Kaffee und gebratenem Schinken roch. Gerade als Sabitzer überlegte, ob sie mithelfen sollte, erschienen nacheinander Peter und Jürgen in der Küchentür und schleppten Brötchen, Butter, Marmelade und Nutella in den Essbereich.

Nachdem sich alle gesetzt hatten, schaute sich Gustavsen auf dem Tisch um. »Wolfram, du hast ja Jakobsbrötchen geholt. Und sogar mit Kümmel. Das wird ein Festtag.« Er verdrehte wohlig lächelnd die Augen.

»Jakobsbrötchen?«, fragte die Neue im Team.

»Genau, Jakobsbrötchen«, lachte Jürgen. »Wolfram war heute Morgen offensichtlich in Eibach. Da gibt es die Bäckerei Wittelsberger, und deren Gründer hieß Jakob. Die machen die besten Brötchen weit und breit, backen noch mit richtiger Milch.«

»Genau«, bekräftigte Gustavsen. »Und die Kümmelbrötchen sind ein Gedicht. Vor allem, weil sie kein Salz mit draufwerfen.«

Die beiden hatten nicht zu viel versprochen, die Brötchen waren wundervoll. Und auch alles andere, was Anja gezaubert hatte.

Während sie mit Genuss aßen, fragte Sabitzer in die Runde:

»Ich bin ja ziemlich beeindruckt von eurer Disziplin, eurer Sportlichkeit und eurer Kampfkunst. Aber mich würde schon interessieren, *warum* ihr das alle macht. Ich meine, ihr habt doch, vielleicht mit Ausnahme von Sven, keine Berufe, wo ihr das braucht.«

»Das ist eine gute Frage«, steuerte Peter eine seiner seltenen Wortmeldungen bei. »Vielleicht kann der Bücherwurm das am besten beantworten. Es ist ja so, dass einige von uns früher beim Militär waren, und in unseren jeweiligen Einheiten musste man naturgemäß topfit sein. Danach haben wir das einfach beibehalten, denn es ist gesund, man weiß, dass man sich im Notfall behaupten kann, man setzt keinen Rost an. Denn das kann ganz schnell gehen, wenn man nur noch mit Eselsohren oder Leuten kämpft, die ein ausgeliehenes Buch zu spät zurückbringen. Außerdem weiß man ja nie, ob man mal ein hübsches Mädel im Hofgarten retten muss«, grinste er.

»Zudem ist es bei Jürgen, Markus und mir so, dass wir zeitweise als Sicherheitsberater fungieren, und da sollte man natürlich das entsprechende Auftreten mitbringen. Tja, und beispielsweise Sabrina hier hat sich dem Ganzen einfach angeschlossen, als sie zu uns stieß. Wobei es natürlich nicht so ist, dass unsere *Problemlösereinheit* unbedingt aus lauter Elitekämpfern bestehen muss. So kriminell und gefährlich sind Dillkreis und Lanzarote ja nicht. Von daher wären wir gewissermaßen vollkommen überdimensioniert, es wäre regelrecht albern, so zu tun, als sei ein Team von Ninjas nötig, um das hiesige Verbrechen im Zaum zu halten. Es ist also mehr oder weniger Zufall, wie wir hier zusammengestellt sind, und auch ein bisschen Hobby, was wir tun und wie wir es tun. Und ganz ehrlich, bei dem, was wir hier futtern, ist ein wenig Training dringend nötig«, schloss er mit einem Seitenblick zu Anja lächelnd.

»Genau, Peter, so ist es«, bestätigte Sabrina. »Bei mir ist auch das Essen ein wichtiger Grund, hier auch das Sportprogramm mitzumachen. Denn zu viel Anja, Kirchen-Döner und Bayern-Grill ist auf die Dauer nicht gut, vor allem, wenn man wie ich nur gegen Leute kämpft, die sich nicht wehren«, feixte sie.

»Aber wie vereinbart ihr das alles mit euren regulären Jobs?«, fragte Sabitzer. »Ich meine, zwei von euch sind selbstständig, da muss doch so eine Aktion wie jetzt organisiert werden.«

»Das stimmt«, sagte Gustavsen. »Und es *ist* auch organisiert. Peter hat Angestellte, Jürgen hat seine Apotheke mehr oder weniger schon an seine Tochter übergeben. Anja und Wolfram sind Vollzeit-Angestellte der Beratungsfirma, und Sabrina, ich und jetzt auch du haben so etwas wie Gleitzeit. Ebert weiß, wenn wir unterwegs sind, ermitteln wir in irgendeinem speziellen wichtigen Fall. Unser Glück dabei ist, da brauchen wir nicht drum herumreden, dass das Verbrechen im guten alten Dillkreis nicht so sehr wuchert, deshalb bleibt uns meistens genug Zeit, die Dinge so zu organisieren, wie es passt, und uns nebenher noch um die anderen Problemlösungsfälle zu kümmern.«

»Das wäre meine nächste Frage gewesen. Nämlich wie dieses berühmte Problemlösen konkret aussieht«, setzte Sabitzer ihr Verhör fort. »Übrigens, ihr müsst entschuldigen, dass ich euch Löcher in den Bauch frage, aber ich bin ja überall neu, in der Gegend, im Job, im Team, ich bin so ahnungslos wie die Nanzenbacher vor der Gemeinschaftsantenne oder die Eibacher, bevor es Fotoapparate gab«, lächelte sie.

»Ich sehe schon, die Frau kann zuhören«, grinste Jürgen. »Aber zurück zu deiner Frage; wir machen natürlich keine Werbung für irgendetwas. Das würde nur dazu führen, dass man mit echten oder erfundenen Fällen überhäuft wird. Wir sind einfach in Kontakt mit

Leuten, die die Menschen in ihrem Umfeld kennen. Beispielsweise Pfarrer oder Leiter christlicher Gemeinden. Oder Mitarbeiter von Tafeln oder sonstiger Wohltätigkeitsorganisationen. Die wissen über uns Bescheid und halten Augen und Ohren offen. Wenn denen ein Fall unterkommt, von dem sie wissen, da ist Not am Mann und wir könnten etwas dagegen tun, informieren sie uns. Wir schauen dann, was getan werden kann, jede Kommunikation läuft aber über diese Gewährsleute. Wir treten selbst nicht in Erscheinung. Das Prinzip dahinter ist wiederum ein Bibelwort: ›Lass deine linke Hand nicht wissen, was die rechte tut‹ Deshalb darf ich dir auch nichts Konkretes über unsere bisherigen Aktionen verraten«, endete er grinsend.

»Okay, das verstehe ich, aber vielleicht verrätst du mir einfach eine eurer Kontaktpersonen. Ich habe doch da dieses Problem mit dem Ferrari und der schlechten Bezahlung bei der Polizei«, grinste sie.

»Netter Versuch, Sandra«, lachte Sabrina, »ich sehe, du hast das Prinzip begriffen.«

22

Nachdem sie den Frühstückstisch abgeräumt hatten, brachen Jürgen, Peter und Wolfram auf, um die Nanzenbacher Felsenkeller abzuklappern. Sabrina kündigte an, zu ihrem Arbeitsplatz zurückzukehren und sich um die Fotos zu kümmern. Die beiden Kommissare und Anja blieben zurück.

Anja schlug vor, die Neue ein wenig in ihre anderen laufenden Projekte einzuweihen. Dazu gingen sie nach draußen, nicht ohne sich mit Kaffee und ein paar von den leckeren Franzbrötchen mit Marzipan, die Wolfram mitgebracht hatte, zu bewaffnen. Gustavsen trug außerdem einen kleinen Monitor mit sich, der ihnen sagen würde, ob sich ungebetene Gäste näherten.

Sie setzten sich an eine grob gezimmerte, aber einladend gestaltete Sitzgruppe aus Holz am oberen Fischteich und genossen für einen Moment die angenehme Septemberluft und den Blick auf den langsam bunt werdenden Wald.

»Herrlich hier«, sagte Sabitzer, während sie tief einatmete, »und alles so schön gepflegt. Das gefällt mir.«

»Ja, unser Wim hat das hier gut hinbekommen. Als er es gekauft hat, sah es nicht annähernd so gut aus. Im Gegenteil, es hatte jahrelang leer gestanden, nachdem der Jagdpächter aus dem Märkischen nicht mehr kam. Entsprechend zugewachsen und verwahrlost wirkte es. Aber jetzt ist es wirklich nett hier«, bestätigte Anja.

»Aber wenn ihr alles hier so gut abgesichert habt«, sagte Sabitzer mit einem Blick auf das kleine Display auf dem Tisch, »was würde denn Ernestos Handlanger oder einen sonstigen Gangster daran hindern, uns von der Straße aus mit einem – wie sagen die Amis so schön – *Drive-by-Shooting* unter Feuer zu nehmen?«

»Gute Frage«, antwortete Gustavsen. »Komm mal mit.«

Er erhob sich und führte Sabitzer zu der Baumreihe, die etwas erhöht am seitlichen Rand der beiden Fischteiche den Abschluss des

Grundstücks bildete. *Korrigiere,* dachte die Kommissarin, *es ist nicht eine Baumreihe, es sind zwei.*

»Du hast es schon entdeckt, sehe ich«, grinste ihr Chef. »Und jetzt noch einen Schritt näher. Was siehst du?«

»Ist das etwa eine Glasscheibe dazwischen?«, fragte Sabitzer verwundert.

»Genau das ist es. Die beiden Baumreihen sind so hintereinander angeordnet, dass man nur aus nächster Nähe erkennt, dass es eigentlich zwei sind. Dazwischen hat Wim eine Panzerglasscheibe exakt so weit hochgezogen, dass es von der Straße aus selbst vom Dach eines Lkw unmöglich wäre, das Haus oder irgendetwas vor dem Haus zu treffen. Und die Scheibe ist so ausgelegt, dass sie handelsüblicher Munition locker standhält. Wenn man mit panzerbrechendem Zeugs ankäme, sähe die Sache natürlich anders aus. Aber das würde wohl niemand einfach während des Vorbeifahrens abfeuern können, somit würden wir früh genug gewarnt. Unser Tulpenzwiebelfabrikant ist ganz schön pfiffig, nicht wahr?«, grinste Gustavsen.

»Oh ja, das ist er wohl«, sagte Sabitzer, und sie gingen zurück zu Anja.

»Okay, fangen wir an. Was haben wir aktuell?«, fragte Gustavsen.

»Es ist zum Glück nicht allzu viel im Augenblick«, meinte Anja, »aber irgendwas ist halt immer. Einen Fall von Mobbing haben wir aktuell. Da gibt es einen Angestellten bei der Firma Hammerklein in Dillenburg, der seit mittlerweile mehr als zehn Jahren von seinem Vorgesetzten drangsaliert wird. Dummerweise konnte er sich nie richtig zur Wehr setzen, weil er drei Kinder hat und neu gebaut hatte. Da ist man dann wohl erpressbar. Das hat die Firma schön ausgenutzt. Außerdem war er so naiv, seinem Vorgesetzten mitzuteilen, dass er keine private Rechtsschutzversicherung hat, nur eine von der Firma, die ihm in seiner Situation natürlich nicht hilft.

Wir haben davon erfahren und erstmal ein freundliches Gespräch mit besagtem Vorgesetzten geführt. Übrigens *tatsächlich* ein freundliches Gespräch, die andere Art freundlicher Unterredungen ist normalerweise erst der zweite oder dritte Schritt«, grinste Anja.

»Wie auch immer, wir warten nun ab, ob sich etwas ändert. Falls nicht, wäre die nächste Maßnahme, dem Angestellten einen Rechtsstreit zu bezahlen, was aber nur sinnvoll ist, wenn er das Mobbing eindeutig belegen kann. Genau daran hapert es sehr oft, wenn es um Mobbing geht, denn normalerweise gibt es nichts schriftlich, außerdem scheuen sich die anderen Angestellten meistens, für ihren Kollegen auszusagen. Der Mann hat uns – wie gesagt sind mit *uns* nicht direkt wir gemeint, sondern der jeweilige Kontakt, in diesem Fall der Pastor der Freien Christengemeinde in Dillenburg – alles, was er an schriftlichen Belegen hatte, zukommen lassen, und derzeit prüft es ein Anwalt hinsichtlich der Erfolgschancen für eine Klage. Sollten die Aussichten schlecht, wir aber immer noch von den Aussagen des Mannes überzeugt sein, werden wir wohl ein weiteres freundliches Gespräch führen müssen.«

»Ja, das würde sicher lustig, diesen Vorgesetzten kenne ich nämlich«, sagte Gustavsen. »Mit dem würde ich mich zu gern mal *freundlich* unterhalten.«

»Wie muss ich mir das vorstellen?«, fragte Sabitzer, »wenn ihr ständig grinsend von diesen *freundlichen Gesprächen* redet. Heißt das im Klartext, ihr bedroht die Leute?«

»Gute Frage«, antwortete der Kommissar, »und natürlich eine heikle Frage. Nein, wir drohen nicht, zumindest nicht mit Gewalt oder so. Das würden wir allenfalls bei echten Gangstern oder sonstigen Kotzbrocken tun. In einem Fall von vermutetem Mobbing beschränken wir uns allerdings zunächst einmal darauf, der Firma klarzumachen, dass wir hinter der ungerecht behandelten Person stehen. Wir hören uns den Standpunkt des Beschuldigten an –

schließlich müssen wir uns ein objektives Bild verschaffen –, appellieren an die Menschlichkeit, erinnern an die Fürsorgepflicht und sagen ihnen klipp und klar, was wir erwarten. Und eine der wirksamsten Drohungen ist tatsächlich das Winken mit der Öffentlichkeit. Diese Karte spielen wir relativ oft aus, indem wir den Betroffenen versprechen, dass wir sie öffentlich an den Pranger stellen, wenn sie nicht mitspielen. Du glaubst gar nicht, wie ungern so jemand in der Zeitung stehen möchte – außer, er hat gerade irgendeinen überragenden geschäftlichen Erfolg zu verkünden, versteht sich.«

»Dann haben wir noch zwei Brandfälle«, fuhr Anja fort. »Einmal weigert sich eine Versicherung, einen Schaden zu zahlen, der ihrer Meinung nach grob fahrlässig durch ein Kind verursacht wurde.

Im zweiten Fall existiert gar keine Versicherung. Man muss ja seit 1994 sein Haus nicht mehr zwingend feuerversichern. Und das ist nun einer Familie zum Verhängnis geworden. Die wohnen in Frohnhausen, und ihnen ist das komplette Haus abgebrannt. Vier Kinder, Mann Alleinverdiener, keine Gebäudeversicherung. Da kommt Freude auf.«

»Das ist ja Wahnsinn«, schauderte es Sabitzer. »Und was tun wir, sorry, tut ihr in diesen Fällen?«

»Du darfst ruhig beim *wir* bleiben, Sandra«, sagte der Kommissar lächelnd. »Soviel ich weiß, haben du und wir alle dazu genickt, dass du nun zum Team gehörst, und zwar *nachdem* du erfahren hast, dass wir das Gesetz manchmal ein wenig kreativ auslegen. Richtig?«

»Richtig. Danke«, sagte die junge Polizistin verlegen. »Okay, also, was wird hier nun getan?«

»Im ersten Fall«, übernahm Anja wieder, »ist zunächst Reden angesagt. Appellieren, auf regelmäßig gezahlte Beiträge hinweisen, auf die Tränendrüse drücken, und wenn das nicht hilft, ganz nebenbei *Frontal21* oder *Monitor* erwähnen. Eine dieser Maßnahmen wird wirken. Tja, und im zweiten Fall, unserem diesjährigen Härtefall – zumindest bis wir Alejandro fanden –, haben wir die Leute erstmal in einem Ausweichquartier untergebracht, ihnen gekauft, was sie zum Leben brauchen, und jetzt bauen wir halt neu«, sagte sie leichthin.

»Neu bauen? Nein, oder?«, wunderte sich Sabitzer. »Das ist ja unglaublich. Das kostet doch einen Haufen Geld. Und was sagen die Leute dazu?«

»Naja«, grinste Gustavsen, »das Geld ist bekanntlich nicht das ganz große Problem. Und die Leute kriegen das nicht so leicht mit. Die Familie geht nicht damit hausieren, dass ihnen jemand ein neues Haus baut. So glaubt man ringsherum, dass der Neubau von der Versicherung bezahlt wird. Dass es die gar nicht gibt, weiß ja niemand.«

»So ist es«, bestätigte Anja. »Und jetzt kannst du dir sicher vorstellen, wie fatal es wäre, wenn solche Aktionen bekannt würden. Dann würde man uns die Türen einrennen, uns mit Bettelbriefen überhäufen, und wir könnten den lieben langen Tag darüber sinnieren, welcher Fall echt ist und welcher ein Fake, wer an seiner Notlage schuld und wer Opfer ist. Das wäre eine Katastrophe. So aber, wie wir es organisiert haben, kriegen wenn überhaupt nur die Kirchen ein paar Lorbeeren ab. Viele von ihnen haben ja eine Art Sozialfond, und den füttern wir gewissermaßen einfach.«

»Das ist irre«, freute sich Sabitzer, »das finde ich total klasse.«

»Es ist halb so wild«, sagte Gustavsen und wirkte mit einem Mal ernst.

»Halb so wild, jemand Wildfremdem einfach mal ein Haus zu bauen? Ich bitte dich, Sven. Das ist gigantisch!«, insistierte Sabitzer.

»Ist es nicht«, widersprach ihr Vorgesetzter. »Es gibt da eine interessante Geschichte in der Bibel, wo es darum geht, dass die Reichen im Tempel Geld in den sogenannten Gotteskasten legen.

Das Gleiche tut auch eine arme Witwe, sie legt zwei Scherflein ein – was auch immer das für eine Währung war. Und Jesus sagt den Leuten, diese Frau hat mehr gegeben als die Reichen, denn während diese nur von ihrem Überfluss gespendet haben, hat sie quasi alles gegeben, was sie hatte. Und an anderer Stelle gibt es noch die Begebenheit, als eine Frau Salbe gekauft hatte, um Jesu Füße zu waschen. Die verläuft vom Prinzip her ganz ähnlich.

Nein, Sandra, Geben ist etwas Wunderbares, aber seinen ganz besonderen Wert erlangt es vor allem dadurch, dass es mir nicht um die Belohnung oder Bewunderung geht und dass es für mich ein echtes Opfer ist. Und wenn ich ehrlich bin, wünsche ich mir, wenn ich etwas Gutes tue, nicht nur, ›Schätze im Himmel‹ zu sammeln, sondern meist auch die ganz profane irdische Anerkennung. Außerdem tut uns das, was wir machen, finanziell nicht weh. Insofern stehen wir strenggenommen richtig gut da, weil wir uns weder besonders anstrengen noch irgendwo einschränken müssen, aber den kompletten Applaus einheimsen. Damit will ich aber auf gar keinen Fall irgendeine Spende auf dieser Welt abwerten, ganz und gar nicht. Ich bin immer wieder überwältigt von dem, was Menschen für Menschen tun. Und wenn ein Multimillionär wie Cristiano Ronaldo einem Kind eine Operation bezahlt und dabei genau weiß, es tut ihm nicht weh und poliert sein Image auf, dann finde ich das einfach großartig. Ich will lediglich klarstellen, dass das, was wir tun, von dem, was diese Witwe getan hat, weit entfernt ist. Und deshalb haben wir keinen Anlass, wie die Anwärter auf den Friedensnobelpreis durch die Welt zu laufen.«

Wieder war die junge Frau von der Sensibilität und Bodenständigkeit ihres Chefs beeindruckt.

»Danke für die Erklärung, Sven. Darüber werde ich nachdenken«, sagte sie leise.

23

Sie saßen noch eine Weile in der wärmenden Herbstsonne; anschließend wanderte Sabitzer ein wenig allein um das Grundstück herum. Sie brauchte diese Momente des Alleinseins, um nachdenken zu können, ganz besonders jetzt und nach dem, was sie in den letzten Tagen alles erfahren und erlebt hatte. So spazierte sie um die beiden Fischteiche herum und sah den Forellen, Karpfen und Hechten zu. Noch während sie sich vorstellte, wie die Fische wohl schmecken würden, wenn Anja, die tolle Köchin, sie in die Finger bekam, hupte es. In einem auberginefarbenen VW Touareg erschienen die drei Männer, die zu den Felsenkellern abgeordnet gewesen waren. Gerade als das Grundstückstor zufahren wollte, kam auch die Pathologin in ihrem dunkelgrauen Hyundai Tucson herangebraust. Als sie winkend an den draußen Sitzenden vorbeigefahren und ebenfalls in der Garage verschwunden war, machten sich auch Gustavsen, Anja und Sabitzer auf den Weg zurück ins Haus.

Nachdem sich alle im Wohn-Ess-Zimmer niedergelassen hatten, fragte Gustavsen: »Wer will anfangen?«

»Wir«, sagte Peter, »denn wir sind schnell fertig. Wir haben nämlich nichts. Wir haben sämtliche Felsenkeller identifiziert, die in Nanzenbach bekannt sind, und alle Besitzer – zum Glück war von jeder Familie jemand zuhause – sind mit uns gekommen oder haben uns ihre Schlüssel gegeben und uns nachschauen lassen. Weder passt der Schlüssel an irgendein Schloss, noch war in einem der Keller auch nur der Hauch von Diebesgut zu finden. Wir haben absolut nichts.«

»Da fällt mir etwas ein«, sagte Anja. »Ich bin gleich zurück.« Sie ging mit dem Handy nach draußen und führte ein kurzes Gespräch.

»Mit wem hast du telefoniert?«, fragte Wolfram, als sie zurückkam.

»Mit deiner Mutter«, sagte Anja lässig.

»Mit meiner Mutter? Warum das?«, wunderte sich ihr Mann.

»Naja, ich dachte, wenn irgendjemand sich in diesem Dorf auskennt, dann sie. Oder?«

»Ja, das ist allerdings wahr. Die weiß wirklich eine Menge über Dorf und Leute, ohne aber ein Tratschweib zu sein«, merkte man Wolfram den Stolz auf seine Mutter an.

»Genauso ist es«, bekräftigte Anja. »Und sie hat eine Idee«, blickte sie triumphierend in die Runde.

»Anja, ich muss dich warnen«, sagte Gustavsen, »ich habe dich ja gestern schon befördert. Da solltest du mit dem nächsten Geistesblitz vielleicht besser noch ein wenig warten. Aber egal, sag schon, was hat Karla gesagt?«

»Heidehäuschen«, sagte Anja nur.

»Heidehäuschen?«, echote der Kommissar. »Das macht Sinn. Das macht sogar eine ganze Menge Sinn. Wenn der Tipp richtig war, wird deine Schwiegermutter Teammitglied h.c., oder wie das heißt.«

»Es tut mir ja leid«, ließ sich nun Sabitzer vernehmen, »aber ich fürchte, ich brauche schon wieder Aufklärung.«

»Ja, da hast du wohl recht. In dem Fall bist du aber nicht allein, schätze ich, denn vom Heidehäuschen haben auch Sabrina, Jürgen und Peter vermutlich noch nie gehört.«

Alle drei schüttelten wortlos den Kopf.

»Also«, sagte Gustavsen gewichtig, »das Heidehäuschen war ein Häuschen, also eigentlich war es ein ausgewachsenes Haus. Und zwar stand es – welch ein Zufall – in unmittelbarer Nähe des Biebersteiner Weihers. In Sichtweite sozusagen. Außerdem ist die ganze Ecke bekanntlich auch von Ernestos Unterschlupf nicht besonders weit entfernt.

Dieses Haus ist vor, ich weiß nicht, zwanzig oder fünfundzwanzig oder wie vielen Jahren auch immer vollständig abgebrannt. Die Brandursache konnte nie vollständig geklärt werden. Damals ging sogar das Gerücht um, man habe eine Leiche in den Trümmern entdeckt, was aber von den Behörden vertuscht worden sei.« Gustavsen kratzte sich ungläubig am Kopf. »Unfassbar, dass ich Blödmann auch diese Geschichte nie mit unserem Fall in Zusammenhang gebracht habe. Was bin ich bloß für eine kriminalistische Doppelnull. Und jetzt, wo ich mit der Nase draufgestoßen werde, fügt sich alles zusammen. Ernesto war bekannt dafür, dass er alles geschmiert oder bedroht hat, was ihm untergekommen ist. Es könnte also sehr wohl damals passiert sein, dass eine Leiche gegen Bezahlung sozusagen unter den Seziertisch fiel. Und wenn Wolframs Mutter Recht hat – ehrlich gesagt zweifle ich keine Sekunde daran – und es dort einen Felsenkeller unter oder hinter dem Haus gibt, dann würde ich auch für möglich halten, dass die Beute aus dem Raubüberfall dort gelagert ist.

Jürgen, Peter, ihr geht heute Abend bitte gemeinsam mit Markus und Wolfram dorthin und sichert die Umgebung. Sandra und ich kommen dann dazu und werden schauen, ob wir etwas finden.«

Die Männer nickten.

»Nun zu dir, Sabrina«, fuhr Gustavsen fort. »Auf die Fotos bin ich total gespannt. Da ist mit Sicherheit etwas dabei, was uns weiterhelfen wird.«

Die Pathologin und Leiterin der Spurensicherung breitete sechsunddreißig Fotos auf dem Tisch aus. Alle beugten sich über die Collage und versuchten, die abgelichteten Personen zu erkennen. Einige waren auf einem ungepflegt wirkenden, mit Autos zugestellten Hof inmitten einer großen Waldlichtung aufgenommen worden, die meisten jedoch durch die Fenster des dazugehörigen Wohnhauses hindurch. Während die Außenaufnahmen dafür, dass es nur Analogfotos waren, gestochen scharf wirkten, waren die durch Fensterglas aufgenommenen Bilder etwas verschwommen. Trotzdem war zu erkennen, dass der Fotograf sein Handwerk verstanden hatte.

»Schau mal, Sven«, grinste Sabitzer und deutete auf ein paar Fotos in der Mitte des Tisches, »hier kannst du sehen, wie unsere zwei Freunde vom Supermarktparkplatz als junge Männer mit intakten Nasen aussahen.«

»Tatsächlich, das sind die beiden Galgenvögel. Definitiv«, bestätigte Gustavsen.

»Der hier kommt mir auch bekannt vor«, sagte Anja und deutete auf ein Bild in der untersten Reihe. »Aber mir fällt nicht ein, woher ich den kenne. Ich würde auf Hirzenhain tippen, aber das ist nur ein Gefühl.«

Gustavsen sagte nichts und schaute konzentriert jedes einzelne Foto an.

»Erkennst du irgendeinen, Sven?«, fragte Anja.

»Nicht wirklich. Außer den beiden Nasenkranken niemanden. Aber mir fällt die Körperhaltung eines der Männer auf. Der wirkt, als habe er hier das Sagen. Seht ihr das? Haarfarbe und der untersetzte, kräftige Körperbau passen zu Ernesto. Nur das Gesicht ist völlig anders. Ich vermute, Wim hat Recht, Ernesto hat sich einer Operation unterzogen. Wenn das so ist und wir richtig liegen, dann haben wir jetzt tatsächlich etwas, womit wir arbeiten können. Wobei die Arbeitshypothese sich natürlich nicht verändert hat, wir sind ja ohnehin davon ausgegangen, dass er lebt und ein neues Gesicht hat. Aber womöglich taucht der Kerl tatsächlich mal irgendwo auf, wo man sich an ihn erinnert. Wie auch die anderen, deren Visagen hier verewigt sind. Einige von denen stammen garantiert aus der Gegend, und irgendjemand kennt sie. Ich habe das Gefühl, wir kommen der Sache näher. Und das Heidehäuschen könnte der nächste Schritt sein.« Gustavsen lehnte sich zufrieden zurück.

»Ist euch übrigens aufgefallen, wie gediegen die Bude innen eingerichtet ist, vor allem wenn man sie mit den verwahrlosten Außenanlagen vergleicht? Gemälde an den Wänden, riesige Projektionsleinwand, Wandteppich, alles da. Ernesto hat sich da so richtig nobel ausgestattet. Und was man von außen sieht, ist absichtlich so scheinbar versifft angeordnet, damit keiner einen zweiten Blick draufwirft. Das Haus selbst, besser gesagt die herrschaftliche Villa, gehört meines Wissens zur früheren Grube Herrnberg. Ende des neunzehnten Jahrhunderts war das richtig feudal dort, vermute ich.

Jedenfalls prima Arbeit, Sabrina, besten Dank. Wenn wir nun heute Abend ins Jägerheim gehen, werden wir schon einiges an Informationen dabei haben. Das ist gut.«

***

Nach einem kurzen Mittagessen – es gab Tagliatelle Bolognese, und Anja erklärte, dass es die berühmten Spaghetti mit derselben Soße in Italien überhaupt nicht gebe – zogen sich alle für eine Weile auf ihre Zimmer zurück. Sabitzer nutzte die Zeit, um noch ein paar Bahnen im wunderbar warmen Wasser zu schwimmen und sich im Whirlpool zu entspannen. Anschließend legte sie sich in ihr bequemes Bett und las weiter in ihrem Eifelkrimi, den ihr Peter *in irgendeinem früheren Leben* empfohlen hatte, in dem sie aber weder während der Flüge noch in der Zeit auf Lanzarote nennenswert vorangekommen war.

Gegen vier Uhr nachmittags hörte sie Motorengeräusche durch ihr offenes Fenster. *Offenbar ist Markus mit seinen Passagieren aus Lanzarote zurück,* dachte die junge Polizistin und stand auf. Als sie den großen Gemeinschaftsraum betrat, traten tatsächlich gerade Wim und Osvaldo ein, gefolgt von Markus, dem Piloten. Alle drei ließen ihre Reisetaschen fallen und nahmen Sabitzer in die Arme.

»Mensch Sandra, du bist ja noch da«, feixte Markus. »Hast du immer noch nicht die Nase voll von unserem Schmalspur-Detektiv? Das ist ein neuer Rekord, Sven, oder hat es schon mal eine länger als zwei Monate bei dir ausgehalten?«

»Das sagt ausgerechnet der einzige Pilot auf dieser Erde, der in Personalunion auch den Bordservice übernehmen muss, weil er keine Stewardess findet, die freiwillig mit ihm fliegt«, grummelte Gustavsen, der lässig in einem Sessel hockte und vor sich hingrinste.

»Hallo, liebe Sandra, wie schön, dich wiederzusehen«, sagte Osvaldo lächelnd.

»Wie geht es unserem neuen Teammitglied? Wie ich dich und dein Tempo kennengelernt habe, nehme ich an, du hast den Fall bereits endgültig aufgeklärt, und wir können jetzt alle schwimmen gehen?«, lachte Wim.

»Ja, wir sind ganz kurz davor. Es musste nur etwas frischer Wind in die Ermittlungen, und schon ging es vorwärts«, spielte Sabitzer das Spiel mit. »Apropos schwimmen: Wim, das Haus hier ist herrlich, einfach wunderschön.«

»Ja«, seufzte Wim, »es trägt die Handschrift meiner lieben Frau. Sie hat alles geplant und eingerichtet. Von vorne bis hinten. Ich wäre damit restlos überfordert gewesen. Sie hatte Geschmack, das steht fest.«

»Nur bei Männern hat sie ihr Geschmack verlassen«, ließ sich nun Gustavsen vernehmen.

»Das sagt natürlich der Richtige, du alter Waldschut«, mischte sich Osvaldo ein.

»Wald*schrat*! Es heißt Wald*schrat*, du zölibatärer Frauenversteher«, konterte der Kommissar. »Schut ist der Kerl aus Karl May. Aber den kennst du ja auch nicht, bei euch gibt's ja nur Bücher über El Cid.«

»Okay, ihr Geschenke der Götter an uns Frauen«, meldete sich Anja, die mit einem Tablett voll Kaffeetassen und Kuchenstücken aus der Küche kam. »Dann macht mal den Tisch frei und räumt die Bilder weg, bevor jemand auf die Idee kommt, mit den Typen darauf eine eigene Geisterbahn zu eröffnen. Es gibt gefüllten Bienenstich aus dem Dorfladen.«

Während sie sich über den leckeren, mit einer vorzüglichen Crème gefüllten Kuchen hermachten, brachte Sabitzer – offenbar war sie in der Runde bereits als Sprecherin anerkannt – die Hinzugekommenen auf den neuesten Stand.

Anschließend schauten sich Wim und Osvaldo die Fotos an und bestätigten den Eindruck, den Gustavsen und Sabitzer vorher gewonnen hatten.

»Das sind definitiv die beiden, die ihr unschädlich gemacht habt. Wir werden die Abzüge einscannen und …«

»Ist schon passiert«, wedelte Sabrina mit einem USB-Stick.

»Super, Sabrina, vielen Dank. Wo war ich? Ach ja, die Bilder schicken wir Andres, dann hat er neue Anhaltspunkte über die Mitglieder von Ernestos Truppe. Ja, und ich glaube, du liegst goldrichtig, Sven. Das hier ist hundertprozentig Ernesto, auch wenn das Gesicht völlig anders aussieht als vorher. Schau dir die Nase an, Osvaldo. Nicht wiederzuerkennen. Aber die Körperhaltung, diese überhebliche Arroganz, das ist unverkennbar Ernesto.«

»Eindeutig«, bestätigte Osvaldo, »das ist der Kerl. Hoffentlich können wir ihn jetzt der irdischen Gerechtigkeit zuführen. Denn auch wenn er der göttlichen nicht entrinnen wird, würde ich es ehrlich gesagt schon gern sehen, wenn er bereits hier für seine Taten bezahlen müsste.« Der Priester bekreuzigte sich.

»Wie ist also die weitere Vorgehensweise?«, fragte Markus.

»Nächster Schritt ist«, antwortete Gustavsen, »dass du heute Abend gegen sieben, wenn es nach und nach dunkel wird, mit Jürgen, Peter und Wolfram zu diesem Heidehäuschen gehst und die Umgebung sicherst. Sandra und ich kommen nach und werden uns dann dort mal umsehen. Vielleicht finden wir tatsächlich einen weiteren Felsenkeller mit dem Diebesgut aus Solms oder anderen Dingen, die auf Ernesto hinweisen. Das wäre der Optimalfall.«

»Von dem du aber nicht ausgehen solltest«, schaltete sich Sabitzer ein. »Angesichts der Ereignisse der letzten Tage wäre Ernesto ziemlich blöd, wenn er nicht alles dafür getan hätte, sämtliche Beweise gegen ihn verschwinden zu lassen. Und übermäßig blöd scheint er nicht zu sein.«

»Das stimmt, Sven«, sprang Wim der jungen Frau bei. »Ich könnte mir auch vorstellen, dass das Lager, wenn es denn eins gibt, leergeräumt ist.«

»Trotzdem würden wir sicherlich ein paar Spuren finden, schätze ich«, insistierte Gustavsen. »Aber wir werden sehen. Nachdem wir also beim Heidehäuschen waren, gehen Sandra und ich mit unseren Fotos ins Jägerheim und fragen ein bisschen herum. Mit dem, was wir bisher schon wissen, müsste eigentlich die eine oder andere Erinnerung geweckt werden können.«

»Schaffen wir das überhaupt alles zeitlich?«, fragte Sabitzer.

»Ja, das ist kein Problem. Das Jägerheim macht unter der Woche meist gegen elf Uhr abends zu, aber heute ist Freitag, da geht es sicher bis eins. Ich schätze, je nachdem, was wir beim Heidehäuschen vorfinden, werden wir um neun, spätestens zehn dort sein. Dann ist es auch nicht mehr ganz so voll, und man kann mal ein Gespräch führen.«

24

Nach einem gemeinsamen Abendessen – heute gab es tatsächlich Maultaschen à la Osvaldo, der es sich nicht nehmen ließ, gemeinsam mit Anja zu kochen – brachen die vier Männer, die Gustavsen als Kundschafter eingeteilt hatte, gegen neunzehn Uhr auf, um die Umgebung des abgebrannten Hauses zu untersuchen und einen Sicherheitskordon für die beiden Kommissare zu bilden. Schon nach etwas mehr als einer halben Stunde erhielt Gustavsen die Nachricht, alles sei gesichert und vorbereitet. Er und Sabitzer kletterten in den Ford und bogen nach kurzer Fahrt auf der Landesstraße Richtung Nanzenbach wieder in den Waldweg ein, den die junge Polizistin schon von der Fahrt zum Tatort am Dienstag kannte. *Wahnsinn, dass das erst drei Tage her ist,* dachte sie. *Seitdem ist so viel passiert.*

Oben auf der Kuppe angekommen, wo ihnen seinerzeit der Streifenwagen die Weiterfahrt verwehrt hatte, hielt der Kommissar sich nun links und fuhr auf einen zerfurchten Feldweg zu. Die Spurrinnen waren so tief, dass sogar die erhöhte Bodenfreiheit des Flex an ihre Grenzen stieß. Außerdem war es so sumpfig, dass die Traktionskontrolle hektisch piepte, als der Allradantrieb den schweren Wagen die Kuppe hinaufschob. Als sie die glitschige Steigung bewältigt hatten, ging es über eine relativ ebene Wiesenfläche einige hundert Meter geradeaus, bis der Kommissar schließlich mitten auf dem Weg anhielt.

»Hier sind wir«, verkündete er, und sie stiegen aus.

Auf der linken Seite des Weges sah man etwas wild umwuchertes Mauerwerk. Als sie weitergingen, standen sie bald auf der Bodenplatte des abgebrannten Gebäudes, das offenbar kein primitives Gartenhäuschen, sondern ein massiv gebautes Haus gewesen war. Sie untersuchten die gesamte Bodenplatte, indem sie die widerspenstigen Sträucher und Äste, die durch die Fugen und Ritzen im Beton gewachsen waren, zur Seite drückten, um nach Anhaltspunkten für einen Kellereingang zu suchen.

»Hier ist kein Keller«, sagte Gustavsen schließlich, »das hatte ich auch nicht erwartet. Also bleibt, falls Karla Recht hat, nur noch der Wald hinter dem Haus.«

Sie gingen einige Meter ins Unterholz hinein. Direkt nach der ersten Baumreihe ging es bergauf, und die Böschung wurde felsiger.

»Hier ist etwas«, rief Sabitzer. »Ich glaube, wir haben es.« Sie drückte wieder ein paar Äste zur Seite. »Hier, schau.«

Gustavsen kam näher. »Das ist es, das ist ein Felsenkeller. Karla hat Recht gehabt, ich wusste es.«

Unter den Wurzeln eines sehr großen und breiten Baumes sahen sie eine Felswand, die so akkurat senkrecht im Wald stand, dass sie unmöglich so gewachsen sein konnte. Hier hatten definitiv Menschen nachgeholfen und dann die Zweige so angeordnet, dass man sie nur bemerkte, wenn man ganz genau hinschaute. In der Mitte der Wand befand sich eine zwei Meter hohe Eisentür mit senkrechten Stäben, wie sie auch für die Felsenkeller im Dorf typisch war. Dahinter erkannte man eine massiv aussehende Holztür.

Gustavsen holte den klobigen Schlüssel aus der Tasche und wollte ihn in das Schloss stecken.

»Lass es, Sven« sagte Sabitzer, »das ist nicht mehr nötig.« Sie zeigte auf die Türscharniere. »Beide aufgesprengt, siehst du?«

»So ein Mist«, schimpfte der Kommissar. »Ich fürchte, du hattest mit deiner Vermutung Recht. Die Vögel sind ausgeflogen. Vermutlich finden wir da drin nichts außer einem weißen Zettel mit einem ausgestreckten Finger drauf.«

Er hob die Tür etwas an und drehte sie soweit zur Seite, dass sie hindurchschlüpfen konnten. Der dahinterliegenden Holztür gab er einfach einen Tritt, und wie erwartet fiel sie ohne Widerstand nach innen. Sie schalteten ihre Taschenlampen ein und betraten den Keller. Lediglich im hinteren Bereich standen ein paar Kartons und Körbe herum, ansonsten war der Keller leer.

»Sieh nur, hier haben jede Menge Sachen gestanden, dünne, breite Holzverschläge vermutlich«, sagte Sabitzer und deutete mit dem Strahl der Taschenlampe auf den Boden.

»Bilder«, nickte Gustavsen, »aus dem Raub von Solms. Ich schätze, wir haben das Zwischenlager entdeckt. Aber wir sind zu spät, das ist ärgerlich.«

»Immerhin sind wir wieder einen Schritt weiter«, munterte ihn Sabitzer auf, »das ist doch auch was. In drei Tagen ist mehr ans Licht gekommen als in dreißig Jahren zuvor. Und den Rest kriegen wir auch noch, hundertprozentig.«

»Aber wie?«, zweifelte Gustavsen. »Das Zeug ist weg, in irgendeinem anderen Versteck. Werden wir jetzt wieder dreißig Jahre brauchen, um dem Ganzen näherzukommen?«

»Nein, werden wir nicht«, sagte die junge Kommissarin mit Bestimmtheit. »Du hast doch vorhin selbst gesagt, dass wir zumindest Spuren finden werden. Und damit hattest du Recht. Und ich habe da schon die eine oder andere Idee. Komm, lass uns rausgehen.«

Zuerst untersuchten sie noch die Kisten in der Kellerecke und stellten fest, dass es sich lediglich um die typischen Dinge handelte, die man halt in Kellern aufbewahrte. Dann verließen sie das Felsengewölbe.

»Lass mich an deinen Gedanken teilhaben«, sagte Gustavsen. »Was sind die Ideen, von denen du gesprochen hast?«

»Die Spuren im Staub lassen darauf schließen, dass hier eine Menge Dinge gelagert waren, und diese waren teilweise extrem sperrig, richtig?«

»Richtig. Und?«

»Diese Sachen hätte man nicht mit einem Pkw wegtransportieren können. Denn auch wenn man wegen der Menge vielleicht mehrmals hätte fahren können, die Bilderrahmen hätten den Spuren nach auch in keinen Kombi gepasst. Richtig?«

»Richtig.«

»Also entweder ein Sprinter oder …«

»… ein Lkw«, vollendete der Kommissar den Satz. »Aber wie hilft uns das weiter?«

»Lass uns erst mal hier draußen nach Spuren suchen«, antwortete die Polizistin und richtete den Strahl der Taschenlampe auf den Boden. Dann ging sie ein paar Schritte den Waldweg entlang Richtung Osten, bevor sie zurückkehrte.

»Hab ich es mir doch gedacht«, murmelte sie. »Also, ich behaupte, es war ein Lkw, kein Sprinter. Vermutlich ein Siebeneinhalbtonner. Und der ist rückwärts zu diesem Platz hier gefahren, beladen worden und vorwärts wieder abgedampft. Ich denke, Sabrina würde das anhand der Tiefe der Spuren in dem Morast hier bestätigen. So tief, wie die sind, könnten die nämlich auch von einem Vierzigtonner stammen, der nur eine Strecke gefahren ist. Aber erstens gehen die Abdrücke nach dem Haus nicht weiter, zweitens siehst du, wenn du genau hinschaust, dass die Spuren teilweise seitlich versetzt sind, was dafür spricht, dass man den Weg einmal hin und einmal zurück gefahren ist.«

Gustavsen war beeindruckt. »Hervorragende Arbeit, Sandra. Ich glaube, du liegst mit deiner Einschätzung vollkommen richtig. Gut gemacht. Aber was fangen wir mit dieser Information an?«

»Nun, als erstes fragen wir Wolfram, ob in den letzten Tagen – und länger kann es nicht her sein, wenn man die Abdrücke auf dem Waldweg und im Keller sieht – ein Lkw in der, wie nennt ihr es, Schelde bei Ernestos Quartier aufgetaucht ist. Ihr habt doch die Kameras da im Wald angebracht, die das sicher aufgezeichnet hätten, oder?«

»Ja, hätten wir, äh, haben wir.« Gustavsen wirkte vom Tempo seiner Assistentin leicht überfordert. »Und wenn wir wissen, dass sie dort *nicht* hingefahren sind, was dann?«

»Dann wissen wir zumindest, dass irgendein Lastwagen hier war und nicht in die Schelde gefahren ist. Und mit etwas Glück ist irgendeinem Nanzenbacher etwas aufgefallen und er hat sich das Kennzeichen notiert. Oder man kann durch Fahrpläne der Speditionen weiterkommen. Wir werden schon eine Möglichkeit finden«, endete sie optimistisch.

»Du hast Recht«, sagte Gustavsen, »wir kommen wirklich immer weiter voran. Ich bin einfach zu skeptisch, was diesen Schweinehund Ernesto und seine Saubande betrifft. Aber wir werden ihnen Feuer unterm Hintern machen. Und jetzt ab ins Jägerheim.« Er pfiff zweimal auf den Fingern, um das Überwachungsteam herbeizurufen. Im nächsten Moment bewegten sich in unmittelbarer Nähe vier Grashügel, und eine Sekunde später standen der Apotheker, der Buchhändler, der Pilot und der Fitnesstrainer breit grinsend vor ihnen.

»Ihr seid doch ein paar Drecksäcke«, schimpfte Gustavsen in gespieltem Ärger. »Müsst ihr in eurem Alter unbedingt immer noch Krieg spielen?«

»Klar«, lachte Markus. »Du müsstest doch am besten wissen, dass bestimmte große Kinder nie erwachsen werden. Außerdem war es sehr aufschlussreich, hier im Gras zu liegen und mitanzuhören, wie deine angebliche Auszubildende dich in Grund und Boden kombiniert.«

Alle lachten, und auch der Kommissar machte gute Miene zum bösen Spiel.

»Okay, dann mal zurück ins Haus. Normalerweise müsste ich euch ja nach dem Auftritt laufen lassen, aber dann könnte ich mir wieder den ganzen Abend von Osvaldo anhören, dass ich ja unbedingt Böses mit Gutem vergelten soll und so weiter und so fort.«

Gustavsen stieg ein und drückte einen Knopf am Armaturenbrett, worauf sich im Kofferraum zwei weitere Sitze auseinanderfalteten. Sabitzer als die Kleinste zwängte sich nach hinten, während sich die anderen in den vorderen beiden Reihen verteilten.

25

Im Hauptquartier machten sich Gustavsen und Sabitzer schnell frisch, wechselten die Kleidung und brachen mit einer Mappe voller Fotos auf Richtung Dorfkneipe. Sie fanden einen Parkplatz im Hof der Schänke und gingen hinein. Eine Treppe führte hoch bis in den ersten Stock, dann ging es durch eine Tür auf der linken Seite in die Gaststube. Direkt neben dem Eingang war auf der linken Seite die Theke, hinter der Wirt und Wirtin mit Zapfen und Spülen beschäftigt waren. Auf der rechten Seite befand sich eine Nische mit einem unbesetzten einzelnen Tisch. Geradeaus an der Theke vorbei hingen mehrere Spielautomaten rechts an der Wand; davor saß ein älterer Mann auf einem Barhocker, der offenbar an gleich zwei Automaten spielte – seinem Gesichtsausdruck nach nicht besonders erfolgreich.

Vor der Theke standen vier weitere besetzte Barhocker. Als Nächstes kam ein Tisch für bis zu acht Personen, auf dem eine Messingglocke in einem Gestell hing, an dessen oberem Ende eine Kupferplatte mit der Aufschrift *Stammtisch* prangte. Hier saßen vier ältere Herren und spielten Karten. *Doppelkopf,* dachte Sabitzer, *das kenne ich von meinem Papa.*

Dann kamen drei kleinere Tische, die ebenfalls alle besetzt waren. Vorbei an den Spielautomaten öffnete sich eine weitere Nische nach rechts, in der zwei Flipperautomaten nebeneinander standen sowie ein weiterer Tisch, an dem eine Gruppe jüngerer Leute mit Würfeln spielte.

An der linken Wand hinter dem Stammtisch hingen mehrere Geweihe. *Deshalb Jägerheim,* dachte Sabitzer. *Gemütlich hier.*

Gustavsen wurde von den meisten Anwesenden freundlich begrüßt, und die in dieser Region offenbar üblichen Frotzeleien begannen. Der älteste Teilnehmer der Doppelkopfrunde, ein gebildet wirkender, weißhaariger Mann mit randloser Brille, winkte die beiden Kommissare an den Tisch.

»Kommt zu uns, ihr zwei, hier ist noch Platz und bei uns könnt ihr noch was lernen. Doppelkopf war ja früher nicht gerade deine Stärke, nicht wahr, Sven?«

»Ja, weil ihr immer geschummelt habt wie die Weltmeister«, grummelte der Kommissar grinsend.

»Willst du uns nicht die reizende Dame an deiner Seite vorstellen?«, fragte der Nächste in der Runde unter Aufbietung seines ganzen Charmes.

»Das kann ich übernehmen«, meldete sich der Dritte und grinste breit. »Das ist Sandra Sabitzer aus Daaden oder irgendwo aus der Ecke. Sie ist Svens Auszubildende, macht unserem Schmalspur-Columbo aber heute schon einiges vor, munkelt man. Und kann außerdem verdammt gut hauen, wie man hört.«

Google! hauchte Gustavsen lautlos in Sabitzers Richtung.

»Ich sehe schon, das Streifenzebra Fischer war hier, stimmt's?«, argwöhnte der Kommissar. »Aber dass er zweimal gekotzt hat, darüber hat er vermutlich kein Wort verloren, was? Den werde ich wegen Ausplauderns von Dienstgeheimnissen verknacken.«

»Aber Recht hat er schon, oder?«, hakte Kartenspieler Nummer vier nach. »Und dass sie gut aussieht, hat er auch berichtet. Dann wird das andere wohl ebenfalls stimmen.«

Ich bin schon ziemlich lange nicht mehr rot geworden, dachte Sabitzer.

Mittlerweile war Roswitha, die Wirtin, an den Tisch gekommen und wurde der jungen Kommissarin ebenso wie ihr Lebensgefährte Hans-Jürgen förmlich vorgestellt. Als die beiden Polizisten ihre Bestellung – je ein Radler für Sabitzer und Gustavsen – aufgaben, wedelte der Weißhaarige mit seinem Bierdeckel und verkündete: »Das geht auf mich. Mach uns allen noch eine Runde, Roswitha.«

Als Sabitzer den Kommissar verwundert anschaute, nickte der nur und grinste.

Sobald die Getränke verteilt worden waren, hob der ältere Mann sein Glas.

»Zum Wohl! Ich bin übrigens Helmut.«

»Und ich Jürgen«, sagte Nummer zwei.

»Paul«, ließ sich Nummer drei vernehmen.

»Alfred«, vervollständigte Nummer vier die Vorstellungsrunde.

Okay, ich bin dabei, dachte Sabitzer und hob ihr Glas.

»Sandra. Prost.«

Nachdem sie alle miteinander angestoßen und getrunken hatten, nahmen die Männer wieder den Kommissar aufs Korn und frotzelten, was das Zeug hielt. So ging es eine ganze Weile weiter hin und her, und die junge Polizistin fragte sich, wie man die ganze Zeit schwätzen und sich gleichzeitig auf dieses Kartenspiel konzentrieren konnte. Sie war, wenn ihr Vater sie bei seinen Männerabenden mal mitspielen ließ, immer heillos überfordert gewesen, wenn es darum ging, welcher Mitspieler jetzt noch welche Karten auf der Hand hatte. Die Männer hier hingegen schienen das tatsächlich immer genau zu wissen, obwohl sie sich beziehungsweise den Kommissar, der offenbar längere Zeit nicht dagewesen war, währenddessen die ganze Zeit auf die Schippe nahmen.

Die Zeit verging wie im Flug, und irgendwann stellte Sabitzer fest, dass sich das Wirtshaus ziemlich geleert hatte. Lediglich der Stammtisch, an dem sie saßen, war noch bis auf zwei leere Stühle besetzt, außerdem saß eine Frau Mitte bis Ende vierzig an der Theke und unterhielt sich angeregt mit den Wirtsleuten.

Plötzlich sagte Jürgen, den Gustavsen seiner Assistentin als *Dorfhistoriker* vorgestellt hatte:

»Jetzt sag schon, Sven, warum seid ihr heute Abend hier? Nur wegen Doppelkopf und Radler doch sicher nicht. Schließlich hast du das Spiel nie verstanden. Ihr wollt doch sicher etwas über Gigi wissen, hab ich Recht?«

»Stimmt, Jürgen, voll ins Schwarze getroffen«, bestätigte Gustavsen. »Da sind noch eine Menge Fragen offen.«

»Lass hören«, sagte Paul, der frühere IT-Spezialist.

»Naja, wir müssen mal sehen, was wir euch sagen dürfen und wieviel ihr schon wisst. Wusstet ihr beispielsweise, was für ein Landsmann Luigi war?«

»Der war Italiener«, sagte Alfred, »das weiß doch jeder im Dorf.«

»Irrtum«, berichtigte Gustavsen. »Er kam aus Lanzarote. Er hat den italienischen Gastarbeiter nur gespielt.«

»Jetzt sag nur«, überlegte Jürgen mit zusammengekniffenen Augen, »das Ganze hat etwas mit deinem Tulpenzwiebelkumpel aus Holland und seinem kriminellen Schwager zu tun?«

»Genauso ist es«, schaltete sich Sabitzer ein. »Alejandro war nur nach außen hin ein italienischer Gastarbeiter. In Wahrheit hat er besagten Schwager und seine Gangstertruppe beobachtet. Und das ist ihm letztlich zum Verhängnis geworden.«

»Das hätte ich jetzt nicht gedacht«, wunderte sich Paul. »Damals hieß es, irgendein gehörnter Ehemann hat ihn um die Ecke gebracht. Und das konnte jeder ein Stückweit nachvollziehen, denn der Kerl hat so mancher Frau den Kopf verdreht. Ich habe ihn ehrlich gesagt immer ein wenig beneidet«, seufzte er und nahm einen Schluck Bier.

»Tja, so wie es aussieht, können wir die in Frage kommenden Ehemänner nun entlasten«, schmunzelte Gustavsen.

»Bist du da so sicher, Sven?«, drehte sich unvermittelt die Frau auf dem Barhocker um.

»Hallo Silke«, sagte der Kommissar, »weißt du vielleicht mehr als wir? Komm doch und setz dich zu uns.«

Die Angesprochene nahm ihr Glas, in dem eine undefinierbare braune Flüssigkeit schwamm, und setzte sich zu der Runde.

»Das ist ein Schwarzer«, erklärte sie Sabitzer, als sie deren fragenden Blick registrierte.

»Ein Schwarzer? Was ist das?«, fragte die Polizistin.

»Das ist Apfelwein mit Cola. Mein Lieblingsgetränk. Musst du mal probieren. Roswitha, machst du Sandra mal so einen? Oh Entschuldigung, ich bin übrigens Silke Nauroth, Schulkameradin deines Chefs hier.«

»Hallo Silke, schön, dich kennenzulernen«, sagte Sabitzer und fühlte sich wieder einmal von der unkomplizierten Art, mit der die Nanzenbacher miteinander und mit Neuankömmlingen umgingen, ein wenig überrollt – *aber irgendwie fühlt es sich gut an*, dachte sie.

»Okay, zurück zum Fall. Was kannst du uns mitteilen, Silke?«, versuchte Gustavsen den Faden wieder aufzunehmen.

»Zunächst einmal muss ich sagen, dass ich am Dienstag aus allen Wolken gefallen bin, als ich hörte, dass ihr Gigi gefunden habt. Ich war die ganze Zeit wie die meisten von uns davon ausgegangen, dass er sich damals einfach aus dem Staub gemacht hat. Denn dazu hatte er allen Grund.« Sie machte eine Pause, um mit Sabitzer, die mittlerweile ihren *Schwarzen* erhalten hatte, anzustoßen.

»Und, wie schmeckt der?«, fragte sie.

»Das ist richtig lecker«, sagte Sabitzer. »Vielen Dank für den Tipp.«

»Weiter im Text«, scharrte Gustavsen ungeduldig mit den Hufen. »Warum hatte Luigi-Alejandro allen Grund, abzuhauen?«

»Weil jemand gesagt hat: ›Wenn der Scheiß-Itaker nicht bis Ende der Woche weg ist, werde ich ihn in Heuslers Weiher ersäufen, so wahr, wie ich hier stehe!‹«, sagte die hübsche Schwarzhaarige mit fester Stimme. »Und weil diesem Typen so etwas eindeutig zuzutrauen war, sind wir alle davon ausgegangen, dass Gigi die Beine in die Hand genommen hat und nach Italien abgehauen ist. Aber jetzt, wo man seine Leiche ausgerechnet in einem Weiher gefunden hat, ist mir eine ganze Menge klargeworden. Und seitdem frage ich mich, ob man damals etwas hätte tun können, um das zu verhindern.« Sie schüttelte sich und nahm einen weiteren tiefen Schluck.

»Nein, Silke, das mit Sicherheit nicht. Wenn so eine Drohung ausgesprochen wird, weiß man erstens nicht, wie ernst es gemeint ist, zweitens ist es die Sache der direkt Betroffenen, sich damit auseinanderzusetzen«, versuchte der Kommissar, seine frühere Schulfreundin zu beruhigen.

»Das ist nicht richtig, Sven. Wenn jemand mit Mord oder meinetwegen mit Selbstmord droht, also irgendetwas Krasses ankündigt, dann kann man nicht mehr mit Wahrscheinlichkeiten arbeiten. Dann zählt es nicht mehr, in wieviel Prozent der Fälle der schlimmste Fall tatsächlich eingetreten oder ausgeblieben ist. In so einer Situation muss man das Schlimmste annehmen und konsequent handeln. Und das habe ich nicht getan. Keiner hat etwas getan«, sagte die Frau traurig.

Sabitzer spürte, wie sehr das Thema die sympathische Frau mitnahm. Während sie überlegte, wie sie Silke trösten konnte, nahm plötzlich ein Gedanke in ihrem Kopf Gestalt an.

»Sag mal, du bist doch sicher ungefähr so alt wie Anja Krüger, oder irre ich mich?«, platzte sie in das Zwiegespräch des Kommissars mit der Nanzenbacherin.

»Das stimmt«, sagte Letztere verwundert, »aber was hat das mit diesem Fall zu tun?«

Sabitzer kramte in der mitgebrachten Mappe, in die sie Alejandros Fotos geklebt hatten.

»Anja hat einen der Männer, die Alejandro – also Luigi – observiert und fotografiert hat, erkannt, wusste aber nicht, wo sie den hintun sollte. War das vielleicht der Mann, der die Drohung ausgestoßen hat?« Sie deutete auf das Foto des Unbekannten.

Silke schaute sich das Bild an.

»Das ist sein Bruder. Das ist Maximilian Hohmann«, verkündete sie. »Schau mal, Roswitha, den müsstest du auch noch kennen, der war doch früher öfters hier.«

Die Wirtin kam um ihre Theke herum und musterte das Foto. »Du hast Recht, Silke. Das ist Maxi Hohmann. Unverkennbar, auch wenn ich ihn seit Jahren nicht mehr gesehen habe«, bestätigte sie Silkes Einschätzung.

Bereits bei der Erwähnung des Namens *Hohmann* hatten sich die beiden Kommissare bedeutungsvoll angeschaut. Gustavsens Blick, mit dem er seine Assistentin musterte, war darüber hinaus ziemlich verwundert.

»Bruder?«, nahm er jetzt das Gespräch in die Hand. »Lass mich mal kombinieren. Dieser Maximilian Hohmann hat einen Bruder. Und dieser ist rein zufällig mit einer gewissen Ariane verheiratet. Sehe ich das richtig?«

»Fast«, grinste Silke, »bis auf die Tatsache, dass Ariane und Sebastian nicht verheiratet *sind,* sondern *waren.* Und zwar ziemlich genau seit Ariane eine Affäre mit Gigi, sorry, Alejandro hatte und Sebastian gedroht hat, diesen zu ertränken. Dann ist Gigi verschwunden, und Ariane hat sich von ihrem Mann getrennt.«

»Ist die Affäre denn bestätigt worden?«, fragte Sabitzer. »Weiß man genau, dass da etwas war?«

»Naja, wenn sich zwei gutaussehende Menschen unterschiedlichen Geschlechts ständig an einer Stelle treffen, die als Liebesnest bekannt ist, kann man wohl davon ausgehen, dass da was gelaufen ist. Die haben sich nämlich an einem Ort getroffen, den wir Einheimischen …«

»… Donnerfichte nennen, nicht wahr?«, grinste Sabitzer.

»Richtig, woher weißt du das?«, fragte Silke verwundert.

Während die junge Polizistin noch überlegte, wie viele Informationen sie weitergeben durfte, sagte Gustavsen:

»Wir wissen dank Anja, dass Alejandro kurz vor seinem Tod eine Verabredung mit Ariane an der Donnerfichte hatte. Und das, was du uns jetzt berichtest, wirft möglicherweise ein ganz neues Licht auf den Fall. Und nicht nur das, es wirft aller Wahrscheinlichkeit nach unsere bisherige Ermittlungsarbeit total über den Haufen. Weißt du vielleicht auch noch, wo Ariane jetzt wohnt?«, schaute er seine Schulkameradin an.

»Genau weiß ich es nicht«, antwortete diese, »aber ich vermute, sie wohnt noch immer in Hirzenhain. Und Sebastian und Maximilian wohnen, soweit ich weiß, seit der Trennung gemeinsam im Nikolausstollen.«

»Nikolausstollen?«, merkte Sabitzer auf. »Der ist doch in der sogenannten Schelde, oder? Also vermutlich in der Nähe von Ernestos Hauptquartier. Richtig?«

Als sie schon dachte, sie habe zu viel ausgeplaudert, sah sie, wie alle Anwesenden nickten. *Unglaublich, so langsam glaube ich wirklich, dass Google in Nanzenbach erfunden wurde.*

»Und ob das nicht schon kompliziert genug wäre, scheint der Bruder desjenigen, der seit drei Minuten unser Hauptverdächtiger ist, zur Gangstertruppe von Ernesto zu gehören. Damit haben wir zwei Motive, zwei Gelegenheiten, eine explizite Ankündigung des *Modus Operandi*, also der Art und Weise der Tatausführung, und ein Brüderpaar als Bindeglied zwischen den beiden Szenarien. Langsam wird mir schwindlig, und ich fürchte, wir stehen wieder ziemlich am Anfang«, stöhnte Gustavsen.

»Und um die Verwirrung komplett zu machen«, steuerte Sabitzer bei, »könnte es sich bei dem Ganzen auch um zwei Fliegen mit einer Klappe handeln. Dann nämlich, wenn der Zorn des eifersüchtigen Ehemanns gewissermaßen mit dem Plan, einen gefährlichen Zeugen zu beseitigen, verheiratet wurde. Ein mörderisches Win-Win sozusagen.«

»Große Güte«, sagte der Dorfhistoriker, der wie die anderen Kartenspieler die Diskussion schweigend verfolgt hatte, und rollte die Augen, »den Wirrwarr wollte ich nicht auflösen müssen. Da wünsche ich euch viel Glück. Und seht zu, dass ihr das sauber aufklärt, damit wir den Fall im nächsten Band der Dorfchronik vernünftig darstellen können.«

»Wird gemacht, Jürgen«, versicherte Gustavsen, »aber nicht mehr heute. Wir düsen mal wieder in unser Quartier und machen uns Kopfgedanken. Euch besten Dank für den Input, besonders dir, Silke.« Er erhob sich.

»Ja, und danke für die Getränke«, lächelte Sabitzer in die Runde und stand ebenfalls auf.

Sie verabschiedeten sich auch von den freundlichen Wirtsleuten und verließen das Jägerheim.

Als sie die Treppe hinuntergegangen waren, hielt Gustavsen seine Assistentin mit einer Handbewegung zurück und lugte vorsichtig aus der offenstehenden Eingangstür heraus. In diesem Moment wurde in der Goldbachstraße nahe des Dorfladens kurz eine Lichthupe betätigt. Sofort richtete sich der Kommissar auf und ging mit Sabitzer zum Flex.

»Jürgen und Peter«, sagte er nur, als sei damit alles erklärt. Die junge Polizistin war wieder einmal beeindruckt von der Effizienz der Truppe, denn sie war die ganze Zeit mit Gustavsen zusammen gewesen, hatte aber überhaupt nichts registriert, was darauf hingedeutet hätte, dass die beiden zu ihrem Schutz abkommandiert worden waren. *Die verstehen sich echt blind, die Burschen,* dachte sie.

Sie fuhren zurück zum *UGA*-Hauptquartier; Jürgen und Peter folgten ihnen in größerem Abstand. Nachdem sie die Autos in den Garagen abgestellt hatten, gingen sie ins Wohnhaus und trafen die komplette Mannschaft gemütlich verteilt im großen Gemeinschaftsraum an. Alle schauten erwartungsvoll zu den beiden Kommissaren.

»Da seid ihr ja endlich«, rief Wim, »ihr habt uns ganz schön lange auf die Folter gespannt. Ich hoffe, es hat sich wenigstens gelohnt?«

»Tut mir leid, Wim, dass es so lange gedauert hat. Und sorry, wenn wir euch noch weiter auf die Folter spannen. Ich muss jetzt schlafen und nachdenken. Morgen früh alles Weitere. Nur so viel schon jetzt: Wir müssen den ganzen Fall neu aufrollen. Gute Nacht«, gähnte Gustavsen und ging ohne ein weiteres Wort hinaus.

Jetzt wandte sich Wim an Sabitzer. »Sandra, kannst du uns denn schon etwas sagen? Wir haben den ganzen Abend auf heißen Kohlen gesessen.«

»Sorry, Wim, aber ich möchte Sven nicht vorgreifen. Er hat Recht, wir müssen über das, was wir gehört haben, erstmal schlafen. In jedem Fall gibt es eine Menge neuer Hinweise, denen wir nachgehen müssen. Aber auch ich bin jetzt fix und fertig. Schlaft gut, alle zusammen.« Mit diesen Worten nahm auch die junge Kommissarin Kurs auf ihr Schlafzimmer.

26

Pünktlich um sieben Uhr traf sich die komplette Truppe außer Wolfram im Fitnessbereich. Sogar Wim war da, beschränkte sich aber auf das Radfahren mit dem Hometrainer. Alle anderen absolvierten ein intensives Zirkeltraining, diesmal unter Markus' Anleitung.

Wie am Vortag stieß nach einer gewissen Zeit auch Wolfram dazu und übernahm die Leitung des Kampftrainings. Diesmal bekam Sabitzer es mit dem Priester zu tun und war komplett überrascht von dessen Fertigkeiten.

»Du bist ja eine echte katholische Kampfmaschine«, schnappte sie nach der Einheit nach Luft.

»Ja«, lachte Osvaldo keuchend, »man muss sich ja irgendwie gegen die Lutheraner wehren.«

Der Höhepunkt der heutigen Übungseinheit war der Kampf zwischen Wolfram und Markus. Die beiden legten eine Show hin, die die Zuschauer ein ums andere Mal zum Applaudieren brachte. *Die hätten in einem Bruce-Lee-Film mitspielen können,* dachte die kampfsportbegeisterte Polizistin bewundernd. *In jedem Fall gibt es außer Schusswaffen und Handgranaten nicht viel, was diese Truppe nicht bewältigen kann, das steht mal fest.*

***

Das anschließende Frühstück – Wolfram war auf seiner Joggingrunde diesmal auf der anderen Seite des Berges gewesen und hatte leckere Brötchen aus Frohnhausen mitgebracht – verlief trotz der Spannung bezüglich dessen, was sie dem Team gleich berichten würden, genauso unbeschwert wie die Mahlzeiten der vergangenen Tage. *Das ist offenbar ein ungeschriebenes Gesetz in der Truppe, dass beim Essen nicht übers Geschäft gesprochen wird,* dachte Sabitzer. *Finde ich gut.*

Nachdem Gustavsen genüsslich den letzten Bissen seines Mohnbrötchens – Kümmel gab es nicht, laut Wolfram hatte der Frohnhäuser Bäcker zu viel Salz verwendet – gekaut und mit Anjas aromatischem, heißem Kaffee hinuntergespült hatte, hielt Wim es nicht mehr aus.

»So, Svennie, jetzt leg los. Wir wollen wissen, was ihr gestern erfahren habt. Gibt es etwas Neues?«

Der Kommissar setzte an, etwas zu sagen, bemerkte dann, dass noch ein halbes Schoko-Croissant im Körbchen lag.

»Sandra, willst du?«, fragte er seine Assistentin, während er sich das süße Stück bereits in den Mund schob und wohlig die Augen verdrehte.

»Okay«, begann Sabitzer, »was wir beim Heidehäuschen vorgefunden haben, dürften die anderen ja bereits berichtet haben, oder?«

Die Runde nickte.

»Wir waren also im Jägerheim. Und dort habe ich einen Schwarzen kennengelernt«, grinste die junge Polizistin und machte eine bedeutsame Pause.

»Sandra, so was darf man heute nicht mehr sagen«, tadelte Sabrina. »Das heißt heutzutage ganz anders, PoC oder so ähnlich. Und außerdem, was soll denn Sven dazu sagen?«

Oh nein, dachte Sabitzer, *da will ich einmal witzig sein, und prompt geht das Ding nach hinten los.* Sie versuchte, ihre Röte zu verbergen, indem sie einen kräftigen Schluck Kaffee nahm und die große Tasse dabei dicht vors Gesicht hielt.

»Sorry, das war wohl ein Flachwitz«, sagte sie und lächelte entschuldigend. »Ich meinte eigentlich das Getränk. Cola mit Apfelwein. Im Ernst, ich habe eine nette Frau kennengelernt, die uns möglicherweise sehr weitergeholfen und mir auch den Schwarzen empfohlen hat. Anja, du dürftest sie kennen, Silke Nauroth.«

»Natürlich kenne ich Silke. Das ist eine ganz Nette«, sagte Anja.

»Genau. Und die hat uns nicht nur die Geschichte von Ariane Hohmann erzählt und eure Theorie von dem Date an der Donnerfichte bestätigt, sondern auch den Mann identifiziert, den du ebenfalls kanntest, aber nicht zuordnen konntest.«

»Und, wer ist der Kerl?«

»Maximilian Hohmann.«

»Maximilian. Richtig, jetzt fällt es mir wieder ein. Sebastians Bruder. Und jetzt wird mir auch die Ähnlichkeit wieder bewusst. Das waren beides Riesenkerle mit so vernarbten Gesichtszügen. Vermutlich Akne oder so. Die sahen immer aus, als sei nicht gut Kirschen mit ihnen essen«, erinnerte sich Anja.

»So sieht es wohl aus«, bestätigte Sabitzer. »Und laut Silke hat Sebastian kurz vor Alejandros Tod damit gedroht, diesen – und jetzt kommt's – zu ertränken, weil er etwas mit Ariane hatte.«

Die Stille am Tisch war jetzt mit Händen zu greifen.

Als sich alle wieder einigermaßen gefasst haben, räusperte sich Wim.

»Wollt ihr damit sagen, Alejandros Tod sei ein banales Eifersuchtsdrama gewesen? Nie im Leben. Das ist nicht Alejandro. Das hat er niemals getan!« Wims Gesicht war jetzt hochrot. »Nicht Alejandro. Nicht mein Alex!«

»Es tut mir leid, Wim«, schaltete sich nun Gustavsen ein, »aber was wir da gestern gehört haben, klang ziemlich überzeugend. Allerdings ist die Hypothese, dass Ernesto hinter Alejandros Tod steckt, genauso stichhaltig. Deshalb müssen wir nun zweigleisig denken.«

»Oder vielleicht sogar dreigleisig«, ergänzte Sabitzer. »Laut unseren Fotos hat dieser Maximilian Hohmann ja augenscheinlich zu Ernestos Truppe gehört – oder gehört ihr immer noch an. Das macht das Ganze nochmal komplizierter.«

»Inwiefern?«, fragte Markus.

»Ganz einfach«, kam Gustavsen seiner Assistentin zuvor, »weil sich hier zwei Parteien zusammengetan haben könnten, die beide ein Motiv hatten, jemanden um die Ecke zu bringen.«

»Und dafür gäbe es sogar möglicherweise einen guten Grund«, ließ sich nun Wolfram vernehmen. »Ich weiß, dass Sebastian immer mit Drogen zu tun hatte. Ich hatte zwei Schulkameraden, die ständig mit ihm abhingen. Was, wenn Ernesto nicht nur auf Schutzgelderpressung und Raubüberfälle aus war, sondern sich auch den Drogenhandel im Dillkreis unter den Nagel gerissen hat? Vielleicht ist er dadurch mit Sebastian in Kontakt gekommen. Vielleicht war Sebastian erpressbar, weil er irgendwie an den Stoff kommen musste, und der Mord an Alejandro war die Eintrittskarte?«

»Das ist ein guter Hinweis, Wolfram«, sagte der Kommissar nachdenklich. »Dem müssen wir nachgehen. Wobei der Kontakt zu Ernesto natürlich auch einfach über die Brüderschiene entstanden sein kann. Mensch, der Fall wird immer verzwickter, wie mir scheint. Okay, dann lasst uns mal die Aufgaben für heute verteilen. Als Erstes brauchen wir Adressen, denke ich. Sandra, kannst du das übernehmen?«

»Hab ich schon, Chef«, sagte Sabitzer selbstzufrieden, »ich habe heute Morgen als Erstes unsere E-Mails abgerufen und die Datenbanken abgesucht. Ariane Hohmann wohnt tatsächlich in Hirzenhain. Von der Adresse habe ich einen Screenshot gemacht. Ein Maximilian Hohmann ist in der Straße *Nikolausstollen* in Oberscheld gemeldet. Das dürfte die Gegend um das Knoblauchbutter-Restaurant sein, nicht wahr, Wim?«, lächelte sie den Holländer an.

»Das ehemalige, Sandra, das ehemalige«, seufzte der wohlbeleibte Mann in wohliger Erinnerung an die gute deutsche Küche im Schelderwald.

»Allerdings ist unter *Nikolausstollen* ein Haufen Leute gemeldet«, gab Sabitzer zu bedenken. »Falls wir dort einfallen wollen, müssen wir das vernünftig planen.«

»Das müssen wir ohnehin, so wie die Typen drauf sind«, brummte Jürgen, und Peter nickte bekräftigend.

»Wie meint ihr das?«, fragte Gustavsen irritiert.

»Och, nur so«, grinste Peter. »Nichts weiter.«

»Ach ja, richtig«, übernahm die Kommissarin wieder und grinste breit, »jetzt fällt es mir wieder ein: Zufällig habe ich beim Stöbern im Intranet ein Protokoll gefunden, wonach gestern Abend in einem Dillenburger Ortsteil zwei Männer bei einem bewaffneten Raubüberfall ertappt und verhaftet worden sind. Und genauso *zufällig* haben beide bei ihrer Verhaftung offenbar einen gebrochenen Arm und eine gebrochene Nase davongetragen. Ihr wisst nicht *zufällig* etwas darüber?«, lachte sie ihre Bodyguards vom Vorabend an.

»Wir? Nee«, grinste Jürgen. »Wir haben den ganzen Abend mehr oder weniger nur im Auto gesessen und uns über Bücher unterhalten. Nicht wahr, Peter?«

»Genauso war es«, bestätigte der Buchhändler. »Und Jürgen kennt sich echt aus in klassischer Literatur, müsst ihr wissen.«

»Netter Versuch, Jungs«, sagte Gustavsen sarkastisch, grinste aber nun ebenfalls. Unvermittelt wurde er wieder ernst.

»Berichtet mal, ihr beiden, wie ist das abgelaufen?«

»Nun«, sagte Jürgen, »die Kerle haben sich von hinten in den Hof vom Jägerheim geschlichen. Ziemlich geschickt sogar, wir haben sie nur bemerkt, weil wir schon da waren. Vom Auto in der Goldbachstraße aus hätten wir nichts gesehen.«

»Was sie vorhatten, war nicht zu erkennen«, ergänzte Peter den Bericht. »Jedenfalls waren beide mit Pistole und Messer bewaffnet. Nachdem wir sie festgesetzt hatten, war nicht genug Zeit, sie ausgiebig zu verhören, deshalb können wir nicht sagen, ob sie euch entführen oder ausknipsen wollten.«

Bei diesen Worten wurde der jungen Polizistin bewusst, dass sie womöglich erneut in Lebensgefahr geschwebt hatten. *Das ist so unwirklich,* dachte sie, *einerseits ist das so eine lockere Truppe wie ein Kegelclub, andererseits geht es hier echt um Leben und Tod. Das kriege ich noch nicht richtig verarbeitet.*

Gustavsen schaute sie an und schien genau zu wissen, was ihr durch den Kopf ging. Er legte seine Hand auf ihre und sagte in die Runde:

»Das ist also mehr oder weniger die gleiche Situation wie auf Lanzarote. Es kann zwar gut sein, dass sie uns *nur* entführen wollten, um herauszufinden, was wir wissen, aber wie heißt es so schön, wir sollten das Beste hoffen und mit dem Schlimmsten rechnen.

Ich frage mich nur, *warum* die sich so gebärden und derart exponieren. Wir reden von einem mehr als dreißig Jahre alten Fall. Etwas Neueres können wir sicherlich ausschließen, in den letzten Jahren hat sich kein aufsehenerregender Kriminalfall in unserer Gegend ereignet – womit ich nicht gesagt haben will, dass der Dillkreis eine Insel der Seligen ist. Aber was wollen die erreichen? Sie müssen doch wissen, dass wir uns nicht nur wehren können, sondern obendrein die Staatsgewalt repräsentieren und sie entsprechend jagen werden. So richtig will mir das nicht in den Kopf.«

»Es ist ganz einfach, glaube ich«, sagte Sabitzer. »Wir reden hier schlicht von Mord, und der verjährt nicht. Und wie wir in den letzten Tagen festgestellt haben, hat der Fund vom Biebersteiner Weiher eine Kette von Ereignissen ausgelöst und eine ganze Menge Indizien zutage gefördert. Da ist es zu handfesten Beweisen nicht mehr weit, schätze ich. Und deshalb sind sie in Panik geraten, nachdem sie dreißig Jahre lang relativ unbehelligt ihren schmutzigen Geschäften nachgehen konnten. Wobei ich ohnehin sagen muss – als loyale Vertreterin des Gesetzes dürfte ich so vermutlich nicht denken –, dass ich es absolut skurril finde, in einer Gesellschaft zu leben, wo solche Gangster, deren Taten dermaßen offensichtlich sind, wie ganz normale Nachbarn agieren können, ohne dass jemand etwas tut. Wie die berühmten Clans in den Großstädten. Es fällt mir ganz schön schwer, das zu akzeptieren.«

»Wissen und beweisen können ist halt leider zweierlei«, seufzte Gustavsen, »und das sogar aus gutem Grund. Unser deutsches Grundgesetz basiert ja, was viele nicht wissen, in erster Linie auf zwei Säulen. Nämlich einerseits auf der Bibel, andererseits schlicht und ergreifend auf den Erfahrungen der Nazizeit. Deshalb hat man alles dafür getan, zu verhindern, dass Diktatur und das Recht des Stärkeren über die Würde und Unantastbarkeit des Einzelnen gestellt werden können. Und das hat man übrigens so gut gemacht, dass eine Menge Länder, die in den vergangenen Jahrzehnten von Willkürherrschaften zur Demokratie gewechselt sind, unser Grundgesetz als Richtschnur verwendet haben. Es gibt aus meiner Sicht nur *eine* große Schwäche in unserer Rechtsprechung – und ausgerechnet die hat ihren Ursprung ebenfalls in den Erkenntnissen des Holocaust –, dass nämlich alles, was rechts ist und braun, nicht konsequent geahndet wird. Es ist nämlich eine wahre Schande, dass es in diesem Land immer noch Antisemitismus gibt und braunes Gesocks unbehelligt über unsere Straßen marschieren und das Tausendjährige Reich einen *Vogelschiss* nennen kann.« Nun hatte sich der Kommissar offensichtlich in Rage geredet.

»Zurück zum Text«, fing er sich selbst wieder ein. »Es ist richtig, diese Situation, dass ein Typ wie Ernesto nur ein paar Kilometer von hier in Saus und Braus lebt und von der Obrigkeit nicht behelligt wird, ist ein trauriger Witz. Immer wenn ich so etwas in Krimis gelesen habe, dachte ich, der Autor will mit Gewalt irgendeine Story erzählen, die aber von vorne bis hinten nicht schlüssig ist. Bis, tja, bis ich genau diese Story selbst erlebt habe. Nun, es ist, wie es ist, und wir müssen nun damit fertigwerden. Das werden wir übrigens auch«, sagte er aufmunternd zu Sabitzer.

»Ehrlich gesagt«, antwortete die junge Frau, »so wie ich euch kennengelernt habe, zweifle ich nicht daran.«

»Danke für die Blumen, Sandra«, lächelte Markus, »aber das Kompliment können wir zurückgeben, schätze ich. Du bist die perfekte Ergänzung für diese Truppe.«

»Danke, Markus«, sagte Sabitzer geschmeichelt, »ich gebe mein Bestes.«

»Okay, weiter mit dem Thema«, übernahm der Kommissar wieder. »Wir werden ab sofort alle, inklusive Sabrina, nur noch mindestens in Zweiergruppen losziehen. Außerdem zieht jeder von uns ab sofort Schutzwesten an. Wir haben doch kürzlich diese neue Version von den Israelis bekommen, die sind nochmal leichter und angenehmer zu tragen.

Dann der Plan für heute. Ich denke, Sandra und ich sollten zu Ariane Hohmann fahren. Da haben wir wohl aktuell die besten Chancen, mehr zu erfahren. Wolfram, hast du schon mal mit der Drohne gespielt, die im Paket der Israelis mit dabei war?«

»Habe ich«, antwortete der Kampfsportexperte. »Ist super. Total leicht zu bedienen, ganz besonders leise, und von unten sieht sie aus wie ein Greifvogel. Außerdem soll sie auch nachts glasklare Bilder liefern. Ein klasse Ding. Was soll ich damit machen?«

»Lass sie über dem Nikolausstollen und Ernestos Anwesen kreisen. Das ist eine Strecke von etwa fünfhundert Metern Luftlinie. So kriegen wir vielleicht diesen Maximilian Hohmann genauer lokalisiert. Denn das Anwesen am Nikolausstollen ist ein ziemlich unübersichtliches Konglomerat von ineinander verschachtelten Häusern. Da wäre es gut, die Örtlichkeit vor dem Zugriff etwas besser zu kennen. Dann überlegen wir uns, wie wir ihn greifen können.«

»In Ordnung«, sagte Wolfram. »Werde mich gleich ans Werk machen. Markus, kannst du mir helfen, das Fluggerät auf seine Route einzustellen?«

»Klar«, sagte der Pilot.

Gustavsen fuhr fort: »Sandra, gab es in der Datenbank irgendwelche Hinweise zu Sebastians Adresse oder Aufenthaltsort? So wie ich dich kenne, hast du doch nach dem gesucht, richtig?«

»Richtig, das habe ich. Ergebnislos. Letzte gemeldete Adresse ist dieselbe wie die von Ariane in Hirzenhain. Danach nichts mehr. Nicht mal ein Strafzettel. Apropos Strafzettel …«, sie machte eine bedeutungsschwangere Pause.

»Strafzettel? Was ist damit?«, fragte ihr Chef ungeduldig. »Rück schon raus.«

»Nun, ich habe dir doch gesagt, dass ich gute Chancen sehe, den Laster ausfindig zu machen, der das Diebesgut vom Heidehäuschen wegtransportiert hat.«

»Richtig. Und?«

»In der Nacht von Mittwoch auf Donnerstag ist in der Hohlstraße in Dillenburg ein Lkw geblitzt worden.«

»Stimmt, da ist doch neuerdings Tempo dreißig«, fiel Anja ein. »Ich bin da jetzt mit fünfzig oder sechzig runtergefahren, und auf dem Bürgersteig machte eine Frau ganz hektische Bewegungen, da ist es mir wieder eingefallen. Das ist furchtbar, wenn man Hunderte von Malen irgendwo entlanggefahren ist, und dann ändert sich die Vorfahrt oder das Tempolimit.«

»Genau, und deshalb gibt es derzeit tatsächlich eine Petition, wonach in der Hohl unbedingt wieder Tempo fünfzig eingeführt werden soll. Ganz schön bescheuert«, grinste Gustavsen.

»Doch zurück zum Lkw, Sandra. Das war gut mitgedacht. Weißt du schon Näheres?«

»Noch nicht«, antwortete Sabitzer, »die Halterfeststellung läuft noch. Und natürlich wissen wir nicht, ob das unser Laster ist. Aber wir werden sehen.«

»Gut, dann wären die Arbeiten verteilt, denke ich«, schloss Gustavsen die Runde.

»Noch nicht ganz«, meldete sich nun Osvaldo zum ersten Mal zu Wort. »Wim und ich werden gleich ins Pfarrhaus fahren. Morgen wird in der Kirche ein Gedenkgottesdienst für Alejandro stattfinden, den wollen wir mit Pfarrer Kämpfer vorbereiten.«

»Das ist eine hervorragende Idee, Osvaldo«, sagte Gustavsen anerkennend. »Offenbar haben viele Nanzenbacher Alex gekannt, und auch die haben ein Recht darauf, zu erfahren, dass er sich nicht einfach aus dem Staub gemacht hat.«

27

Sie zogen sich auf ihre Zimmer zurück und machten sich ausgehfertig. Sabitzer band die langen Haare zusammen, zog die nächste Jeans und über der tatsächlich angenehm dünnen und leichten Schutzweste ein graues Langarmshirt mit angedeuteter Kapuze sowie ihre bequemen Sneakers an.

Im Wohn-Ess-Zimmer wartete schon ihr Vorgesetzter, wie immer in Jeans, Sweatshirt und seinen Trekkingschuhen.

Auch die anderen Pärchen waren bereits fertig zum Aufbruch. Sabrina und Jürgen würden als Absicherung mit Wim und Osvaldo zum Pfarrer fahren; Jürgen war Mitglied der evangelischen Kirche in Eibach, für die der Nanzenbacher Seelsorger ebenfalls zuständig war, und freute sich auf das Wiedersehen mit dem sympathischen, noch recht jungen Theologen.

Peter und Anja würden sich den beiden Kommissaren an die Fersen heften, während Wolfram und Markus ihre Drohne so weit von den Feinden entfernt einrichten und aufsteigen lassen wollten, dass ihnen keine unmittelbare Gefahr drohen würde.

Im Konvoi verließen sie das Anwesen, drei Autos bogen, als sie die Landesstraße erreichten, nach rechts Richtung Hirzenhain ab, zwei dagegen nach links den Berg hinunter nach Nanzenbach.

»Markus und Wolfram fahren nun über Hirzenhain in die Schelde. Das ist hier eine Art Rundkurs mit den Fixpunkten Dillenburg und Hirzenhain, man kann quasi links vom Wald oder halt rechts davon hin und zurück fahren«, erklärte Gustavsen seiner Assistentin. »Wenn wir bei Ariane fertig sind, fahren wir auch hinten herum, damit du mal siehst, wo unsere ganz speziellen Freunde hausen.«

***

Ariane Hohmann wohnte in der Sammetwiesenstraße im Hirzenhainer Ortsteil *Bahnhof*. Sie hatten sich absichtlich nicht vorher angemeldet, mussten also jetzt hoffen, dass die Frau auch zuhause war.

Sie stellten den Ford am Straßenrand ab – Peter kam von der anderen Seite und parkte etwa hundert Meter entfernt, wie Sabitzer aus den Augenwinkeln registrierte – und gingen zum Haus. Gustavsen klingelte. Sofort schlug drinnen ein Hund an. Kurz darauf wurde die Tür geöffnet, und ein mittelgroßer Berner Sennenhund mit glänzend schwarzem Fell und weißer Brust stürmte schwanzwedelnd heraus. Kurz beschnupperte er die Kommissarin, bevor er sich ihren Vorgesetzten vornahm. Er sprang an Gustavsen hoch, der ihn sofort streichelte.

»Guter Hund, ein guter Hund bist du«, sagte er, »und jetzt setz dich mal hin, damit du mir die Hand geben kannst. Sitz.« Tatsächlich ließ der Hund vom Kommissar ab, setzte sich und streckte die Vorderpfote in die Höhe.

»Ja, du bist ein braver Kerl«, sprach Gustavsen weiter mit ihm wie mit einem kleinen Kind, »wie heißt du denn?«

»Zorro heißt er. Zorro, rein mit dir«, ließ sich nun hinter ihnen eine Stimme vernehmen. Unbemerkt von den beiden Polizisten war eine Frau aus der Tür getreten, die den Hund nun mit einer Handbewegung hineinscheuchte und ihre beiden Besucher fragend ansah. Sie war etwa in Gustavsens Alter, mittelgroß und hatte blondgelockte Haare und grüne Augen mit kleinen Lachfältchen. Sie wirkte sehr attraktiv und war Sabitzer sofort sympathisch.

»Hallo Sven«, sagte sie, »dich habe ich ja seit Jahrzehnten nicht mehr gesehen. Ich hoffe, es geht dir gut?«

Gustavsen war erstaunt. »Kennen wir uns?«

»Natürlich kennen wir uns. Zumindest kenne *ich dich*. Wir sind zu Schulzeiten immer gemeinsam mit dem Bus gefahren. Und ich erinnere mich, dass ein paar Hirzenhainer Halbstarke sich einen Spaß daraus gemacht haben, dich in Nanzenbach am Aussteigen zu hindern, sodass du gezwungenermaßen mit nach Hirzenhain fahren musstest«, lachte die Frau.

»Oh ja, das stimmt«, schmunzelte der Kommissar, »das haben sie gemacht. Bis zu dem Tag, an dem das nicht mehr funktionierte.«

»Genau, und auch da war ich dabei. Du hast es ihnen ganz schön gegeben, die haben es vermutlich nie wieder versucht. Er ist nämlich gewissermaßen einfach durch sie hindurchgegangen«, wandte sie sich lachend an Sabitzer.

»Nun sag schon, Sven, wen hast du mir da mitgebracht, und worum geht es? Wobei, ich weiß ja eigentlich schon, worum es geht, der Buschfunk kommt schließlich auch bis Hirzenhain«, wirkte sie mit einem Mal traurig.

»Ja, das habe ich mir gedacht, dass du schon Bescheid weißt.« Gustavsen räusperte sich. »Das ist meine Kollegin Sandra Sabitzer. Sie ist aus dem hohen Westerwald zugezogen und unterstützt mich nun beim Kriminalisieren.«

»Und beim Häuserbauen, nehme ich an«, lachte die Frau und gab Sabitzer die Hand. »Willkommen in Hirzenhain, dem Wintersportort mit der frischesten Luft hessenweit. Ich bin Ariane Hohmann.«

»Angenehm«, sagte Sabitzer.

»Aber kommt doch rein. Ich habe gerade Raffaello-Kuchen gebacken, der ist noch ein bisschen warm, da schmeckt er am besten. Dazu setze ich euch schnell einen Kaffee auf.«

Sie betraten die Wohnung im Erdgeschoss. Durch den schmalen Flur gelangten sie in ein gemütlich eingerichtetes Wohnzimmer mit braunen Rattanmöbeln und beigefarbenen Auflagen. Für den Hund gab es einen Korb aus dem gleichen Material mit einer Stoffdecke, in dem dieser es sich jetzt bequem machte, nachdem er die ganze Zeit freudig schwanzwedelnd im Türeingang gewartet hatte.

Während Ariane in der angrenzenden Küche verschwand, setzten sich die beiden Kommissare in die bequemen Sessel. Dabei fiel Sabitzer auf, wie verträumt ihr Chef den Hund ansah und auch dieser den Blick nicht von dem großen, kräftigen Mann wandte.

»Sag mal, Sven, mir ist das schon neulich am Biebersteiner Weiher aufgefallen, dass du scheinbar total auf Hunde stehst – und die auf dich. Wie kommt das?«, fragte sie.

»Das stimmt, ich liebe Hunde«, bestätigte Gustavsen, »und je größer, desto besser. Bin mit ihnen aufgewachsen, ich glaube, wir hatten zuhause immer Hunde. Meistens waren es Altdeutsche Schäferhunde. Die waren klasse, im Gegensatz zum *richtigen* Schäferhund hatten sie ein weicheres Fell und wirkten gemütlicher. Richtig gut. Später sind wir dann sogar beim großen, dicken Leonberger gelandet. Herrlich. Ja, und ich glaube, die Hunde mögen auch mich. Entweder ist es mein sympathischer Auftritt«, grinste er, »oder eher die Tatsache, dass sie ganz einfach spüren, wenn man sie liebt. Ich habe schon mehrmals erlebt, dass ich mit Hunden, die angeblich bissig waren oder darauf abgerichtet waren, nicht auf Fremde zu hören, wunderbar zurechtkam. Die Viecher sind einfach klasse. Nicht wahr, Zorro, du bist ein ganz Feiner.«

Der Hund schien alles verstanden zu haben und wedelte nun noch heftiger mit dem Schwanz.

Ariane kam mit einem Tablett aus der Küche. Darauf standen eine Kaffeekanne, drei Tassen sowie Teller und Kuchengabeln. Sie stellte alles auf den Wohnzimmertisch und ging hinaus auf die Terrasse, wo der Kuchen zum Abkühlen stand.

»Ich kann das sogar bestätigen«, sagte sie, als sie den Teller mit dem köstlich riechenden Kuchen ebenfalls auf den Tisch stellte und sich in einen Sessel fallen ließ. »Meine Mutter war Nanzenbacherin, und der Nachbarssohn hatte einen total scharfen Deutschen Schäferhund. Eines Tages ist er mit diesem zum Brötchen holen gegangen. Vor dem Ladenfenster hatten sie diese Gitter auf der Fensterbank, dort hat er den Hund angebunden und ist hinein. Während er drinsteht, macht plötzlich die Verkäuferin ›Huch!‹ und zeigt entsetzt in Richtung Schaufenster. Dort stand Sven – damals muss er ungefähr sechs gewesen sein oder so – und streichelte den bissigen Hund. Im Laden waren sie sicher, dass jetzt das letzte Stündchen des Kleinen geschlagen hat. Aber der Hund hat sich einfach streicheln lassen, und die beiden waren die besten Kumpels. Daran denke ich bis heute jedes Mal, wenn ich an der Bäckerei vorbeifahre«, lachte Ariane und begann, Kaffee und Kuchen zu verteilen.

»Also«, fuhr sie fort, nachdem alle gekostet und einen Schluck Kaffee getrunken hatten, »ihr habt Alejandro gefunden, richtig?«

»Richtig«, bestätigte Gustavsen knapp.

»Nach so vielen Jahren«, sagte Ariane traurig, »nach so vielen Jahren Ungewissheit. Es ist einfach unfassbar. Von jetzt auf gleich war er weg. Einfach so. Ohne jede Erklärung. Nichts hatte darauf hingedeutet, rein gar nichts. Ich habe immer geglaubt, er ist einfach zurück in seine Heimat, vielleicht wegen eines Notfalls in der Familie oder so. Ich habe sogar mehrmals Urlaub auf Lanzarote gemacht und versucht, ihn irgendwie ausfindig zu machen, aber vergeblich. Und jetzt stellt sich heraus, dass er nicht nur die ganze Zeit da war, sondern auch noch ermordet wurde.« Sie schaute Gustavsen an. »Habt ihr schon irgendeine Spur?«

Entweder ist das eine sensationelle Schauspielerin oder hier stimmt irgendetwas ganz und gar nicht, dachte Sabitzer. *Kann es etwa sein, dass sie bis heute nichts von den Morddrohungen ihres Mannes weiß?* Ein Blick zu ihrem Chef zeigte ihr, dass diesen gerade ganz ähnliche Gedanken bewegten.

»Ariane«, begann er vorsichtig, »ich weiß nicht so recht, wie ich anfangen soll, aber wir haben Hinweise darauf, was es mit dem Mord auf sich haben könnte.«

»Na dann raus damit«, sagte Ariane und blickte ihn erwartungsvoll an. »Es ist lang genug her; es hat zwar wehgetan, sich nach all den Jahren wieder zu erinnern, aber zumindest weitgehend bin ich drüber weg.«

Sabitzer merkte, dass ihr Vorgesetzter sich schwer tat, auszusprechen, was gesagt werden musste.

»Die Sache ist die, dass möglicherweise Ihr Mann …«

»Dein Mann«, sagte Ariane.

»Nein, ich habe keinen Mann. Ich bin Single.«

»Ich meinte, du kannst Du sagen. Ich bin Ariane«, lächelte ihre Gastgeberin.

»Ach so, ja, gut, ich bin Sandra«, lächelte Sabitzer zurück. *Hatte ich das nicht kürzlich schon mal?*

»Und jetzt druckst nicht ständig herum und kommt auf den Punkt«, forderte Ariane sie energisch auf. »Wir sind doch erwachsen. Also, was ist mit meinem Mann?«

»Naja«, gab sich Sabitzer einen Ruck, »es gibt Hinweise darauf, dass er es gewesen sein könnte.«

Nun war es raus, und beide Kommissare warteten gespannt auf Arianes Reaktion.

»Wie kommt ihr denn auf *die* Idee?«, entfuhr es der gutaussehenden Blonden, und sie prustete los. »Das ist ja vollkommen absurd.«

Plötzlich wurde sie unvermittelt ernst. »Aber warte mal. Ist es am Ende wegen dieser Drohung? Aber ja. ›Ich werde ihn im Fischweiher ersäufen!‹, hat Sebastian damals gesagt. Natürlich. Jetzt wird mir alles klar. Nein«, sie begann erneut zu lachen, »das ist alles totaler Quatsch. Aber jetzt verstehe ich, wie es für euch aussehen muss. Klar.« Sie biss in ein Stück Kuchen und nahm einen Schluck Kaffee.

»Wie wäre es, wenn du uns einfach alles von Anfang an erzähltest?«, bat der Kommissar. »Wir tappen nämlich noch ziemlich im Dunkeln, ehrlich gesagt. Als wir dachten, wir hätten den Fall so gut wie gelöst, kam das mit der Morddrohung. Jetzt stehen wir da und wissen nicht, in welche Richtung wir denken sollen.«

»Wo soll ich anfangen?« Ariane schaute versonnen zum Fenster hinaus. »Ich versuche mal, alles, was mir einfällt, zu rekapitulieren. Am besten fange ich mit meiner Ehe an. Also, ich war mit Sebastian verheiratet. Eine Sandkastenliebe sozusagen. Wir sind mehr oder weniger gemeinsam aufgewachsen. Sebastian war schon immer ein großer, kräftiger Kerl, vor dem die anderen Respekt hatten. Das hat mir imponiert. Du fühlst dich in Svens Gegenwart bestimmt auch sicher, Sandra«, sagte sie mit einem Blick auf Sabitzer.

»Ich, also ich ...«, stammelte die junge Frau und wurde rot. Glücklicherweise schien Gustavsen nichts zu bemerken, und Ariane redete bereits weiter.

»Sebastian war außerdem der beste Skifahrer in ganz Hirzenhain. Naja, und ich hab ihn dann bekommen, obwohl eine Menge anderer Mädels ihn auch wollten. Die Nanzenbacherinnen sind im Winter immer extra mit dem Bus zum Skilift gekommen, aber in erster Linie nicht wegen des Skifahrens, sondern wegen Sebastian«, lächelte sie verträumt.

»Wie auch immer, wir haben geheiratet. Und kurz danach ging es bergab. Sebastian hat im Diabas-Werk gearbeitet, ebenso sein Bruder Maximilian. Die beiden waren, wie man hier sagt, ein Kopf und ein Arsch«, sagte sie entschuldigend in Richtung Sabitzer.

»Maximilian war ein Schwächling, sowohl körperlich – obwohl er so angsteinflößend wirkte – als auch vor allem charakterlich. Sebastian hat sich immer für ihn verantwortlich gefühlt. Die beiden kamen aus total zerrütteten Verhältnissen, der Vater war Bergmann, hat gesoffen wie ein Loch und die ganze Familie verprügelt. Dann ist er mit achtundvierzig an Leberzirrhose gestorben. Ehrlich gesagt war das ein Segen für die Familie. Aber nun war halt Sebastian der Mann im Haus und hatte die Verantwortung.

Lange Rede, kurzer Sinn, Maximilian ist auf die schiefe Bahn geraten, mit Drogen in Berührung gekommen und hat dann auch Sebastian da reingezogen. Das hat unsere Ehe extrem belastet, außerdem wollten wir unbedingt ein Kind, aber es klappte nicht.« Jetzt traten ihr Tränen in die Augen.

»Dann habe ich Alejandro kennengelernt. Eigentlich hieß er ja Luigi, und alle haben ihn für einen Italiener gehalten. Ich anfangs auch. Und habe es bis heute niemandem verraten, wer er wirklich ist. Da fällt mir ein, ihr habt gar nicht mit der Wimper gezuckt, als ich am Anfang von Alejandro sprach und nicht von Luigi.« Sie schaute nacheinander die beiden Kommissare an. »Natürlich, deshalb seid ihr ja eigentlich hier. Ihr denkt, ich hatte eine Affäre mit Alejandro, und deshalb hat Sebastian ihn umgebracht. Stimmt's?«

»Ja, das wäre in etwa die Arbeitshypothese«, bestätigte Gustavsen. »War es denn so?«

»Nein, um Gottes Willen. Es war ganz anders«, sagte Ariane mit fester Stimme. »Wir waren nur gute Freunde, und er hat mir Spanisch beigebracht. Ich habe doch Speditionskauffrau gelernt und arbeite noch heute bei Schenker auf der Kalteiche. Damals fing es langsam an mit der Globalisierung, und alle Welt war der Meinung, Spanisch sei die neue Weltsprache der Wirtschaft. Also habe ich schlicht und einfach Unterricht bei Alejandro genommen. Das konnte ich aber erst, nachdem ich wusste, dass er Spanier ist und nicht Italiener. Und das hat er mir erzählt, als wir schon Freunde waren. Wir hatten nämlich einen guten Draht zueinander«, sie kämpfte wieder mit den Tränen. »Er war ein hervorragender Zuhörer. Alejandro war der Einzige, dem ich je von meinem Eheproblemen erzählt habe. Und er hat mich immer darin bestärkt, nicht aufzugeben.

Das alles wusste Sebastian natürlich nicht, und ich konnte ihm das nicht sagen. So etwas kann man glaube ich keinem Mann sagen, vor allem aber keinem, dessen Selbstbewusstsein in Trümmern liegt, wie es bei Sebastian der Fall war. Seine Skikarriere war durch eine Knieverletzung beendet worden, und dass wir keine Kinder bekommen konnten, nagte zusätzlich an ihm.

Deshalb habe ich Alejandro außer bei gemeinsamen Besuchen im Jägerheim oder beim Whisky-Bill in Hirzenhain immer nur heimlich getroffen. Wir haben manchmal, wenn Sebastian Nachtschicht hatte, die ganze Nacht unter der Donnerfichte gesessen, gelernt und geredet. Alejandro hat von Lanzarote erzählt und von seiner Familie, ich habe ihm mein Leben anvertraut. Es war eine schöne Zeit, und er war der beste Freund, den ich je hatte.« Nun übermannten sie die Erinnerungen, und sie schluchzte los. Sabitzer legte spontan ihre Hand auf Arianes, und sogar der Hund kam aus seinem Körbchen und stupste seine Herrin mit seiner warmen Schnauze liebevoll an.

Dankbar lächelte Ariane die junge Polizistin an.

»Weiter im Text. In so einem kleinen Dorf oder besser gesagt zwei Dörfern kann man so etwas natürlich nicht geheim halten. Mich hat regelrecht gewundert, wie lange es dauerte, bis Sebastian etwas von meiner vermeintlichen Affäre mitbekam. Tja, und da ist er natürlich ausgeflippt. Es half auch nichts, dass ich ihm beweisen konnte, dass ich plötzlich Spanisch sprach. Er war davon überzeugt, dass ich fremdging. Und in dieser Situation hat er, natürlich auch noch im Suff, diese Drohung ausgestoßen.« Ariane seufzte.

»Unmittelbar danach habe ich – wie sich dann herausstellte, zum letzten Mal – Alejandro bei der Donnerfichte getroffen. Ich habe ihm von Sebastians Verdacht erzählt und auch von der Drohung. Und wir haben an diesem Tag schweren Herzens vereinbart, die Treffen sein zu lassen. Was wir aber nicht wussten, war, dass Sebastian uns an diesem Abend belauscht hat. Er ist mir heimlich gefolgt und hat sich hinter die Donnerfichte geschlichen, um uns in flagranti zu ertappen. Man konnte ja damals nicht nur nicht ins Innere dieser natürlichen Laube unter dem Baum sehen, sondern zwangsläufig auch nicht rausgucken. Und so kam es, dass mein Ehemann auf diesem Weg die erste Liebeserklärung seit Jahren von mir hörte. Nur dass ich sie nicht ihm direkt machte, sondern einem anderen Mann erzählte, wie sehr ich Sebastian liebte.« Ariane lächelte traurig.

»Wie dem auch sei, an diesem Abend ist Sebastians Verdacht in sich zusammengefallen, weil er aus erster Hand festgestellt hatte, dass zwischen Alejandro und mir nichts lief. Noch am gleichen Abend hat er mir gebeichtet, dass er uns belauscht hatte, und es gab eine tränenreiche Versöhnung. Er hat mir sogar erlaubt, Alejandro weiter zu treffen, so überzeugt war er jetzt davon, dass es keine amourösen Gedanken zwischen uns gab – und die gab es wirklich nicht, obwohl Alejandro durchaus ein attraktiver Mann war und ich ihm auch gefallen habe. Und in unserer Situation damals hätte ja durchaus etwas passieren können. Aber ich schätze, einmal macht es klick, und ein anderes Mal halt nicht.« Ariane schenkte sich eine neue Tasse Kaffee ein und trank einen Schluck.

»Tja, und dann war Alejandro weg. Einfach weg. Wir hatten uns wieder an der Donnerfichte verabredet, obwohl wir ja jetzt nicht mehr heimlich tun mussten. Wir wollten jedoch dem Dorfklatsch so gut wie möglich aus dem Weg gehen. Wobei, im Nachhinein betrachtet hat das sowieso nichts gebracht. Jedenfalls erschien Alejandro nicht zum Treffen. Das war das erste Mal, dass er eine Verabredung nicht einhielt. Völlig untypisch. Ich habe ihn immer gefragt, ob er womöglich preußische Vorfahren hat, so pünktlich und korrekt, wie er immer war«, lächelte sie.

»Und wie ging es dann weiter?«, fragte Gustavsen. »Da müsste doch sofort die Polizei bei euch auf der Matte gestanden haben, um deinen Mann zu verhören, oder nicht?«

Ariane schaute ihn verständnislos an. »Meinen Mann verhören? Dazu hätte man ihn doch erstmal finden müssen.«

Jetzt war es an dem Kommissar, ratlos dreinzuschauen.

»Wie meinst du das?«, fragte er irritiert.

»Wie ich es sage. Wenn man ihn hätte verhören wollen, hätte man ihn erstmal finden müssen. Ach, warte mal, weißt du das etwa gar nicht?«

»Was denn? Ich sitze gerade völlig auf dem Schlauch, fürchte ich«, sagte der Kommissar mit einem hilfesuchenden Blick zu seiner Assistentin – die jedoch ihrerseits nur die Schultern zuckte.

»Dass Sebastian weg war. Weg ist. Verschwunden ist. Seit damals. Hast du das wirklich nicht gewusst?« Ariane schien fassungslos.

»Nein, das ist das erste, was ich höre«, antwortete Gustavsen. »Davon hat uns keiner etwas gesagt, nicht wahr, Sandra?«

»Kein Wort«, bestätigte Sabitzer. »Und es stand auch nichts in der Ermittlungsakte – weil es nämlich keine Ermittlungsakte gab. Aber Moment mal, Ariane, wenn dein Mann damals ebenfalls verschwunden ist, dann müsste es doch zumindest für ihn eine Vermisstenakte geben, aber ich habe im Archiv definitiv keine gefunden. Ich würde mich mit Sicherheit jetzt erinnern«, dachte die Kommissarin nach.

»Jein«, sagte Ariane, »ich habe ihn nicht direkt als vermisst gemeldet.«

»*Nicht direkt?* Was heißt das nun wieder?«, fragte Gustavsen.

»Ganz einfach: Ich habe keine Vermisstenanzeige aufgegeben, weil er einen Abschiedsbrief dagelassen hat. Seht ihr, Sebastian hat sich furchtbar geschämt, weil er mich zu Unrecht verdächtigt hatte, eine Affäre zu haben. Das hat ihn bei seinem geringen

Selbstwertgefühlt vermutlich schlimm getroffen. Hinzu kam seine Drogensucht, von der er nicht loskam, außerdem das Kind, das sich nicht einstellen wollte. Das alles zusammen hat ihm gezeigt – so hat er es aufgeschrieben –, dass er mich nicht wert ist und dass ich ohne ihn besser dran wäre und so weiter und so fort. Ja, so fort. Fort war er nämlich – auf Nimmerwiedersehen. So gesehen habe ich auf einen Schlag zwei Männer verloren. Den Ehemann, den ich trotz aller Probleme über alles geliebt habe, und den besten Freund, den ich je hatte.« Wieder liefen ihr die Tränen über die Wangen. Nun stand Sabitzer kurzerhand auf und nahm die Frau, die so vieles durchgemacht hatte, spontan in den Arm. Ariane verbarg kurz den Kopf an ihrer Schulter.

»Ja, jetzt wisst ihr alles, denke ich. Oder fehlt noch was?«

»Eine ganze Menge, fürchte ich«, überlegte Gustavsen. »Ich fasse mal zusammen: Du und dein Mann hattet euch versöhnt, und plötzlich war Alejandro weg. Wann genau der verschwunden ist, kannst du nicht sagen, weil zwischen dem letzten und dem nächsten geplanten Treffen mehr als eine Woche lag. Denn es gab noch kein WhatsApp, deshalb war es schwieriger, den Kontakt zu halten. Richtig?«

»Richtig«, echote Ariane leise an Sabitzers Schulter.

»Wann Sebastian verschwunden ist, wirst du aber vermutlich genau wissen, denn er war ja dann nachts nicht im Bett, und stattdessen lag ein Abschiedsbrief auf dem Tisch. Richtig?«

»Richtig. Worauf willst du hinaus, Sven?«

»Das weiß ich selbst noch nicht genau«, grummelte der Kommissar. »Aber machen wir erstmal weiter. Du hast keine Vermisstenanzeige aufgegeben, und im Fall von Alejandro ist das auch nicht geschehen. Deshalb hat die Polizei lange nichts von der ganzen Angelegenheit erfahren. Richtig?«

»Richtig. Vielleicht sollte ich noch dazu sagen, dass ich natürlich im Diabas-Werk Bescheid gesagt und auch mit Maximilian gesprochen habe. Der hat mich auch besucht. Das war sehr merkwürdig. Ich wusste zwar, dass die Brüder zerstritten waren, aber irgendwie hätte ich wenigstens ein bisschen Anteilnahme, Trauer, irgendwas erwartet. Aber da war nichts. Nur so eine komische Unruhe, was ich auf Drogenentzug zurückgeführt habe. Und ausgefragt hat er mich, das weiß ich noch. Er wollte alles wissen, über meine Ehe, über meine Beziehung zu Alejandro, alles. Ich war froh, als er weg war, und habe ihn seither zum Glück nie wieder gesehen, obwohl ich gehört habe, dass er immer noch in der Nähe wohnt. Angeblich haust er in einem der Häuser vom Nikolausstollen. Das hat mir mal eine Bekannte erzählt, die mit dem Bus dort vorbeigefahren ist und ihn wohl im Hof hat stehen sehen. Und das mit dem Nikolausstollen war für mich auch gut nachvollziehbar, denn dort in der Nähe wohnte ja auch sein Boss, dieser Gangster, wegen dem Alejandro hier war.«

Die beiden Kommissare schauten sich an, und Sabitzer nickte. *Jetzt muss die Drohne nur noch zeigen, in welchem der Häuser er wohnt,* dachte sie.

»Ja, und dann stand tatsächlich irgendwann die Polizei vor der Tür. Das muss irgendein Vorvorgänger von dir gewesen sein, Sven, ein gewisser Herr Pfeiffer mit drei *f*. Das war ein Kotzbrocken, wie er im Buche stand. Und wie sich herausstellte, hatte er keinerlei Ermittlungsansätze oder Verdachtsmomente, sondern lediglich das gehört, was man sich damals in den Dorfkneipen erzählt hat. Nämlich dass ich ein Techtelmechtel mit dem *Itaker* hatte und mein Mann diesen deshalb umbringen wollte.« Ariane hielt kurz inne, um sich zu sammeln.

»Dann habe ich ihm den Abschiedsbrief gezeigt. Den müsse er mitnehmen, das sei ein Beweisstück, sagte er. Nur hat er anschließend keinen Schlag mehr an dem Fall getan, und als ich den Brief nach einiger Zeit – da war der Kerl bereits irgendwohin versetzt – zurückforderte, wurde mir gesagt, er müsse weiterhin bei den Akten der ungelösten Fälle verbleiben.

Und so lebe ich seither beziehungsweise versuche es. Statt Mann, Freund und Kind habe ich immerhin einen Hund«, sagte sie mit einem traurigen, aber zärtlichen Blick auf den Sennenhund, der ihre Stimmung zu erkennen schien und seinen Kopf in ihren Schoß legte. »Wenigstens habe ich jetzt Gewissheit, was Alejandro betrifft. Aber ob ich jemals höre, was aus Sebastian geworden ist? Ich glaube nicht. Sicher ist er an den Drogen zugrunde gegangen und längst tot. Überraschen würde mich das jedenfalls nicht.«

»Ich habe da …«, setzte Sabitzer an, wurde aber von ihrem Chef unterbrochen, der ruckartig aufstand und sich zur Tür wandte.

»Vielen Dank, Ariane, für diese Informationen. Du hast uns gewaltig weitergeholfen, schätze ich. Und ich verspreche dir, wir werden diesen Fall endgültig aufklären, sodass du damit irgendwie abschließen kannst. Und wenn wir dir irgendwie helfen können, weißt du, wo du uns findest, oder?«

»Trefft ihr euch noch immer im ehemaligen Jagdpächterhaus, wo heute Anja mit Wolfram wohnt?«, fragte Ariane, während sie und Sabitzer ebenfalls aufstanden.

»Genau da. Und du bist dort jederzeit willkommen«, bestätigte der Kommissar und nahm sie zum Abschied in den Arm.

In der Tür wandte er sich unvermittelt noch einmal um.

»Ach, da fällt mir ein, eine Frage habe ich noch.«

»Nur zu, Columbo«, sagte Ariane, die wieder lächeln konnte. »Das war doch immer seine Masche, nicht wahr?«

»Genau. Aber bei mir ist das anders, ich bin tatsächlich so schusselig, wie er immer getan hat, sodass ich froh sein kann, wenn mir kurz vor Schluss wieder einfällt, was ich sagen wollte«, grinste Gustavsen. »Du hast, als wir ankamen, etwas vom Häuserbauen gesagt. Was hast du damit gemeint?«

»Naja«, lachte Ariane jetzt, »ich gehöre seit einiger Zeit zur Freien Christengemeinde Dillenburg. Und da habe ich mal etwas läuten hören. Genauer gesagt habe ich lediglich unabsichtlich gehört, wie der Pastor von dieser Sache in Frohnhausen sprach und deinen Namen nannte. Da habe ich eins zu eins zusammengezählt. Und so wie du jetzt aus der Wäsche schaust, habe ich das Gefühl, richtig gerechnet zu haben. Nicht wahr?«

»Ähem, was soll ich jetzt sagen?«, wand sich Gustavsen. »Anlügen darf ich dich ja nicht.«

»Nee, darfst du nicht. Sollst du auch nicht. Aber ich habe bisher niemandem davon erzählt, und das werde ich auch nicht. Ich finde das klasse, was ihr macht. Dass es da irgendeine Institution im Dillenburger Raum gibt, die Menschen in Not hilft, ist ja bekannt, und unser Pastor hat uns, als wir über den Sozialfond sprachen, auch entsprechend aufgeklärt, wie das abläuft und warum es so abläuft, also mit Geheimhaltung und so. Und wie gesagt, ich finde das spitze. Und werde euer kleines Geheimnis bewahren«, zwinkerte sie dem Kommissar verschwörerisch zu.

»Alles klar, Ariane, ich danke dir und wünsche dir was. Ach übrigens, falls du noch einmal Lust auf einen Lanzarote-Urlaub haben solltest, lass es uns wissen, ja?« Gustavsen drehte sich um, verabschiedete sich per Handschlag auch von Zorro, dem Hund, und ging zum Auto.

Sabitzer umarmte die nette Hirzenhainerin noch einmal herzlich und folgte ihrem Chef.

28

Nachdem sie sich vergewissert hatten, dass ihre Bodyguards noch da waren – *denen hätte man auch etwas von dem leckeren Kuchen bringen können, dafür, dass sie so lange warten mussten,* dachte Sabitzer –, fuhr Gustavsen los und schlug, nachdem sie den Hirzenhainer Ortsteil verlassen hatten, den Weg Richtung Schelde ein.

»Sorry, Sandra, dass ich dich eben so brüsk unterbrochen habe«, sagte er plötzlich entschuldigend, »aber du hast völlig Recht mit deiner Annahme, und das dürfen wir Ariane erst sagen, wenn wir endgültig Klarheit haben.«

Sabitzer war fassungslos.

»Du weißt, woran ich denke?«

»Klar. Auch dein alter, halb verkalkter Chef hat ab und an noch seine lichten Momente. Die vertuschte Leiche im abgebrannten Heidehäuschen gab es erstens wirklich und ist beziehungsweise war zweitens Sebastian Hohmann, und der Abschiedsbrief ist getürkt. Womöglich von Maximilian Hohmann, der die Handschrift seines Bruders gut genug kannte. Sein auffälliges Verhalten anlässlich des vermeintlichen Beileidsbesuchs passt ebenfalls. Ernesto hat zwei Fliegen mit einer Klappe geschlagen, indem er den Mann, der Beweise gegen ihn sammelte, aus dem Weg räumte und gleichzeitig die willkommene Gelegenheit nutzte, den Verdacht auf einen anderen zu lenken, der diesen Mann bedroht hatte. Er hat sogar die Todesart der Drohung angepasst, dieser elende Drecksack. Na, wie war ich?«, schmunzelte Gustavsen.

»Respekt, Chef. Wenn du so weitermachst, fehlen bald nur noch der beige Trenchcoat und der alte Peugeot, und wir können dich Columbo nennen. Wir können ja behaupten, das sei das englische Wort für Kümmel«, lachte sie.

»Ja, genauso ist es abgelaufen, da bin ich sicher«, wurde sie wieder ernst. »Und danke, dass du mich davor bewahrt hast, Ariane erneut verrückt zu machen, bevor wir Beweise haben. Aber wie gehen wir jetzt weiter vor?«

»Maximilian«, sagte der Kommissar mit Bestimmtheit. »Er ist der Schlüssel zu alldem. Mindestens ist er ein wertvoller Zeuge, denn er gehörte oder gehört definitiv zu Ernestos Sauhaufen, außerdem springt uns seine Beteiligung an Sebastians Verschwinden regelrecht ins Gesicht. Ihn werden wir uns nun schnappen, und dann wird er singen, das verspreche ich dir.« Gustavsens Blick war jetzt von einer ungewohnten Kälte, und wieder musste Sabitzer sich ins Gedächtnis rufen, dass es hier nicht nur um eine herzzerreißende Liebesgeschichte bei Kaffee und Kuchen ging, sondern um reale Verbrechen bis hin zum Mord – und dass sie von Leuten umgeben war, die das nicht nur akzeptierten, sondern auch willens und in der Lage waren, mit allen erforderlichen Mitteln dagegen anzugehen.

»Zwei Dinge noch, bevor wir gleich da sind«, sagte Gustavsen und unterbrach Sabitzers Nachdenken. »Erstens, hast du nochmal überlegt, wo eventuell diese Akte von Sebastian Hohmann mit dem Abschiedsbrief sein könnte?«

»Habe ich«, sagte Sabitzer. »Und die kurze Antwort lautet, sie ist nicht da. Ich habe sämtliche alten Akten durchgeschaut, die nichts mit normalen Verkehrsdelikten zu tun hatten. Wenn die Akte also nicht unter Rotlichtverstößen oder Parksünden abgelegt ist, dann ist sie weg.«

»Ich glaube dir. Und ich bin fast sicher – denk an die verschwundene Leiche im Heidehäuschen –, dass dieser Pfeiffer, von dem ich auch einiges gehört habe, aber nichts Gutes, geschmiert war und sowohl den Toten als auch die Akte samt Brief hat verschwinden lassen. Er soll später den Dienst quittiert und sich irgendwo im norddeutschen Raum als Berater für irgendwas selbstständig gemacht haben. Ich schätze, das Anfangskapital dafür stammte aus Ernestos Tresor. Und die Tatsache, dass sich Ernesto diesen gefährlichen Zeugen nicht vom Hals geschafft hat, bedeutet, dass Pfeiffer Belastungsmaterial in der Hand hat. Vielleicht den Brief, auf dem Maximilians Fingerabdrücke sind, oder was auch immer. Wir sollten das mal im Hinterkopf behalten für den Fall, dass wir tatsächlich irgendwann einen Prozess erreichen und weitere Zeugenaussagen brauchen.«

»Für den Fall? Zweifelst du daran, dass es zu einem Prozess kommt?«, fragte die junge Polizistin.

»Ja, das tue ich«, antwortete Gustavsen. »Ich gehe davon aus, dass es demnächst zu einer gewalttätigen Auseinandersetzung kommen wird, Ernesto aber wieder den Kopf aus der Schlinge ziehen kann. Aber ich mag mich irren, und in jedem Fall werde ich alles dafür tun, um ihn und seine Truppe der Gerechtigkeit zuzuführen.«

»Okay. Und was war zweitens?«, fragte Sabitzer.

»Zweitens war respektive ist, wie du anhand Alejandros Fotos darauf gekommen bist, dass eins der Bilder Sebastian Hohmann zeigen könnte – oder seinen Bruder, wie wir jetzt wissen. Denn genaugenommen hat das ja den Stein erst so richtig ins Rollen gebracht oder war zumindest ein wichtiger Mosaikstein in dem Ganzen, aber ich habe nicht die geringste Ahnung, wie du darauf gekommen bist.«

»Ganz ehrlich, Chef«, sagte Sabitzer, »ich auch nicht. Mir ist auf einmal dieser Gedanke durch den Kopf geschossen, aber ich konnte ihn einfach nicht festhalten. Und seitdem zerbreche ich mir den Kopf, wo die Querverbindung lag oder ob es überhaupt eine gibt, aber ich komme nicht mehr drauf. Die anderen halten mich jetzt für eine Art Sherlock Holmes mit Pferdeschwanz, aber ich kann dir echt nicht sagen, wie ich draufgekommen bin. Vielleicht habe ich einfach nach einem Strohhalm gegriffen, so wie wir jetzt auch annehmen, dass die angeblich im Heidehäuschen gefundene Leiche Sebastian sein muss – und zwar ohne zu wissen, ob es sie überhaupt gab.« Sie schüttelte ratlos den Kopf, sodass besagter Pferdeschwanz hin und her wippte.

Nun fuhr Gustavsen langsamer; auch ihre Beschützer ließen sich weiter zurückfallen.

»Jetzt kommen wir an Ernestos Unterschlupf vorbei. Sieh mal nach rechts.«

Sabitzer schaute aus dem Fenster. Ein Feldweg ging von der Straße ab und gabelte sich nach wenigen Metern. Die rechte Bahn schlängelte sich bergauf in den Wald, während die linke geradeaus zu einem geschlossenen Tor führte. Vor diesem stand auf der linken Seite ein Autowrack. Hinter dem Tor erkannte man ein weitläufiges, verwahrlost wirkendes Grundstück vor einem auf einer Anhöhe stehenden riesengroßen Gebäude, das wie eine Mischung aus einer ehemals hochherrschaftlichen Villa und dem Funktionsbau eines frühkapitalistischen Unternehmens aussah. Was es auch war, wie der Kommissar seiner Assistentin gleich darauf bestätigte, während er in langsamer Geschwindigkeit weiterrollte.

»Das ist das Gebäude, von dem Alejandros Fotos stammen«, erklärte Gustavsen. »Es gehört zur früheren Grube Herrnberg. Die ganze Gegend ist ja ein ehemaliges Bergbaugebiet, und gerade diese Ecke hier ist voll von den Gruben. Die Fotos, die wir hier gesehen haben, muss Alejandro von der rechten Grundstücksgrenze aus mit Teleobjektiv gemacht haben. Vermutlich ist er von oben aus dem Wald herangeschlichen, hat sich in die steile Böschung gegraben und von dort aus fotografiert. Und ist beim zweiten Mal erwischt worden«, schüttelte der Kommissar traurig den Kopf.

»Hier links siehst du übrigens den berühmten Nanzenbacher Bahnhof Herrnberg. Vermutlich der am weitesten von seinem Einsatzgebiet entfernte Bahnhof der Welt.« Er grinste nun.

»Da fällt mir ein«, sagte Sabitzer trocken, »wusstest du, dass Larry Page, der Google-Mann, eine japanische Frau hat?«

»Nee«, sagte Gustavsen verwirrt, »was hat das mit dem Herrnberg zu tun?«

»Naja, der Bruder dieser Frau war Tadano Miki«, sagte seine Assistentin mit todernstem Gesichtsausdruck. »Und der muss bei dem damaligen Besuch in Nanzenbach auch dabei gewesen sein.«

»Warum das?«, wollte Gustavsen jetzt wissen. »Nun spann mich nicht so auf die Folter. Was hast du dir jetzt wieder ausgedacht?«

»Ganz einfach: Miki ist derjenige, der seinerzeit den Shinkansen entworfen hat, den ersten Mega-Schnellzug der Welt. Und auf die Idee dazu kann er nur in Nanzenbach gekommen sein. Indem er nämlich erkannte, dass die Nanzenbacher, anstatt eine Stunde durch den Wald zu latschen, um dann mit irgendeiner Dampflok irgendwohin zu kriechen, zu Fuß vermutlich schneller gewesen wären. Also musste ein Zug her, der die im Wald verlorene Zeit wieder aufholen konnte. Ist doch logisch«, lachte sie nun laut los.

Der Kommissar stimmte ein. »Das ist gut! So muss es gewesen sein. Das werde ich sofort dem Scheffler erzählen, der kann das dann in den nächsten Band der Dorfchronik einpflegen«, lachte er. »Nanzenbach kristallisiert sich immer mehr als Wiege des Fortschritts heraus.«

»Definitiv«, bestätigte Sabitzer grinsend.

Mittlerweile waren sie an einer kleinen Wohnsiedlung angekommen. Gustavsen bremste ab und bog in einen Feldweg neben einem scheinbar willkürlich angeordneten Häuserkomplex ein.

»Das ist jetzt der Nikolausstollen«, erläuterte er. »Vorne war früher das Restaurant, von dem Wim so geschwärmt hat. Wenn Arianes Bekannte richtig lag, wohnt Maximilian Hohmann in einem dieser Häuser. Und es wäre sehr wichtig, zu wissen, wo genau, damit wir wissen, wie wir ihn am besten dort rausholen können.«

Er fuhr weiter bergan. Der zunächst noch geteerte Weg ging sukzessive in einen Lehmboden mit tiefen Schlaglöchern und Rinnen über; bald kamen sie nur noch im Schritttempo voran.

»Jetzt kommen wir zur Grube Stilling«, wies Gustavsen auf eine weitere Häusergruppe mitten im Wald. »Auch hier hatte Ernesto früher ein paar seiner Leute untergebracht. Das sind ideale Bedingungen für sie, so abgeschieden und unübersichtlich. Denen kann man hier nur mit einer kleinen Armee beikommen.«

Sie fuhren einmal um die komplette Ansiedlung herum und erreichten dann wieder die Schelde-Lahn-Straße, auf der sie weiter Richtung Dillenburg fuhren. Nach wenigen Kilometern bog Gustavsen erneut nach rechts ab in den Wald hinein. Nun führte eine ordentlich geteerte Straße bergan und wiederum an ein paar vereinzelten Wohnhäusern vorbei. *Das muss irgendwie komisch sein, hier zu wohnen, so mitten im Wald und isoliert,* dachte Sabitzer. *Für mich wäre das nichts.*

Nach einer scharfen Linkskurve und einem kurzen Stück geradeaus zeigte Gustavsen nach links.

»Das hier ist ein weiteres Grubengebiet, der sogenannte Ölsberg mit *s*«, erläuterte er, »und gehört zu Eibach, Jürgens Heimatort. Hier rechts geht es wiederum nach Nanzenbach, das ist der sogenannte *Promilleweg*«, grinste er.

»Okay, danke für die Exkursion, das hilft mir tatsächlich, mir die Umgebung besser vorzustellen«, sagte Sabitzer.

Sie erreichten nun die ersten Häuser von Eibach, beginnend mit dem Aussiedlerhof auf der rechten und direkt danach der Schreinerei auf der linken Seite. *Auch ein hübsches Dörfchen,* dachte Sabitzer, *kein Wunder, dass Jürgen davon schwärmt. Und das da ist doch sicherlich …*

»Das ist die berühmte Bäckerei mit den Milchbrötchen, hab ich Recht?«, zeigte Sabitzer, dass ihr nichts Wichtiges entging.

»Korrekt«, lächelte Gustavsen, »und dazu gibt es auch eine Google-, Apple- und Shinkansen-Geschichte. Denn der Gründer dieser tollen Bäckerei hat sein Handwerk tatsächlich wo gelernt? Richtig, in Nanzenbach! Und das ist ausnahmsweise sogar wirklich wahr. In der Bäckerei, in der Wim sein Softeis geschnorrt hat. Und wo wir gerade dabei sind, da vorne rechts ist die Heilquelle mit dem Elefanten und dem Foto aus der Steinzeit. Das Wasser schmeckt scheußlich«, erinnerte er sich. »Vermutlich ist es also wirklich gesund.«

Plötzlich riss die Kommissarin die Augen auf.

»Was ist denn das? Gibt es hier Hinkelsteine? Ist das hier ein zweites Stonehenge?«

»Darf ich vorstellen«, lachte Gustavsen, »das ist Eibelix, der Mann, der vermutlich als kleines Kind ins Wasser der Heilquelle gefallen ist.«

Tatsächlich stand neben einem riesengroßen Felsstück am Straßenrand eine lebensgroße Obelix-Figur mit den typischen gestreiften Hosen.

»Nicht noch eine Larry-Page-Story, das halte ich nicht mehr aus«, sagte Sabitzer in gespielter Verzweiflung. »Ich muss schon sagen, deine Heimat ist irgendwie, wie soll ich sagen, charmant. Richtig schön, und die Menschen, die ich bisher getroffen habe, alle echt sympathisch. Das hätte ich nicht gedacht; bei uns zuhause gelten die Hessen, speziell die aus dem Dillkreis, als muffelig und stur.«

»Naja, so weit hergeholt ist das Vorurteil nun auch wieder nicht. Die Muffeligen gibt es schon auch. Aber wenn man die Leute ein bisschen kennenlernt, kommt doch eine große Herzlichkeit und auch Hilfsbereitschaft zum Vorschein. Dummerweise«, er schüttelte den Kopf, »gibt es hier auch Arschlöcher wie Ernestos Vasallen.

Sorry für den Ausdruck, aber bei denen kommt mir immer wieder die Galle hoch, vor allem seit ich Alejandros Leiche gesehen habe.«

»Ich verstehe dich voll und ganz«, versicherte Sabitzer.

Zwischenzeitlich waren sie am Ortseingang von Dillenburg angekommen und fuhren an der Drahtziehfabrik vorbei bis zur Hohl, wo sie schließlich rechts Richtung Nanzenbach abbogen. Peter und Anja waren konsequent in einiger Entfernung hinter ihnen geblieben, hatten lediglich das Umkreisen der Grube Stilling ausgelassen und etwas weiter bergabwärts am Königszug gewartet.

29

Als sie den Wohnraum des Blockhauses betraten, stellten sie fest, dass alle anderen bereits von ihren Ausflügen zurückgekehrt waren. Außerdem roch es verführerisch aus der Küche.

»Anja, da scheint sich jemand in deinen Kompetenzbereich verlaufen zu haben«, lachte Gustavsen.

»Das ist ein Skandal«, antwortete Anja und versuchte, ein ernstes Gesicht beizubehalten, »ich erwarte, dass das eine Abmahnung nach sich zieht.« Sie grinste Sabitzer an. »Das ist Wolfram. Er macht eine Erbsensuppe, wie ich sie nie hinbekommen habe. Hat er von seiner Mutter gelernt. Du wirst sie lieben.«

Anja hatte Recht. Die Suppe, serviert mit Sauerländer Würstchen und frischem Sauerteigbrot, schmeckte zum Niederknien.

»Herrlich«, sagte Sabitzer, »Wolfram, du bist ein Genie in der Küche.«

»Nur in der Küche?«, fragte der Gelobte grinsend. »Warte mal ab, wenn wir wieder in den Ring gehen.«

»Jederzeit gern«, lachte die junge Polizistin, »aber bitte nicht mit vollem Bauch.«

***

»Gut, wer will anfangen?«, eröffnete Gustavsen die nächste dienstliche Gesprächsrunde.

Wim räusperte sich. »Vielleicht wir, denn wir sind am schnellsten fertig. Wir waren beim Pfarrer, und morgen wird Osvaldo in der Kirche die Predigt halten. Und auf dem Weg ist uns nichts aufgefallen. Das war es schon so weit.«

»Wir sind die Nächsten, die nicht viel zu erzählen haben«, meldete sich Markus. »Wir haben die Drohne eingerichtet und ihren Kurs programmiert. Wir empfangen auch schon Bilder, und zwar gestochen scharfe – das Gerät ist wirklich spitze. Ach ja, eine wichtige Beobachtung haben wir doch zu vermelden: Die Drohne hat unseren Sven, der sich ständig über die anderen Verkehrsteilnehmer aufregt, dabei erwischt, wie er am Nikolausstollen nicht geblinkt hat! Stimmt's, Wolfram?«

»Stimmt«, sagte Wolfram grinsend, »auf frischer Tat ertappt. Leugnen zwecklos.«

»Mist«, grummelte Gustavsen, »zweimal im Jahr vergesse ich das Blinken, und dann werde ich ausgerechnet von diesem Bruchpiloten erwischt, der *niemals* blinkt.«

»Sven, du weißt doch, du brauchst dringend ein externes schlechtes Gewissen, das dich ab und zu mal wieder auf den Teppich holt«, feixte Markus.

»Das ist auch wieder wahr«, lachte jetzt auch der Kommissar.

»Gut, dann weiter im Text. Während ihr euch also nur mit Kirchen- und Luftschiffen beschäftigt habt, sind die beiden Superermittler des Rätsels Lösung einige Schritte näher gekommen. Und die Lösung heißt …«

»… Raffaello-Kuchen«, fiel ihm Sabitzer grinsend ins Wort.

»Wie jetzt?«, fragte Anja, »willst du etwa sagen, dass Peter und ich stundenlang im Auto ausharren mussten, während du und Euer Hochwohlgeboren Raffaello-Kuchen gefuttert habt?« Sie schüttelte in gespieltem Zorn den Kopf.

»Also wirklich, Sandra«, sprang Peter seiner Leidensgenossin bei, während er an seiner unvermeidlichen Pfeife zog, »das ist echt ein starkes Stück. Meine Scones hast du verschmäht, und anderer Leute Kuchen nimmst du. Ich bin ganz schön enttäuscht von dir.« Sein Grinsen strafte die Strafpredigt Lügen, aber Sabitzer versprach reuig, beim nächsten Mal die sicher total leckeren Scones südafrikanischer Art zu probieren.

»So, dann hoffen wir mal, dass ihr außer Kuchenrezepten noch etwas anderes mitgebracht habt«, ließ sich Sabrina vernehmen.

»Oh ja, das haben wir«, sagte der Kommissar. »Unter anderem wissen wir jetzt, dass Sebastian Hohmann mit – wie heißt es so schön im Kriminalsprech – an Sicherheit grenzender Wahrscheinlichkeit nicht Alejandros Mörder und außerdem vermutlich ebenfalls tot ist.« Er blickte triumphierend in die Runde und genoss den fragenden Ausdruck in den Gesichtern, wurde aber sofort wieder ernst, bevor er die Unterredung mit Ariane Hohmann wiedergab.

Als er fertig war, lag erst einmal Schweigen über der Truppe. Besonders Anja schien mit dem Schicksal ihrer früheren Kollegin zu kämpfen zu haben. Dann räusperte sich Wim.

»Es wird euch vielleicht überraschen, dass das jetzt von mir kommt, da ich bekanntlich fest davon überzeugt bin, dass Ernesto der Mörder oder zumindest der Drahtzieher ist. Aber wir müssen trotzdem weiterhin im Hinterkopf behalten, dass es doch dieser Sebastian gewesen sein kann. Ariane könnte euch Blödsinn erzählt haben. Ich weiß, Sandra«, beeilte er sich hinzuzufügen, als die junge Polizistin Anstalten machte, ihn zu unterbrechen, »es klingt alles glaubhaft, was ihr da berichtet, und ich glaube euch auch aufs Wort, dass Ariane euch nicht getäuscht hat. Aber sie selbst könnte ja getäuscht worden sein. Ich will das nur zu bedenken geben.«

»Das werden wir bedenken, Wim«, versicherte ihm Gustavsen. »Wir werden keine Schlussfolgerungen ziehen, solange wir sie nicht beweisen können. Und genau deshalb ist klar, was der nächste Schritt sein muss.«

»Maximilian Hohmann wohnt hinter dem Restaurant«, sagte Wolfram prompt. »Die Drohne hat ihn – groß, schwarzhaarig, narbiges Gesicht – eingefangen. Damit ist die Beobachtung der Frau aus dem Bus bestätigt.«

»Okay, das ging ja jetzt superschnell«, sagte der Kommissar zufrieden. »Also werden wir jetzt einen Plan ausarbeiten, wie wir ihn uns holen. Ich schlage vor, wir gehen morgen Nacht rein und greifen ihn uns.«

»Nicht unbedingt«, sagte Sabitzer, die sich in den letzten Minuten mit ihrem Smartphone beschäftigt hatte. »Ich weiß, wo das Diebesgut ist.«

Gustavsen war überrascht. »Hast du schon die Halterfeststellung und die Route?«

»Das nicht«, lächelte Sabitzer, »aber ich hatte parallel mal auf dem Siegerland-Flughafen angerufen. Habe mir gedacht, wenn Ernesto und sein Haufen so ähnlich tickt wie ihr, ähem, wir, dann wird er vermutlich in erster Linie zwischen Lanzarote und dem Schelderwald pendeln. Somit wäre denkbar, dass er das Zeug in seiner Heimat in Sicherheit bringen will. Und da bietet sich ein nahegelegener, überschaubarer Flughafen wie der auf der Lipper Höhe an. Denn je kleiner, desto weniger Leute kriegen etwas mit – oder müssen geschmiert werden. Also habe ich dort angerufen, weil ich davon ausging, dass man Lastwagen, die Güter in den Flughafenbereich bringen, registriert, und wenn es nur das Kennzeichen ist. Tja, und gerade eben hat mir der freundliche Mann, den wir beide am Mittwoch getroffen haben, eine WhatsApp geschrieben und die Nummer durchgegeben. Und siehe da, sie stimmt mit der des am Donnerstag geblitzten Lasters überein. Und die Zeiten passen auch gut, der Lkw hat offenbar zwischen Dillenburg und Siegerland-Flughafen noch ein paar Stunden Pause gemacht und ist am Donnerstagvormittag dort angekommen. Ich meine, natürlich kann das ein unwahrscheinlicher Zufall sein und besagter Laster hatte lediglich Kunstschnee vom Hirzenhainer Skilift geladen, aber wer das glaubt, der glaubt auch, dass der Shinkansen seinen Ursprung nicht in Nanzenbach hat.« Jetzt grinste sie breit.

»Sandra, du bist ein Genie«, sagte Peter anerkennend. »Das gibt einen Extra-Scone bei deinem nächsten Besuch. Und hast du schon mal darüber nachgedacht, in einer Buchhandlung zu arbeiten? Bei unserem Svennie hier bist du doch gnadenlos unterfordert.«

Nun lachten alle, nur Gustavsen bemühte sich, ein grimmiges Gesicht zu machen – und scheiterte.

»Was war das mit dem Shinkansen, Sandra?«, runzelte Sabrina die Stirn.

»Ach, nichts weiter, nur Polizeikram«, lachte die junge Kommissarin.

»In jedem Fall sind das alles höchst wertvolle Informationen«, schaltete sich Gustavsen wieder ein. »Ich würde sagen, wir kommen der Lösung Schritt für Schritt näher – oder um bei der Metapher zu bleiben, der Zug kommt allmählich ins Rollen.« Nun war er es, der sich über die ratlosen Gesichter der anderen amüsierte.

»Dann sollten wir jetzt überlegen, was Priorität hat und als Erstes erledigt werden muss. Oder ob wir uns eventuell aufteilen sollten. Eins aber vorab, damit ich's nicht vergesse: Osvaldo, wenn du morgen deine Predigt hältst, hast du nun erstens die Möglichkeit, den Leuten klarzumachen, dass Alejandro und Ariane keine Affäre hatten. Ich nehme an, dass genau das bis heute einige denken. Zweitens schlage ich vor, wir erhöhen ein wenig den Druck auf Ernestos Saubande, indem du etwas erzählst wie ›der Durchbruch steht unmittelbar bevor‹ oder so ähnlich. Ich bin nämlich sicher, dass er noch immer seine Zuträger im Dorf hat, die ihm alles brühwarm erzählen werden.«

»Ich glaube, wir sollten uns aufteilen«, schlug Sabitzer vor. »Für beide Aktionen brauchen wir keine zehn Leute, da würden wir uns nur gegenseitig im Weg stehen.«

»Das sehe ich auch so«, stimmte Markus zu, und auch die anderen nickten.

»Okay«, sagte Gustavsen, »dann machen wir es so. Ich schlage vor, Sandra und ich begleiten Wim und Osvaldo morgen Nachmittag nach Lanzarote. Wim, du solltest Elena, Lina und Benito instruieren, dass die mal herauszufinden versuchen, wo die Kunstschätze hingebracht worden sind.«

»Mache ich«, versprach Wim. »Ich habe da so eine Ahnung. In Guatiza, wo Ernestos und Paulitas Eltern wohnten, gibt es einige dieser Lavablasen, wie sie auch Manrique für sein Wohnhaus ausgebaut hat. Diese wurden früher – wie eure Felsenkeller hier – als Lagerraum genutzt, weil es darin trocken und etwas kühler ist als draußen. Ich könnte mir gut vorstellen, dass die Sachen in einem dieser Räume sind.«

»Gut«, sagte der Kommissar und schaute dann nacheinander Jürgen und Peter an. »Ihr anderen macht dann einen Plan, wie ihr Maximilian Hohmann hierher bringt, ja?«

»Geht klar«, sagten Apotheker und Buchhändler wie aus einem Mund.

»Okay, was machen wir dann mit dem angebrochenen Nachmittag?«, fragte Gustavsen. »Wie wär's mit einer Einheit am Schießstand? Ich habe irgendwie das Gefühl, das kann nicht schaden.«

Am Tisch ertönte zustimmendes Gemurmel.

30

Eine halbe Stunde später trafen sich alle in dem in den Hang hineingebauten und somit fensterlosen Schießstand. Im vorderen Bereich gab es abschließbare Schränke mit Glastür – *was für ein Waffenarsenal,* dachte Sabitzer schaudernd – und eine Garderobe sowie einen breiten Tisch mit diversen Kleinbehältern voller Munition.

Sabitzer hatte ihre Heckler & Koch P30, die Standardwaffe der hessischen Polizei, mitgebracht und machte diese nun bereit. Wolfram kam herbeigeschlendert und begutachtete die Waffe.

»Nicht übel, die Bleispritze, nicht wahr?«, fragte er. »Wobei ich eher auf die Glock 17 stehe. Liegt mir besser in der Hand. Ist aber letztlich Geschmackssache.«

»Ja, mir gefällt die HK ganz gut. Wir haben auf der Polizeischule auch mit anderen Waffen experimentiert, aber diese hier ist ja vorgeschrieben. Und ich komme auch ganz gut zurecht damit. Zumindest habe ich das bisher geglaubt; mal sehen, ob ich gleich eines Besseren belehrt werde«, grinste sie.

»Ich bin gespannt«, lächelte Wolfram, »aber wenn du so schießt, wie du kämpfen kannst, sehe ich da kein Problem.«

Es gab insgesamt sechs Schießstände nebeneinander, und Sabitzer durfte gemeinsam mit Anja, Sabrina, Wim und Osvaldo unter Wolframs Anleitung als Erstes loslegen.

Alle setzten die obligatorischen Kopfhörer auf, stellten sich nebeneinander in ihre Bahnen und warteten darauf, dass die Trockentrainingsscheiben, die als Combat-Schießscheiben mit menschlichen Silhouetten ausgelegt waren, in ihre Position surrten. Dann ging die Ballerei los, zunächst beidhändig mit **Auflage**, wofür ein gepolstertes Holzbrett aus einer Art Fensterbank geklappt wurde. *Ich mag es einfach nicht, auf Menschen zu schießen,* dachte die

210

junge Polizistin, als sie die ersten Schüsse abgab. *Eigentlich mag ich es überhaupt nicht, auf irgendetwas zu schießen.*

Nach der ersten Serie wurden die Trainingsscheiben auf Knopfdruck herangefahren, und Wolfram bewertete die Schießleistungen. Wie sich herausstellte, hatten er und Osvaldo die besten Ergebnisse erzielt, was Sabitzer nicht weiter überraschte. Schließlich wusste sie inzwischen, dass auch der Gottesmann in kriegerischen Auseinandersetzungen gewesen war. Überraschend war eher, dass auch die anderen inklusive der jungen Kommissarin beachtliche Ergebnisse erzielt hatten.

Bei der zweiten Serie wurde einhändig geschossen, bevor beide Varianten noch einmal ohne Auflagen absolviert werden mussten. Nach jedem Durchgang wurden die Treffer begutachtet, und das Bild und die Ergebnisse änderten sich kaum.

Anschließend machte die erste Gruppe Platz für Jürgen, Peter, Markus und Gustavsen. Die vier bewegten sich, wie sich herausstellte, allesamt auf dem Niveau von Wolfram und Osvaldo, und Sabitzer stellte erstaunt fest, dass wie bei diesen jeweils ein großer Teil der Schüsse in die rechte Schulter ging, während die anderen und auch sie selbst vornehmlich den Kopf oder die Brustmitte anvisiert hatten.

»Wir wollen doch das Thema Obrigkeit und Bibel nicht überstrapazieren«, lachte Markus auf ihren fragenden Blick hin, wurde aber sofort wieder ernst. »Ganz ehrlich, wir sind wirklich nicht darauf aus, Menschen zu töten. Das wäre selbst für uns, die wir die Regeln gerne ein wenig dehnen, ein bisschen zu viel.«

»Aber ist es denn in einer Kriegs- oder Krisensituation realistisch, den Feind nicht töten zu wollen, wenn der sich doch um diese Bedenken gar nicht schert?«, zweifelte Sabitzer.

»Das ist durchaus heikel«, sagte Jürgen, der die Unterredung verfolgt hatte, »aber auf der anderen Seite ist es so, dass aufgrund von Panik oder schlechter Schießausbildung viele tödliche Schüsse abgegeben werden, die es so nicht gebraucht hätte. Das heißt im Umkehrschluss, wenn man seine Nerven im Griff hat, auch wenn es um Leben und Tod geht, und außerdem sein Training nicht vernachlässigt, kann man überraschend viele Situation ohne den berühmten finalen Todesschuss entschärfen. Das war früher unser Credo, und es hat meiner Ansicht nach ziemlich gut funktioniert. Und heute, wo wir nur noch als Freizeit-Cowboys unterwegs sind, wäre alles andere natürlich fatal. Menschen, die sich für eine private Bürgerwehr halten und irgendwelche Leute von den Bäumen schießen, gehören in die Klapsmühle.«

»Diese amerikanischen Sniper-Filme«, war jetzt auch Peter zu der kleinen Gruppe gestoßen, »vermitteln ein ziemlich falsches Bild. Da wird am Anfang Gut und Böse definiert und dann auf Teufel komm raus in der Gegend herumgeballert. Letztlich stimmen an diesen Filmen nur zwei Dinge. Einmal ist es so, dass auch auf Seiten der vermeintlich Guten eine Menge Psychopathen den Abzug nur aus Lust am Töten drücken. Außerdem heißt es ja treffend, dass Krieg nur die Fortsetzung der Politik mit anderen Mitteln ist. Und das stimmt auch; das Problem dabei ist, dass man erstens irgendwann nicht mehr auseinanderhalten kann, wer gut und wer böse ist, und sich zweitens genau das im Laufe der Zeit oft genug umkehrt. Siehe Saddam Hussein oder bin Laden. Erst die besten Kumpels, dann Todfeinde. Komisch eigentlich, oder? Wir haben das bei unseren früheren Einsätzen übrigens auch erlebt; man war letztendlich ein Spielball politischer und wirtschaftlicher Interessen. Es ist kein schönes Gefühl, wenn man das erkennt. Und wenn man dann noch Blut an den Händen hat, wird das unerträglich.«

Nach der Schießübung brauchte Sabitzer noch etwas Bewegung, und sie verabredete sich mit den anderen Frauen ins Schwimmbad und in die Sauna. Hier alberten sie ein wenig herum, probierten mehr oder weniger erfolgreich Gustavsens FSO-Technik, und die neu zum Team gestoßene Polizistin holte sich noch ein paar Informationen über die anderen Mitglieder der *UGA-Connection*. *Ich fühle mich jeden Tag wohler unter diesen Leuten,* dachte die junge Frau dankbar, während sie sich abschließend im warmen Whirlpool räkelte.

***

Über die ausgiebige Wellnesseinheit war es Abend geworden, und nach einer Dusche trafen sie sich zum Essen im Wohn-Ess-Zimmer. Zur großen Freude Sabitzers war Ariane Hohmann, nachdem sie nachmittags mit Anja telefoniert hatte, tatsächlich Gustavsens Einladung gefolgt und wurde von allen herzlich empfangen. Besonders der leutselige Wim zeigte sich von seiner charmantesten Seite und wies der sympathischen Frau aus Hirzenhain den Platz neben sich zu.

Es gab frisches Brot mit Schweinemett aus der Nanzenbacher Metzgerei Apfelstrauch, dazu süßlich-scharfe rote Zwiebeln. Das Radler, welches Sabitzer dazu trank, passte perfekt zu der rustikalen Zusammenstellung.

Anschließend wurde Ariane von Gustavsen soweit über die aktuelle Lage informiert, wie sie es verantworten konnten. Danach untersagte er allen Anwesenden für den restlichen Abend, Dienstliches zu erwähnen, und ordnete an:

»Jetzt spielen wir Siedler!«

Wie gut, dass ich von alldem niemandem erzählen darf. Denn das würde mir sowieso keiner glauben, dachte Sabitzer. *Eben noch haben sie einer Spinne die Beine weggeschossen, und jetzt spielen sie ›Siedler von Catan‹ wie ganz normale Spießbürger. Unfassbar.*

Während des Spiels mussten sie teilweise Tränen lachen, als Gustavsen ein ums andere Mal verlor, weil er seine Spielweise partout nicht anpassen wollte.

»Ihr mit euren blöden Entwicklungskarten«, polterte er, »das sind doch nur Siege am grünen Tisch. Ein echter Mann kämpft mit offenem Visier auf dem Schlachtfeld.«

»Was du da tust, nennt man eine Weltuntergangsstrategie«, grinste Markus. »Du bist halt überfordert, wenn es darum geht, mehrgleisig zu denken. Nur gut, dass du jetzt eine Frau an deiner Seite hast, die diesen Mangel wenigstens teilweise kompensiert.«

Komm schon, Markus, bring mich nicht schon wieder zum Glühen, versteckte sich Sabitzer hinter ihren Entwicklungskarten.

»Jaja«, murrte der Kommissar. »Welcher Depp hat dieses blöde Spiel eigentlich vorgeschlagen?«

»Du Depp!«, erscholl es im Chor.

Die Zeit verging wie im Flug, und bald war es Mitternacht. Anja blickte fragend zu Gustavsen, der unmerklich nickte, und bot Ariane an, über Nacht zu bleiben.

»Ich habe bestimmt noch ein paar Klamotten, die dir passen werden«, sagte sie, und Ariane nahm das Angebot dankend an. Ihr hatte der Abend sichtlich gut getan.

»Wirst du denn auch mit zur Kirche gehen?«, fragte Wim fürsorglich.

»Das muss ich mir ehrlich gesagt noch überlegen. Schließlich geht es da auch um mich, wenn ich das richtig verstanden habe. Und ich bin nicht sicher, ob ich mir das antun will, dass mich alle anstarren«, sagte Ariane zweifelnd.

»Das verstehe ich«, sagte Osvaldo. »Aber ich bin mir auch sicher, dass die Leute dir morgen nur noch positiv entgegentreten werden, nachdem sie gehört haben, was ich ihnen zu sagen habe.«

»Das glaube ich auch«, bestätigte Gustavsen, »aber niemand will dich nötigen. Überleg es dir einfach. Übrigens, du hast uns doch heute erzählt, dass du die nächsten beiden Wochen Urlaub hast. Wie wäre es mit einem Trip nach Lanzarote? Rein zufällig fliegt da nämlich morgen Mittag eine Maschine hin.«

»Lanzarote? Das kommt jetzt doch ein wenig überraschend«, sagte Ariane überrumpelt, »ich dachte, das mit dem Urlaub sei nur so dahergesagt oder für später.«

»Oh nein, dahergesagt war es ganz sicher nicht. Ich sage ja viel daher, aber so etwas dann doch nicht«, lachte der Kommissar.

»Tja, dann muss ich mal überlegen. Vielleicht frage ich meine Schwester, ob sie Zeit hat. Die ist Freiberuflerin und Single. Ja, wenn ich darüber nachdenke, wäre das echt eine gute Idee. Ich werde sie gleich anschreiben. Reicht es, wenn ich morgen früh Bescheid sage?«

»Kein Problem«, grinste Gustavsen, »melde dich einfach bei Flugbegleiterin Markus, der wird euch schon noch einen Platz im Frachtraum freischaufeln.«

Der Pilot schaute etwas gequält, lächelte die blonde Frau aber freundlich an.

»Du bist herzlich willkommen. Und deine Schwester auch.«

»Okay, vielen Dank, das ist alles furchtbar nett von euch«, sagte Ariane.

»So sind wir«, sagte Gustavsen selbstgefällig.

»Salud!«, antwortete der Chor.

31

Auch sonntags gab es Frühsport bei der *UGA-Connection*. Sogar Ariane beteiligte sich und bewies eine überraschend gute Kondition, zog es jedoch vor, bei den Kampfsporteinheiten nur zuzusehen.

Beim Frühstück wurde viel gelacht, und angesichts des bevorstehenden Kirchgangs nahmen sich die Männer heute ganz besonders hinsichtlich ihrer Glaubensüberzeugungen auf die Schippe.

»Wusstet ihr«, sagte Gustavsen mit todernstem Gesichtsausdruck, »dass letztes Jahr einer aus unserer Gruppe in Ausübung seines Dienstes verstorben und in den Himmel gekommen ist?«

Sabitzer war geschockt. »Wirklich? Davon habt ihr mir gar nichts erzählt.«

Wim grinste sie beruhigend an und winkte ab.

»Nun stand er also vor dem Himmelstor und bat um Einlass«, fuhr der Kommissar fort. »Dann steht Petrus vor ihm und fragt als Erstes, ob er katholisch oder protestantisch sei.

›Katholisch.‹«

Osvaldo verdrehte verzweifelt die Augen.

»›Okay‹, sagt Petrus, ›dann müssen wir uns anschauen, ob du genug gute Werke getan hast, um dir das Seelenheil zu verdienen. Gibt es irgendein Ereignis, das dich deiner Ansicht nach für den Himmel qualifiziert?‹

›Auf jeden Fall‹, sagt unser Mann, ›da fällt mir ganz aktuell etwas ein. Ich war mit dem Motorrad bei uns in der Ecke am Aartalsee. Da liefen zwei junge Mädels mit Inlinern und wurden plötzlich von drei übel aussehenden Rockern in ein Waldstück gezerrt. Da bin ich spontan dazwischen gegangen und habe den Kerlen gesagt, sie sollen abhauen, sonst bekämen sie es mit mir zu tun.‹

›Respekt‹, sagt Petrus, ›das reicht mir schon. Das war wirklich eine gute und mutige Tat. Herzlich willkommen im Himmel. Komm rein. Ach, nur für's Protokoll, wann hat sich diese Begebenheit denn ereignet?‹

›Vor drei Minuten!‹«

Alle am Tisch bogen sich vor Lachen, nur der Priester schaute ein wenig verdrießlich drein, bevor auch er sich ein verständnisvolles Lächeln erlaubte.

»Mein lieber Gustavsen, angesichts deiner theologischen Weisheit schlage ich vor, du übernimmst nachher die Predigt. Am besten erzählst du auch gleich am Anfang den Witz, dann hast du das Kirchenpublikum sofort auf deiner Seite«, sagte er.

»Lass mal, Osvaldo, du machst das schon. Und du weißt ja, von wem es kommt«, lachte der Kriminalkommissar.

***

Um acht Uhr fünfundvierzig trafen sich alle landfein im Wohnbereich. Ariane, die gut gelaunt wirkte und bei Gustavsens Frühstückswitz am lautesten gelacht hatte, wollte ebenfalls mitkommen, was ihr eine spontane Umarmung des katholischen Priesters einbrachte.

Nachdem sie kurz erwogen hatten, die nicht allzu lange Strecke zur Kirche zu Fuß zu gehen und die frische Herbstluft zu genießen, verwarfen sie den Gedanken angesichts der möglichen Bedrohungslage wieder und kletterten in die Autos.

Zum ersten Mal sah sich Sabitzer die Kirche aus dem Jahr 1963 genauer an und war beeindruckt. *Schlicht und ohne Schnörkel, aber wunderschön,* dachte sie im Stillen. *Das finde ich gut.*

Als sie den quadratischen Kirchenvorplatz erklommen hatten, wurden sie von diversen Gottesdienstbesuchern herzlich begrüßt. Sabitzer beobachtete, wie besonders Ariane von vielen Gemeindegliedern aufs Freundlichste empfangen wurde. *Das wird ihr guttun,* dachte die junge Polizistin, *schön, dass sie sich überwunden hat, mitzukommen.* Auch sie selbst wurde zig Leuten vorgestellt, deren Namen sie sich irgendwann nicht mehr merken konnte.

Im Innern der Kirche setzte sich der gute äußere Eindruck fort. Ein rechteckiges, unverbautes, schnörkelloses Kirchenschiff mit einer Empore, die sich über die hintere Quer- und die linke Längsseite erstreckte. Es gab keinerlei Säulen, die den Gottesdienstbesuchern den Blick zum Altar verstellen konnten. *Richtig gut,* dachte sie, als sie in einer der vorderen Reihen Platz genommen hatten. Gustavsen sah ihre anerkennenden Blicke.

»Das ist eine richtig schöne Kirche, nicht wahr?«, raunte er ihr zu.

»Ich mag sie auch sehr. Aber vor allem mag ich die Akustik. Einmal war ich hier auf einem Weihnachtskonzert von Cae und Eddie Gauntt. Das war unglaublich.«

»Cae und Eddie Gauntt? Nie gehört. Oder warte mal, hieß so nicht der, der früher mal die Nationalhymne bei Länderspielen gesungen hat?«

»Genau der«, bestätigte der Kommissar. »Er ist klassischer Sänger, Staatsoper und so weiter, sie eine christliche Popsängerin. Und beide gemeinsam sind ein Naturereignis. Und auch sie – nein, sie sind nicht mit Larry Page verwandt – haben eine konkrete Nanzenbacher Vergangenheit. Während des damaligen Konzerts hat Cae von ihrer ersten Zeit in Deutschland erzählt – sie stammen beide aus Texas – und dass es ausgerechnet Leute aus Nanzenbach waren, die ihnen am meisten bei der Eingewöhnung geholfen haben.«

»Das klingt interessant«, sagte Sabitzer, »die würde ich mir auch mal anhören.«

»Ist ja bald Weihnachten«, lächelte Gustavsen. »Werde mal recherchieren, wo sie dieses Jahr gastieren.«

Bald erschien der junge Pfarrer, von dem Jürgen am Vortag viel Positives berichtet hatte, in seinem schwarzen Talar und eröffnete den Gottesdienst. Tatsächlich wirkte er sympathisch und offen und vermittelte mit seinen einsetzenden Worten sofort den Eindruck, seine Aufgabe als Berufung zu verstehen und nicht als Beruf. Die etwas heikle Pflicht, den katholischen Priester als heutigen Gastprediger und das *UGA*-Team vorzustellen, erledigte er mit enormem Feingefühl. Gleichzeitig war zu spüren, dass diese Veranstaltung für die Gottesdienstbesucher eine Ausnahmesituation darstellte und man höchst gespannt darauf war, was dieser *Spanier* wohl zu sagen hatte. Natürlich war der Leichenfund am Biebersteiner Weiher in der vergangenen Woche Gesprächsthema Nummer eins gewesen, und Arianes Anwesenheit im Gottesdienst tat ein Übriges. Als schließlich Osvaldo, gekleidet in eine schlichte schwarze Hose mit weißem Button-Down-Hemd, die Kanzel betrat, hätte man eine Stecknadel fallen hören können.

»Liebe Gemeinde«, begann er mit einem freundlichen Lächeln, »ich fühle mich geehrt, hier stehen und zu euch reden zu dürfen. Ganz besonders, weil ich eine andere Konfession vertrete, wie ihr wisst. Aber heute, und das möchte ich auch mit meiner Kleidung zum Ausdruck bringen – so sieht ein katholischer Priester während eines Gottesdienstes nämlich normalerweise nicht aus –, stehe ich hier in erster Linie als Mensch, als Gläubiger ...«, er machte eine Pause, »... und vor allem als Trauernder vor euch.

Wir gedenken heute Alejandro Alfaya aus Lanzarote. Viele von euch kannten ihn, die meisten allerdings unter dem Namen *Luigi Chiellini aus Italien.*

Luigi war sein Tarnname, denn er war hier, um eine Verbrecherbande zu überführen, die ihr Unwesen sowohl auf seiner – und meiner – Heimatinsel Lanzarote als auch im Dillkreis trieb. Das hat ihn, wie wir seit letztem Dienstag wissen, das Leben gekostet. Er ist es, dessen Leiche im Biebersteiner Weiher entdeckt wurde.« Osvaldo trank einen Schluck Wasser.

Sabitzer schaute sich verstohlen um und sah Heide Cosovan, die den Toten gefunden hatte, schräg hinter ihr sitzen und, wie sie zu sehen glaubte, leicht zusammenzucken. Ihre Blicke trafen sich, und Heide lächelte und nickte ihr freundlich zu.

»Ihr habt sicher registriert, dass ich den Grund für Alejandros Ermordung genannt habe. Und das ist auch der Hauptgrund, warum ich heute hier stehe«, nickte er Pfarrer Kämpfer dankbar zu. »Denn es ist uns wichtig, euch allen die Ungewissheit zu nehmen und auch die Gerüchte zu zerstreuen, unter denen die Betroffenen zusätzlich seit so langer Zeit gelitten haben.

Wir wissen von der Theorie, dass Alejandro-Luigi von einem eifersüchtigen Ehemann ermordet worden sei, weil dieser annahm, seine Frau habe eine Affäre mit ihm. Wir wissen auch, dass besagter Ehemann eine Drohung ausgestoßen hatte, die zur jetzt bestätigten Todesart passt.« Wieder machte er eine Trinkpause. Es war vollkommen still in der Kirche.

Osvaldo räusperte sich und blickte umher. »Und wir wissen jetzt, dass diese Gerüchte nicht zutreffen. Es gab keine Affäre, die hat es nie gegeben, davon hat sich der betroffene Ehemann sogar persönlich überzeugen können, und das ausgerechnet in dem Moment, als er sich Gewissheit über die Untreue seiner Frau verschaffen wollte. Wir wissen weiterhin, dass dieser Ehemann zeitgleich mit Alejandro verschwunden ist, aber nicht etwa als flüchtiger Mörder, sondern mit größter Wahrscheinlichkeit ebenfalls als Ermordeter.«

Nun ging ein aufgeregtes Raunen durch die ganze Kirche. Das hatte offensichtlich niemand für möglich gehalten. *Da sieht man, wie schnell man ein falsches Urteil fällt, weil ein paar entscheidende Informationen fehlen,* dachte Sabitzer und drückte die Hand der neben ihr sitzenden Ariane, die man am Morgen doch noch über den Verdacht, Sebastian sei ermordet worden, aufgeklärt hatte, um sie nicht während des Gottesdienstes damit zu schocken. *Aber letztlich kann man es keinem verdenken, die Indizien sprachen ja durchaus eine deutliche Sprache. Dass jemand so skrupellos ist, einen Mord so durchzuführen, dass er exakt zu einer scheinbar nachvollziehbaren Drohung passt, kommt ja nicht alle Tage vor.*

Osvaldo sprach noch etwas weiter, ohne jedoch Arianes Namen zu nennen oder ermittlungsrelevante Dinge zu erwähnen. Gleichzeitig wählte er seine Worte so unmissverständlich, dass etwaige Zuträger Ernestos die Botschaft, dass man ihnen auf den Fersen war und die Falle bald zuschnappen würde, definitiv verstehen würden.

Dann leitete er über zur eigentlichen Predigt, die sich wie bei der Andacht in seiner kleinen Kirche in UGA um die Geschichte der zwölf Kundschafter um Josua und Kaleb drehte. Dabei gelang ihm – abgesehen davon war er ein wunderbarer Erzähler, und die gesamte Kirchengemeinde hörte ihm gebannt zu – der Spagat, die biblische Botschaft klar und deutlich weiterzugeben, ohne die Lehrunterschiede zwischen den einzelnen Konfessionen zu berühren. Das tat er jedoch im Schlussabschnitt, aber ganz anders, als Sabitzer mit ihren eher rudimentären, aber doch vorhandenen theologischen Kenntnissen erwartet hatte.

»Wie gesagt ist die wichtigste Botschaft dieses Textes, dass wir uns auf Gottes Hilfe und seine Zusagen verlassen sollen, auch wenn die Umstände ungünstig erscheinen. Und so sind Josua und Kaleb gewissermaßen die Helden der Geschichte. Die hatten Vertrauen, und wir können uns gut vorstellen, dass die beiden danach mutig in den Kampf gezogen sind. Das wird an anderer Stelle ja auch bestätigt.

Was aber ist im christlichen Glauben das Wichtigste? Das Vertrauen, also der Glaube, oder die Werke, also in dem Fall vielleicht die Heldentaten im Kampf? An dieser Stelle gibt es oftmals große Missverständnisse, auch zwischen den großen Konfessionen.

Denn wir Menschen sind so gestrickt, dass alles gewissermaßen nur im Austausch funktioniert. Ich gebe dir etwas, damit du mir etwas gibst. Nach diesen Prinzipien funktioniert eine Gesellschaft, und das ist ja grundsätzlich auch gut so. Man nennt das *Reziprozität* oder *das Prinzip der Gegenseitigkeit*. Man tut etwas und bekommt etwas dafür. Um das noch etwas besser zu verdeutlichen:

Stellt Euch vor, ihr werdet heute von einem anderen Mitglied dieser Kirche zum Kaffee eingeladen. In Spanien gibt es eine Tradition – und hier vermutlich auch –, dass man beim ersten Besuch dem Gastgeber ein kleines Geschenk mitbringt. Und nun geht ihr also heute Nachmittag zu den netten Leuten, die euch eingeladen haben. Ihr nehmt eine Kleinigkeit mit. Und was wird genau in dem Moment passieren, wenn ihr das Geschenk übergebt? Richtig, die Gastgeberin wird anfangen zu überlegen, wie sie sich beim Gegenbesuch revanchieren kann. Natürlich mit einem genauso guten oder vielleicht sogar etwas größeren Geschenk. Ist es nicht so? Und es ist auch gut so, damit wir uns nicht falsch verstehen. Macht das ruhig so, es ist absolut in Ordnung. Und ladet euch ein, gleich heute – wäre doch wunderbar, wenn heute Nachmittag ganz viele Leute durch Nanzenbach liefen, um jemanden zum Kaffee zu besuchen«, lächelte Osvaldo und griff nach dem Wasserglas.

»Auf diesem Prinzip der Reziprozität sind auch alle Religionen aufgebaut«, fuhr er fort. »Man tut Gutes, hilft Leuten über die Straße und spendet, man lügt selten und stiehlt nicht, und dafür kommt man in den Himmel. Das ist im Islam nichts anderes, und im Buddhismus prinzipiell auch nicht.

Und genau aus diesem Grund ist das Christentum *keine* Religion! Denn das Christentum hat mit diesem Prinzip aufgeräumt. Es *musste* damit aufräumen. Dadurch, dass Gott den Menschen Aufgaben und Regeln gegeben hat, sei es im Garten Eden oder später durch die mosaischen Gesetze, ist nur eines bewiesen worden. Nämlich dass der Mensch schlichtweg außerstande ist, sich sein Seelenheil zu verdienen, weil er es nicht schafft, dauerhaft die vorgegebenen Regeln einzuhalten. Und aus diesem Grund sind alle religiösen Konzepte von vornherein zum Scheitern verurteilt.

Gelöst wurde dieses Problem dadurch, dass Jesus Christus am Kreuz gestorben ist, und dass jeder, der an ihn glaubt und daran, dass dieser Tod nötig war, seine Sünden zu sühnen, das ewige Leben im Himmel bekommt. Im Buch der Offenbarung heißt es: ›Wer will, der komme und nehme das Wasser des Lebens umsonst‹. Also geht es erstens um Freiwilligkeit und zweitens darum, dass das Seelenheil uns nichts kostet, dass wir nichts dafür tun müssen. Es ist ein Geschenk, das größte Geschenk, das es je gegeben hat. Und gerade deshalb ist es auch so unmöglich, sich dieses Seelenheil zu verdienen, denn welche Tat könnte denn dieses unglaubliche Geschenk aufwiegen?

Dieses wunderbare neue Prinzip kann man genauso in der Bibel nachlesen. Aber da die Bibel ein höchst komplexes Werk ist, haben von Beginn an Menschen, die auf Macht und Einfluss und oftmals auch Geld aus waren – oder vielleicht aufgrund ihrer menschlichen Prägung einfach nicht anders konnten –, das Prinzip der ausschließlichen Gnade ausgehebelt und damit die Menschen unter Druck gesetzt. *Du musst dies und das tun, du darfst dies und das nicht tun,* hieß es. Meistens sind das Dinge, die Gott tatsächlich von uns will, aber wir sollen sie aus Dankbarkeit und Liebe tun und nicht, um uns den Himmel zu verdienen. Leider sind die großen Kirchen nicht unschuldig an dieser Entwicklung, wie ich zugeben muss.« Osvaldo seufzte.

»Deshalb stimmen auch viele Vorbehalte, die man gegenüber meiner Kirche hat. Aber eins wird dann doch meist vergessen: Ihr wisst ja, dass in den katholisch geprägten Gebieten überall die Kruzifixe am Wegesrand hängen, nicht wahr? Und jetzt stellt euch vor, was denn wohl der einfache Katholik denkt, wenn er ein solches sieht. Wird er sich nicht fragen, wer da hängt? Natürlich symbolisch gemeint, versteht sich. Wird er sich nicht fragen, *warum* der da hängt? Und wird er sich dann nicht irgendwann fragen, was das Ganze mit ihm selbst zu tun hat? Schon mal darüber nachgedacht? Seht Ihr?«, lächelte Osvaldo in die Runde.

»Halten wir zum Schluss fest, dass es der Glaube ist und nicht die Werke, wodurch Menschen gerettet werden. Wenn man euch einmal am Himmelstor empfängt«, fuhr er mit einem tadelnden Blick Richtung Gustavsen fort, »werdet ihr nicht gefragt, was ihr Tolles im Leben geleistet, sondern nur, ob ihr an Jesus Christus geglaubt habt.

Halten wir fest, dass unser Alejandro – ich kannte ihn schon als Kind – wirklich ein wunderbarer Mensch war, der viel Gutes getan hat und das genaue Gegenteil des Gigolo war, den viele in ihm gesehen haben, dass ihm aber ausschließlich sein Glaube die Errettung gebracht hat. Halten wir fest und lassen wir uns davon trösten, dass es der Glaube war, der dafür gesorgt hat, dass er seit nunmehr über dreißig Jahren im Himmel auf uns wartet – zumindest auf die, die auch einmal dorthin *wollen*. Gott segne euch.«

Sabitzer blickte sich wieder unauffällig um und stellte fest, dass augenscheinlich die gesamte Kirchengemeinde von der Predigt genauso beeindruckt und berührt war wie sie selbst. Ariane neben ihr hatte Tränen in den Augen, und auch bei Gustavsen schimmerte es verdächtig. Und sogar der junge Nanzenbacher Pfarrer schien tief bewegt, als er sich bei seinem katholischen Amtskollegen bedankte und den Gottesdienst weiterführte.

***

Die bedauernswerte Ariane – natürlich wussten alle, wer die ungenannte Frau war, die *keine* Affäre gehabt hatte – wurde nach dem Gottesdienst auf dem Vorplatz der Kirche beinahe von jedem Gemeindeglied geherzt und von manchem fast erdrückt. Außerdem konnte Sabitzer den aufgeschnappten Wortfetzen entnehmen, dass die Gottesdienstbesucher Osvaldos Anregung tatsächlich umsetzten und sich gegenseitig zum Kaffee einluden. *Jetzt einen kleinen Geschenkeladen in Nanzenbach, und ich bekäme auch einen Privatjet,* schmunzelte die Kommissarin innerlich.

»Ein Königreich für deine Gedanken«, tauchte unvermittelt Markus neben ihr auf.

»Hat was mit deinem Job zu tun, Markus«, lachte Sabitzer. »Fandest du den Gottesdienst genauso so toll wie ich?«

»Absolut«, sagte der Pilot mit Bestimmtheit. »Ich bin ja das, was man einen Gemeindehopper nennt, das heißt, ich gehöre nirgendwo so richtig hin, aber es bedeutet auch, dass ich keine Berührungsängste habe. Dieses Abgrenzungsverhalten im Christentum, wo es, übertrieben ausgedrückt, meist nur um irgendein falsch gesetztes Semikolon in irgendeinem Bibelabschnitt geht, ist mir absolut zuwider. Deshalb mag ich solche Veranstaltungen so sehr. Und ich habe festgestellt, dass heute nicht nur Leute von der evangelischen Kirche da waren, sondern auch einige, die normalerweise zu anderen Gemeinden im Dorf gehören. Ich komme ja aus der Ecke und kenne ein paar Leute. Das finde ich klasse. Tja, und Osvaldo finde ich halt auch klasse. Ich liebe ihn.« Nun schien sogar der abgeklärte ehemalige Kampfflieger bewegt zu sein. *Unglaublich,* dachte Sabitzer, *ich bin in einem Haufen voller Frauenversteher und Softies gelandet. Aber wie sagte mein Opa früher immer: ›Reiz' kein Lämmlein!‹ Das trifft es wohl ziemlich genau.*

Nachdem sich alle durch das Gewühl vor der Kirche gearbeitet und verabschiedet hatten, ging es zurück zum Blockhaus. Anja und Wolfram verschwanden in der Küche, um den Bleibenden ein Mittagessen zuzubereiten. Die anderen würden aus Zeitgründen im Flugzeug eine Kleinigkeit essen und gingen deshalb gleich packen.

32

Als Sabitzer mit ihrem Trolley im Gemeinschaftsraum erschien, war auch Arianes Schwester Petra, eine apart aussehende Brünette Mitte fünfzig mit einem freundlichen Lächeln, eingetroffen. Ariane hatte Markus vor dem Frühstück informiert, dass sie die Einladung nach Lanzarote annehmen würde, und ihre Schwester gebeten, ihr die entsprechenden Kleider mitzubringen und ihren Hund bei den Nachbarn abzugeben. Auf ihre Frage an Gustavsen, ob er eine Idee habe, wo sie ein Hotelzimmer buchen könnten, hatte der Kommissar nur gegrinst und gemeint, sie solle sich überraschen lassen.

Sie verabschiedeten sich und fuhren mit zwei Autos Richtung Siegerland-Flughafen.

Weil Markus diesmal nicht vorausgefahren war, dauerte es ein wenig, bis die Triebwerke warmgelaufen waren und die Starterlaubnis vorlag. Sabitzer nutzte die Gelegenheit, sich bei dem Flughafenangestellten, der ihr die Nummer des Lkw durchgegeben hatte, für seine Hilfsbereitschaft zu bedanken. Als sie ins Flugzeug kam, sah sie Wim und den Priester in der Küche hantieren und erschnupperte bereits das Mittagessen.

»Gibt es etwa *Croquetas?*«, rief sie begeistert, »das ist ja spitze. Habt ihr die tiefgekühlt dabei gehabt?«

»Ja, wir haben immer einen Vorrat dabei«, lachte Wim. »Du bist nicht die Einzige, die gutes Essen liebt.«

»Wem sagst du das?«, bemerkte Osvaldo mit einem Blick auf Wims Bauch lächelnd.

Ariane saß bereits mit ihrer Schwester auf einer der Sitzgruppen und erzählte ihr vom Gottesdienst. Wieder schien sie zwischen Weinen und Lachen hin und her zu schwanken. *Das ist eine richtig liebe Person, dachte Sabitzer, schön, dass sie bei uns ist. Und wirklich interessant, dass ausgerechnet mein Chef die Empathie besitzt, zu erkennen, wann so eine Aktion angesagt ist.*

Nachdem Markus den Jet gestartet und auf seine Flughöhe gebracht hatte, wurde er im Cockpit mit Kroketten und Fanta versorgt, bevor sich die übrige Truppe im Passagierabteil über die köstlichen Tapas hermachte.

Der Flug verging wie im Nu, und bald nahmen sie wahr, wie Markus sachte die Flugrichtung änderte, um die Insel von Süden her anzufliegen. Die Landung war gewohnt sanft, und innerhalb weniger Minuten waren sie bei den Autos. Sie verteilten sich in Gustavsens Kia und den Volvo, den Wim am Freitag abgestellt hatte, und fuhren Richtung Nazaret. Dort eingetroffen, wurde Sabitzer von Elena herzlich umarmt, und auch die beiden Schwestern begrüßte Gustavsens Haushälterin freundlich. Um nicht ständig überlegen zu müssen, was sie vor ihren Gästen sagen durften und was nicht, und um diese außerdem möglichst nicht zu gefährden – schließlich mussten sie weiterhin damit rechnen, beobachtet zu werden –, richteten sie sich diesmal gar nicht erst häuslich ein, sondern nahmen ihr Gepäck mit zu Wims Anwesen, wo sie auch übernachten würden. Sie verabschiedeten sich von den drei Frauen und kletterten wieder in die Autos. Sabitzer sah erst jetzt, dass die Hofeinfahrt über ein massives Stahltor verfügte, das nach ihrer Ausfahrt unhörbar aus der seitlichen Ummauerung herausfuhr. Außerdem hatte sie mittlerweile erfahren, dass Elena ausgebildete Personenschützerin war und ihre Gäste sicher behüten würde.

In *UGA* erfolgte eine ebenso herzliche Begrüßung durch Lina und Benito, die ihnen dann ihre Quartiere zuwiesen. Auch hier gab es eine nette Poollandschaft unter Palmen, und Sabitzer beschloss spontan, vor dem Abendessen noch eine Runde zu schwimmen.

Nach dem Essen – heute kam Sabitzer in den Genuss ihrer ersten Paella und war begeistert – berichtete das einheimische Ehepaar, was es herausgefunden hatte.

»Es ist tatsächlich so«, begann Lina, »dass am Donnerstagabend nach Einbruch der Dunkelheit ein Lkw in Guatiza aufgetaucht ist. Am nördlichen Ende des Ortes gibt es ein paar Hügel, die aus Lavablasen gebildet worden sind. Einige dieser Blasen wurden früher als Vorratskeller genutzt, heute steht meistens nur noch irgendwelches Gerümpel darin. Dort hat der Laster gehalten, und dann haben sie wohl fast zwei Stunden lang abgeladen. Eine Freundin von uns wohnt dort, und deren Mutter hat das Ganze beobachtet. Sie wusste allerdings nicht genau, in welchen Keller die Sachen geschleppt worden sind. Also haben wir heute ein wenig nachgeforscht und in dem Bereich, den uns die Mama von Alba, das ist unsere Freundin, beschrieben hatte, per Ausschlussverfahren die Blase ermittelt, die es sein muss. Dann sind wir unauffällig in der Nähe vorbeispaziert, haben aber niemanden angetroffen. Alba und ihre Mutter haben außerdem die ganze Zeit ebenfalls Wache gehalten und keine Menschenseele dort gesehen. Wir haben ihnen gesagt, sie sollen sich sofort melden, wenn sich etwas tut, aber bisher nichts weiter gehört.«

»Gute Arbeit, ihr beiden«, lobte Gustavsen das Ehepaar. »Das hilft uns ungemein weiter. Und ich denke, wir werden folgendermaßen vorgehen: Einige von uns gehen noch heute Nacht zu dieser *Kellerblase* ...«, er grinste kurz, »... und verschaffen sich Zutritt. Die anderen verteilen sich unauffällig in einiger Entfernung im Gelände. Ich gehe nämlich davon aus, dass man uns dabei genauso beobachten wird, wie auch die beobachtet worden sind. Dann werden wir die Überwacher ausfindig machen und ihnen folgen. Sie werden uns zu ihrem Quartier führen, und dort setzen wir sie dann fest.«

»Eine Frage hätte ich dazu, Sven«, sagte Sabitzer nach kurzer Überlegung. »Wenn wir dort beobachtet werden und Ernesto im Schelderwald sitzt, ist doch die Wahrscheinlichkeit hoch, dass man ihn per Telefon informiert und sich Instruktionen geben lässt. Was ist denn, wenn er seinen Leuten dann befiehlt, abzuhauen oder sogar anzugreifen?«

»Gut mitgedacht, Sandra«, sagte Gustavsen anerkennend, »und damit kommen wir zu Teil zwei des Plans: Zur exakt gleichen Zeit wie wir hier werden unsere Freunde in Deutschland loslegen und sich Maximilian Hohmann schnappen und bei der Gelegenheit sowohl das Telefonnetz kappen als auch einen so starken Störsender anbringen, dass in der ganzen Gegend um deren Unterschlupf herum kein Byte an Daten mehr hinein oder hinaus geht. Somit können sich die beiden Gruppen nicht abstimmen. Und im Fall der Banditen hier wird das bedeuten, dass die nicht wissen, was sie tun sollen. Das ist nämlich, wie ich annehme, nur das Fußvolk, das nicht in der Lage ist, eigene Entscheidungen zu treffen. Ergo werden sie sich einigeln, und dort schnappen wir sie.«

»Klingt nach einem Plan«, sagte die Kommissarin überzeugt.

»Wim, denk bitte außerdem daran, bei Jo eine weitere Drohne zu ordern. So eine Situation wird zwar nicht alle Tage vorkommen, aber heute Nacht hätten wir ein zweites Gerät gut gebrauchen können.«

»Ich werde mich drum kümmern, Sven«, versprach der Holländer.

33

Im Nanzenbacher Blockhaus rüsteten drei Männer und eine Frau zum Aufbruch. Wolfram, Jürgen und Peter würden Anja mitnehmen, weil ihr Plan in letzter Minute eine Änderung erfahren hatte. Ihr Objekt der Begierde, Maximilian Hohmann, war nämlich, wie die Drohne aufgezeichnet hatte, mit dem Auto zu Ernestos Quartier am Herrnberg gefahren. *Ganz schön faul, der Kerl,* dachte Wolfram, *die paar hundert Meter hätte er auch laufen können. Andererseits macht er uns dadurch den Job leichter, denn irgendwann muss er ja wieder nach Hause.*

Sabrina würde zurückbleiben und das Team mittels der Drohnenbilder über Hohmanns weitere Aktivitäten auf dem Laufenden halten. Es war Mitternacht, als sie mit zwei Autos losfuhren, einem alten, verbeulten Opel Astra sowie einem VW Sharan mit Schiebetüren. An beiden Fahrzeugen hatten sie die Nummernschilder ausgetauscht. Alle trugen dunkle Kleidung und schwarze Mützen, die man zu Sturmhauben ausrollen konnte.

Anja und Wolfram fuhren mit dem Astra am Bahnhof Herrnberg vorbei und stellten das Fahrzeug rückwärts in der Einfahrt zu einem Waldweg ab. So wahrten sie genug Abstand sowohl zu dem Gebäude, indem sich Maximilian Hohmann derzeit befand, als auch zum Nikolausstollen.

Peter war bereits einige hundert Meter vorher rückwärts in einen Waldweg eingebogen und stellte das Fahrzeug ebenfalls rückwärts ab. Jürgen sprang sofort hinaus und lief mit einem Rucksack in den Wald. Von oben her näherte er sich dem Anwesen, in dem sie Ernesto und den Rest seiner Handlanger vermuteten. Er holte den starken, mit Tarnfarben bemalten Störsender aus dem Rucksack, klemmte ihn in eine Astgabel und zurrte ihn mit Kabelbindern fest. Dann huschte er zurück zum Auto.

Gegen ein Uhr meldete sich Sabrina über die in den Autos installierten CB-Funkgeräte. »Es geht los. Sieht so aus, als käme er raus. Und er ist allein.«

Das war eine wertvolle Information; wäre Hohmann in Begleitung gewesen oder ein anderer aus der Bande zur selben Zeit weggefahren, hätten sie wieder zum ursprünglichen Plan zurückkehren müssen.

»Die Luft ist rein«, redete Sabrina nüchtern weiter, »laut Drohne ist weit und breit kein anderes Auto in Sicht. Hohmann steigt jetzt ins Auto. Los, Anja.«

Die Angesprochene startete den Wagen und fuhr auf die Straße. Nach wenigen Metern hielt sie seitlich an und schaltete den Warnblinker an. Sie und Wolfram sprangen aus dem Auto. Während Anja sich an der Vorderseite neben den Astra stellte, öffnete Wolfram blitzschnell den Kofferraum und holte ein unförmiges, graubraunes Etwas heraus. Dieses platzierte er direkt vor den Vorderreifen des Opel, sodass es teilweise in die Fahrbahn ragte und von hinten zu erkennen sein würde. Dann duckte er sich vor das rechte Vorderrad, zog sich die Haube übers Gesicht und machte seine Glock bereit.

Im nächsten Moment kam ein Auto langsam um die Kurve am Bahnhof. Als sein Scheinwerferkegel Anja erfasste, die mit tief in die Stirn gezogener Mütze und Schal scheinbar panisch winkte, und der Fahrer das vor dem Auto liegende Bündel sah, hielt er hinter dem Astra an und stieg aus.

»Ist etwas passiert?«, rief er.

Anja hatte sich mittlerweile ebenfalls die Haube vors Gesicht gezogen, über das vermeintlich überfahrene Tier gebeugt und fing nun an, panische Laute von sich zu geben. Maximilian Hohmann kam noch näher und merkte nicht, dass hinter ihm lautlos ein Auto ohne Licht heranrollte. Anja schrie weiter unartikuliert vor sich hin, und Hohmann entging, dass die Schiebetür des Sharan sich leise öffnete und eine dunkel gekleidete, maskierte Gestalt heraussprang. Im gleichen Augenblick, als er von hinten gepackt wurde, tauchte Wolfram aus seinem Versteck auf – die Waffe hatte er bereits wieder weggesteckt, weil er erkannt hatte, dass ihnen von Hohmann keine Gefahr drohte – und packte diesen nun auch von vorne. Gemeinsam stießen sie den verblüfften Mann in den Sharan, und noch bevor sie die Schiebetür schließen konnten, gab Peter bereits Gas. Jürgen, der hinten im VW mitgefahren war und Hohmann überwältigt hatte, blieb draußen und rannte zu dessen Auto, einem ungepflegten Golf IV, kletterte hinein und fuhr los. Dabei aktivierte er über sein Smartphone den im Wald angebrachten Störsender. Nun würden keinerlei Funksignale mehr hinein- oder hinausgehen, und nachdem Gustaven bereits vorher über die offiziellen Kanäle das stationäre Telefonnetz hatte abschalten lassen, hatte die Gruppe auf Lanzarote nun freie Bahn.

Gleichzeitig packte Anja das dunkle Bündel vor ihrem Auto, sprang in den Astra und fuhr los. Die ganze Aktion hatte nur wenige Sekunden gedauert. Sabrina beobachtete die Umgebung weiterhin über die Drohne und gab bald Entwarnung; offenbar hatte weder beim Herrnberg noch im Nikolausstollen irgendjemand etwas mitbekommen.

»Die Luft ist rein« krächzte es einen Kilometer weiter, als wieder Funksignale übertragen wurden, aus den Lautsprechern. »Gut gemacht, Jungs und Mädels. Ihr könnt über Niederscheld und Eibach fahren, das ist unauffälliger als durch den Wald oder über den Ölsberg.«

34

Sabitzer und Gustavsen schwitzten in den schwarzen Anzügen, unter denen sie zusätzlich ihre Schutzwesten trugen. Sie näherten sich parallel zum Berghang langsam dem Bereich, den man ihnen als wahrscheinlichen Aufenthaltsort des Diebesguts aus der Kunstgalerie in Solms beschrieben hatte.

»Wie sieht es aus?«, raunte der Kommissar in sein Headset.

»Alles ruhig«, hörte man Markus' Stimme.

»Keine Bewegung erkennbar«, bestätigte Osvaldo.

Die beiden hatten sich jeweils am westlichen und östlichen Ende von Guatiza postiert. Wim war mit Benito im Haus der Eltern von Linas Freundin, das glücklicherweise etwas weiter ins Feld hineingebaut war als die anderen am Rand des Ortes. Dadurch konnten sie die vollständige nördliche Seite des Ortes gut überblicken.

»Nichts zu sehen«, meldete auch er.

Die beiden deutschen Polizisten hatten nun die Lavakeller erreicht. Beim dritten blieben sie stehen und schauten sich um. Weiterhin war niemand zu sehen oder zu hören. Sie schoben sich an die Tür der als Vorratsraum genutzten Lavablase.

»Ein Vorhängeschloss. Zwar massiv, aber auch primitiv«, sagte Gustavsen. »Das habe ich erwartet. Es wäre viel auffälliger gewesen, in dieser Umgebung irgendeine hypermoderne Schließvorrichtung zu installieren. Gib mir mal den Bolzenschneider.«

Sabitzer holte das gewünschte Gerät aus dem Rucksack und reichte es ihrem Chef. Dieser atmete kurz durch, setzte an und drückte mit aller Kraft zu. Mit einem leisen Klacken sprang ein Bügel des Schlosses aus der Halterung, und die Tür war offen. Sie ließen sich jedoch Zeit, in den Keller hineinzugehen, und achteten auf eventuelle Sprengfallen oder Ähnliches. Offenbar rechnete man aber nicht mit fremden Eindringlingen, der Raum schien ungeschützt zu sein. Trotzdem drangen sie zunächst nicht weiter ein. Sie schlossen die Tür hinter sich, und Gustavsen drückte zweimal die Sendetaste seines Funkgeräts, bevor er ganz kurz die Taschenlampe einschaltete.

»Alles in Ordnung«, hörte man gleich darauf Markus' Stimme, »es fällt kein Lichtstrahl nach außen.«

Nun schalteten beide ihre starken Lampen an und schauten sich um. *Das ist also eine Lavablase,* dachte Sabitzer, *sieht irgendwie cool aus. So hätte ich mir den Mond von innen vorgestellt.*

Als sie sahen, was hier gelagert war, schauten sie sich kurz an und nickten sich zu. Ohne ein weiteres Wort drückte Gustavsen dreimal die Sendetaste.

Sie gingen wieder nach draußen. Sabitzer holte zwei Blendgranaten aus dem Rucksack und reichte sie ihrem Vorgesetzten. Dieser stellte die integrierte Zeitschaltuhr ein und legte sie vor die nur angelehnte Kellertür auf den Boden.

»Das wird die Füchse aus dem Bau jagen, denke ich«, grinste Gustavsen, und die beiden machten sich auf den Rückweg. Wieder gingen sie am Berghang entlang, bevor sie sich nach links Richtung Hauptstraße wandten. Nach weniger als zwanzig Minuten hatten sie ungesehen das Haus erreicht, in dem Wim und Benito warteten.

»Alles ruhig?«, fragte Gustavsen.

»Alles ruhig«, bestätigte Wim. »Und ihr habt die Sachen gefunden, wie ich höre.«

»Ja, das ist mit einiger Sicherheit die Beute aus der Kunstgalerie. Natürlich haben wir jetzt keine Gemälde auf Echtheit geprüft, aber Dutzende Bilderkisten und mehrere Kartons, wo sich vermutlich der geklaute Schmuck drin befindet, sprechen wohl eine deutliche Sprache. Aber«, kratzte er sich am Kopf, »vergammeln diese Dinge nicht irgendwann, wenn man sie einfach in einen Keller stellt?«

»Würden sie schon«, meldete sich Sabitzer, »aber die sind mit Sicherheit entsprechend geschützt. Unter den Holzrahmen für die

Bilder habe ich irgendwelche Kunststofffetzen gesehen. Die werden schon so schlau gewesen sein, das Zeug vernünftig zu verpacken.«

»Ich Kunstbanause würde es vermutlich nicht mal bemerken, wenn die Bilder total verrottet wären und völlig anders aussähen als vorher«, grinste der Kommissar.

»Ja, du warst ja auch der Meinung, *Die Nachtwache* sei von Gustav Mahler«, lachte Wim.

»Mahler? Der Komponist?«, fragte Sabitzer und musste laut lachen. »Den hast du zum *Maler* gemacht? Klasse. Dann ist es wohl besser, wenn wir dich die Bilder nicht auspacken lassen. Am Ende wirfst du noch ein Original weg, weil du es für den Wetterschutz hältst.«

»Damit wäre definitiv zu rechnen«, grinste Gustavsen. Dann sprach er in sein Headset.

»Markus, Osvaldo, wir sind zurück im Haus von Albas Mutter. Das Diebesgut aus Solms ist im Keller. Ist bei euch weiterhin alles ruhig?«

»Ruhig.«

»Ruhig.«

»Okay, dann lassen wir jetzt die Blendgranaten hochgehen und schauen, wer sich blicken lässt. Denkt dran, dass wir irgendwie auseinanderhalten müssen, ob es neugierige Dorfbewohner sind oder unsere Galgenvögel. Die Gangster werden wir vermutlich in erster Linie daran erkennen, dass sie, wenn sie die Bescherung sehen, hektisch zu telefonieren versuchen. Apropos telefonieren, wie sieht es in der Schelde aus?«, blickte er nun Wim fragend an.

»Alles läuft wie geplant. Die anderen haben ihr Vögelchen gefangen und den Funkverkehr lahmgelegt«, gab Wim die Nachricht weiter, die er erhalten hatte, als sie gerade ihre Stellung bezogen.

»Gut«, sagte Gustavsen, »damit müssen wir uns nur auf Besucher der Lavablasenkolonie konzentrieren, die verzweifelt versuchen, irgendjemanden anzurufen.« Er schaute auf die Uhr seines Smartphones.

»Noch zwei Minuten. Position beziehen.«

»Verstanden«, antwortete Osvaldo.

»Roger«, bestätigte Markus.

Nach Ablauf des Countdowns detonierten die Blendgranaten mit einem weithin hörbaren, scharfen Knall und tauchten die Umgebung der Lavakeller in grelles Licht. Da es hier nicht darum ging, Menschen unmittelbar orientierungslos zu machen, hatten sie eine etwas abgeänderte Variante – selbstredend wiederum aus israelischer Produktion – verwendet, die nun bis zu zehn Minuten leuchten würde. *Sicher hätte es elegantere Möglichkeiten gegeben,* dachte Gustavsen, *aber ihren Zweck werden die Dinger schon erfüllen.*

Nun mussten sie nur noch warten, ob sich jemand dem Bereich nähern und dann in hektische Betriebsamkeit verfallen würde. In den ersten Minuten geschah – nichts. *Sieh an,* sagte sich Sabitzer, *ich wette, hier gibt es einen genauso gut funktionierenden Flurfunk wie in Deutschland, und die Dorfbewohner haben mittlerweile längst von dem Lkw gehört, der hier seine Fracht abgeladen hat. Und wissen alle Bescheid, wer hinter dieser Aktion steckt. Deshalb kommt kein Mensch raus. Es geht nicht einmal ein Licht an; mit Sicherheit stehen sie alle im dunklen Fenster und warten darauf, dass etwas passiert.*

Es dauerte beinahe zehn Minuten, bis vom östlichen Ende Motorengeräusch zu hören war.

»Bandidos. Zwei auf Motorrad«, krächzte es aus Gustavsens Headset. Gleich darauf sah man das flackernde Licht eines einzelnen Scheinwerfers, kurz darauf ein hoch bauendes, schmales und mit zwei Personen besetztes Geländemotorrad, das sich über den holprigen, unbefestigten Weg den Kellern näherte. Als es den immer noch hell beleuchteten Bereich erreicht hatte, sprangen beide aus dem Sattel, ließen das Motorrad einfach fallen und rannten zu dem

Keller mit dem Diebesgut. Sie rüttelten an der Tür, die sofort nachgab, und liefen in den Keller. Einer war immerhin so geistesgegenwärtig, eine der noch glimmenden Blendgranaten mit dem Fuß ins Kellerinnere zu befördern, um es zu erleuchten. Damit ermöglichten sie jedoch gleichzeitig ihren Beschattern, alles, was jetzt folgte, durch ihre Ferngläser zu verfolgen.

Der Plan geht perfekt auf, dachte Sabitzer, *die reagieren exakt so, wie es Sven vorausgesehen hat.*

Einer der beiden holte fahrig sein Handy aus der Tasche und tippte auf dem Display herum. Er wartete eine Zeitlang, dann rannte er nach draußen, um erneut zu wählen. Als augenscheinlich erneut keine Verbindung zustande kam, rief er seinem Kumpan etwas zu, worauf dieser das gleiche Ritual vollführte. Schließlich standen sie in erkennbarer Ratlosigkeit vor dem Keller, diskutierten und gestikulierten. Es erschien offensichtlich, dass sie von der Situation überfordert waren. Erst hatte jemand den Keller aufgebrochen, aber nichts entwendet, und nun konnten sie ihren Chef nicht erreichen, der ihnen das Ganze vielleicht erklären und ihnen Anweisungen hätte geben können.

Nachdem sie einige Zeit palavert hatten, hoben sie schließlich das Motorrad wieder auf und nahmen Kurs auf die östliche Ortsgrenze. In weiser Voraussicht hatten sich Markus und Osvaldo mit kleinen Elektrorollern ausgerüstet; so konnten sie den vermeintlichen Verbrechern unerkannt folgen. Markus war bereits losgefahren, als die beiden Kerle noch verzweifelt versucht hatten, eine Verbindung zu bekommen, und hatte sich mit dem Roller in einer Seitenstraße in der Dorfmitte platziert. Damit wären sie auch vorbereitet gewesen, hätten sich die Gangster wider Erwarten nach Westen gewandt, anstatt dahin zurückzukehren, wo sie hergekommen waren.

Dies geschah jedoch nicht, die Enduro fuhr in die exakt gleiche Richtung, aus der sie gekommen war. Dabei ließen die beiden Kerle jegliche Vorsicht vermissen, sodass Osvaldo und Markus keine Schwierigkeiten hatten, ihnen unbemerkt zu folgen.

»Du hattest Recht, Sven«, tönte es aus Gustavsens Kopfhörer, »das sind allenfalls Hobbygangster. Die sind ohne ihren Boss völlig hilflos.«

Ein paar Minuten später meldeten sich die Verfolger erneut und informierten den Kommissar, dass die beiden Gangmitglieder offenbar ihren Bestimmungsort erreicht hatten. Sie gaben die Position durch, und die drei Männer und die junge Polizistin machten sich auf den Weg.

Als sie in einer unbeleuchteten Seitenstraße neben der Bushaltestelle kurz vor dem Ortsausgang ankamen, winkte ihnen Osvaldo zu, der mit seinem Roller in einer Hofeinfahrt wartete. Sie stiegen aus und ließen sich von dem Priester das Haus zeigen, in dem die beiden unvorsichtigen Kriminellen verschwunden waren.

Gleich darauf tauchte unvermittelt Markus aus dem benachbarten Garten auf und zog sich seine Nachtsichtbrille vom Kopf.

»Die Wärmesignatur hat vier Leute identifiziert«, meldete er, »und ich hatte die Möglichkeit, durch ein Fenster zu schauen. Sie sind alle unten im Wohnraum. Das wird ein Kinderspiel, die sind total unvorsichtig. Ich denke, damit wir nicht das ganze Dorf aufwecken, sollten wir einfach durch zwei Fenster reingehen. Die sind aus Einfachglas.« Er schüttelte den Kopf über die Arglosigkeit dieser Schmalspurgangster. »Es will mir nicht in den Kopf, dass das Ernestos Leute sein sollen. Ich kann mir das nur so erklären, dass sich die ganze Truppe in Panik und Auflösung befindet.«

»Was solls«, sagte Gustavsen leichthin, »wir nehmen das Geschenk dankend an. Und strenggenommen geht es uns ja nicht in erster Linie um die Beute, sondern darum, Beweise für den Überfall und die Morde zu sammeln. Ansonsten wäre mir der Plunder im Keller völlig egal.«

Wim und Benito blieben beim Auto, die vier anderen pirschten sich an das im Erdgeschoss erleuchtete Haus. Dann wurde es ihnen noch etwas leichter gemacht, denn in dem Moment, als sie ihre Positionen bezogen, öffnete sich die Tür, zwei Männer kamen heraus und tippten auf ihren Handys herum.

Für den Störsender müsste man unsere Jungs in Deutschland knuddeln, dachte Sabitzer und musste sich beinahe gewaltsam das Grinsen verbeißen und sich stattdessen in Erinnerung rufen, dass dies genaugenommen ein gefährlicher Einsatz war.

Im nächsten Moment war Gustavsen nicht mehr an ihrer Seite, und auch Osvaldo stand mit einem Mal allein an seinem Fenster. Plötzlich tauchten blitzartig zwei dunkle Schatten hinter den beiden Kerlen auf, die weiterhin auf die Displays ihrer Smartphones schauten und offenbar nichts anderes wahrnahmen. Zwei Arme schlangen sich um zwei Hälse, zwei menschliche Knäuel gingen zu Boden, und in der nächsten Sekunde gab es zwei dumpfe Geräusche. *Ausgeknockt,* dachte Sabitzer, *jeweils ein trockener Schlag gegen die Schläfe und Licht aus.*

Die beiden Überwältigten wurden schnell geknebelt und mit Kabelbindern gefesselt.

Nun konnte auch der Plan wieder geändert werden, denn jetzt konnten sie einfach durch die Haustür marschieren. Die beiden Männer im Innern des Hauses würden erst Verdacht schöpfen, wenn sie in zwei Pistolenmündungen schauten. Nun nahm Markus auf eine knappe Kopfbewegung Gustavsens seinen Platz am gegenüberliegenden Fenster ein, während Osvaldo an seinem verharrte. Gustavsen schaute seine Assistentin fragend an; diese nickte entschlossen und marschierte los. Als der Priester den Daumen hochreckte, machten sie geräuschvoll die Tür auf und

Gustavsen murmelte irgendetwas auf Spanisch vor sich hin. Sie gingen wie selbstverständlich durch die Diele und öffneten mit schussbereiter Waffe die Tür zum Wohnzimmer. Ein Mann lag auf dem Sofa und schaute fern, ein zweiter saß in einem tiefen Sessel und daddelte auf seinem Handy herum. Ohne aufzusehen, fragte er auf Spanisch:

»Habt ihr Juan José erreicht?«

Jetzt musste die junge Polizistin wirklich lachen. *Mein erster richtiger Außeneinsatz, die erste Black Op sozusagen, und dann so etwas. Da lebt ja jede Kita-Mitarbeiterin gefährlicher.*

Erst als er keine Antwort auf seine Frage erhielt, hob der Mann auf dem Sessel seinen Blick – und schaute direkt in den Lauf von Gustavsens Glock.

»Komm gar nicht erst auf die Idee«, sagte der Kommissar gemütlich, als er sah, wie der Mann verstohlen zu seiner Pistole lugte, die auf dem Wohnzimmertisch lag.

»Hände über den Kopf, sofort!«, fügte er mit schneidender Stimme hinzu. Mittlerweile hatte auch der Kerl auf dem Sofa festgestellt, dass irgendetwas nicht stimmte. Als er jedoch endlich den Blick von seiner Telenovela abwandte, schaute auch er in einen Pistolenlauf. Sabitzer hatte sich vor ihm aufgebaut und gab ihm mit Handbewegungen zu verstehen, ebenfalls die Hände auf den Kopf zu legen. Einen Augenblick später waren beide gefesselt.

»Gesichert!«, sagte Gustavsen knapp ins Mikrofon seines Headsets, nachdem sie schnell die übrigen Zimmer des Hauses überprüft hatten.

»Verstanden!« kam die genauso knappe Antwort von Wim.

Kurze Zeit später hielt Gustavsens Kia vor der Tür. Wim und Benito stiegen aus und kamen durch den Vorgarten zum Haus. Mittlerweile hatten Markus und Osvaldo die beiden draußen ausgeschalteten Kerle ins Haus geschleift und dort an die Möbel gefesselt.

»Ich habe Andres angerufen. Er wird gleich hier sein«, berichtete Wim.

»Das ist gut«, lobte Gustavsen. »Soll sich die hiesige Polizei mit diesen Amateuren befassen. Uns werden die nicht viel nützen, so wie ich das hier einschätze.«

»Das sehe ich auch so« stimmte Wim zu. »Und für den unwahrscheinlichen Fall, dass hier noch ein paar andere Gangster aus Ernestos Truppe auftauchen, haben wir auch vorgesorgt. Benito hat bereits einen Lkw besorgt, der sich in der Nähe des Kaktusgartens bereitgehalten hat und jetzt auf dem Weg zum Keller ist, um die Sachen rauszuholen. Andres wird Polizisten zum Schutz abstellen. Morgen werden wir dann ein weiteres Flugzeug chartern, das die Klamotten nach Deutschland fliegt. Dort werden wir sie bei der Spedition Trippler in Manderbach zwischenlagern. Denn bevor wir sie dem rechtmäßigen Besitzer oder …«, er seufzte, »… vielleicht dessen Urenkel zurückgeben, sollten wir sie noch eingehend untersuchen. Vielleicht finden wir ja doch irgendwelche Indizien, die uns helfen, Ernesto endgültig festzunageln.«

»Das ist spitze, Wim«, sagte Gustavsen anerkennend. »Dann können wir losfahren, sobald Andres auftaucht. Denn wenn die Kavallerie anrückt, sind wir besser verschwunden, sonst hat der arme Kerl wieder so viel Papierkram.«

Im nächsten Augenblick hörten sie Motorengeräusche, und gleich darauf bog ein dunkelgrauer Cupra Ateca röhrend um die Ecke. Ein schlanker, mittelgroßer Mann mit schwarzen Haaren und Schnurrbart sprang federnd heraus, gekleidet in Bluejeans, weißem Polohemd und Sneakers.

»Hola Comisario, qué tal?«, rief er mit einem breiten Grinsen, »wie geht es dir, mein alter Freund?«

»Hola Andres, alter Schnüffler«, entgegnete Gustavsen lachend und nahm den sympathischen, aber wachsam wirkenden Mann in den Arm.

»Das ist meine Kollegin Sandra«, stellte er seine junge Begleitung vor.

»Hola Comisaria Sandra«, strahlte der Mann und nahm nun auch Sabitzer in den Arm.

»Buenas noches«, sagte diese und lächelte.

»Wie ich höre, versucht ihr wieder, die Polizei von Lanzarote arbeitslos zu machen?«, lachte Andres auf dem Weg ins Haus.

»Wir leben Europa, Andres, und ermitteln überall, wo sich die Achse des Bösen ausbreitet«, grinste Gustavsen.

»Schön, dass du nicht sagst, Lanzarote sei eine Schurkeninsel«, zeigte der Zivilpolizist schmunzelnd, dass er sehr genau wusste, woher Gustavsen seinen Spruch hatte.

Andres ging ins Wohnzimmer und warf einen kurzen Blick auf die verschnürten Pakete.

»Ihr habt ihnen ja gar nicht wehgetan. Seid ihr milde geworden?«, fragte er grinsend.

»Du weißt doch, Andres, ich bin immer ein Pazifist gewesen«, sagte Gustavsen pathetisch.

»Ja, und zwar einer, der auch immer bereit war, den Frieden durch einen gezielten Faustschlag herbeizuführen«, sagte Markus trocken.

»Am besten verschwindet ihr jetzt. In ein paar Minuten werden meine Leute hier sein, und wenn ich eure Anwesenheit erklären muss, schreibe ich die ganze nächste Woche Berichte«, sagte Andres.

Hab ich es dir nicht gesagt? formte Gustavsen mit den Lippen in Richtung Sabitzer und grinste.

Sie verabschiedeten sich von dem einheimischen Polizeibeamten und kletterten zu viert in den Kia. Osvaldo und Markus würden ihre Roller im nächsten Ort bei einem Freund des Priesters, der während

Osvaldos Abwesenheit auch dessen Vertretung in der Kirche übernahm, abstellen und in Wims Volvo, den sie dort zurückgelassen hatten, weiter nach *UGA* fahren.

In Wims Anwesen angekommen, verteilten sie sich sofort in ihre Zimmer, um vor dem Rückflug, der am frühen Morgen, also bereits in wenigen Stunden, starten sollte, noch etwas Schlaf zu bekommen.

35

Um sieben Uhr klingelte der Wecker des Smartphones, und Sabitzer fühlte sich, als sei sie erst vor ein paar Minuten eingeschlafen. *War ja auch so,* dachte sie, *wir sind ja erst mitten in der Nacht zurückgekommen.*

Für ein Frühschwimmen würde heute keine Zeit sein, also sprang sie schnell unter die Dusche und zog sich an.

Auch das gemeinsame Frühstück fiel aus; sie würden im Flieger eine Kleinigkeit essen.

Alle bis auf Markus, der bereits vorausgefahren war, um am Flughafen die Formalitäten zu erledigen, verabschiedeten sich von Benito und Lina und sprangen in Gustavsens Elektrofahrzeug.

Am Flughafen lief alles wie schon gewohnt schnell und problemlos ab, und wenige Minuten nach ihrer Ankunft befanden sie sich bereits in der Luft.

Diesmal kümmerte sich Osvaldo um das Frühstück, und bereits nach kurzer Zeit zog der Duft von aromatischem Kaffee und köstlichen Croissants durch die Kabine. Sie bauten die hintere Sitzgruppe des Flugzeugs zu einem Esszimmer um, indem sie alle möglichen Elemente aus- und umklappten.

Während des Frühstücks rekapitulierten sie noch einmal die Geschehnisse der letzten Nacht. Die Manöverkritik fiel moderat aus, denn alle hatten ihre Aufgaben ziemlich präzise erledigt, wobei sie sich bewusst waren, dass die Arglosigkeit ihrer unbedarften Gegner ihnen enorm geholfen hatte. Sabitzer erhielt ein Extralob für ihre erste Gefangennahme, das sie unter Verweis auf das amateurhafte Verhalten ihrer Widersacher bescheiden zurückwies.

Auf dem Siegerland-Flughafen ließen sie Markus wieder zurück und bestiegen Gustavsens Ford.

Nach einer halben Stunde erreichten sie das Ferienhaus, das zum deutschen Quartier der *UGA-Connection* umfunktioniert worden war.

Sie wurden freudig begrüßt und begaben sich zuerst einmal in das große Wohn-Ess-Zimmer, um sich gegenseitig über den Verlauf der letzten vierundzwanzig Stunden zu informieren.

Besonders angetan war Sabitzer von dem aufblasbaren Wildschwein, das Wolfram und Anja vor das Auto geworfen hatten, um einen Unfall zu simulieren, und das nun wie ein Haushund neben der großen Sofalandschaft lag.

»Gibt es so etwas echt? Und kauft man das da, wo man auch Teddys bekommt?«, fragte sie lachend.

»Ich weiß gar nicht mehr, wo wir das eigentlich her haben«, überlegte Wolfram. »Vielleicht ein Überbleibsel des Jagdpächters, dem das Haus früher gehörte? Eventuell benutzen Jäger das, um lebende Wildschweine anzulocken oder so. Ich habe keine Ahnung. Aber ich kann dir sagen, es funktioniert; in der Dunkelheit sieht es vor einem Auto mit eingeschaltetem Warnblinker absolut echt aus. Und Maximilian ist definitiv drauf reingefallen. Und auf Anjas Panik natürlich auch«, grinste er mit einem Blick auf seine Partnerin.

Natürlich musste auch Sabitzer ausführlich von ihrem ersten *Black-Op*-Einsatz berichten. Ihre Zuhörer lachten schallend, als sie beschrieb, wie locker sie in das Wohnzimmer der Gangster marschiert waren und diese einkassiert hatten.

***

»Okay«, sagte Gustavsen schließlich, »weiter im Text. Ich nehme an, unser Freund Maximilian Hohmann wartet unten im Keller darauf, uns alles zu erzählen?«

»Ja, und nicht nur er«, grinste Peter.

»Was heißt das?«, merkte der Kommissar auf. »Ist da noch wer?«

»Erinnerst du dich an den Namen Pichler?«, antwortete Jürgen mit einer Gegenfrage.

»War das nicht der Name, den Alejandro mit *Fahrer* gekennzeichnet hatte?«, fragte Sabitzer.

»Genau der«, bestätigte Wolfram. »Peter ist gestern – wir hatten ja nichts weiter zu tun, als das Wildschwein aufzublasen – ein wenig in den Datenbanken der Einwohner-Meldeämter spazieren gegangen. Und es gab tatsächlich in der ganzen Umgebung nur einen Eintrag. Glücklicherweise ist der Name Pichler in der Region ziemlich selten. Er ist in der Gemeinde Siegbach gemeldet, und zwar wohnt er in einem der Forsthäuser zwischen Tringenstein, Wallenfels und Eisemroth. Also schön außerhalb. Irgendwie zieht es offenbar alle aus Ernestos Räuberbande in die Wälder und weg von der Zivilisation. Die werden schon wissen, warum«, grinste der kahlköpfige Nanzenbacher.

»So ist es«, fuhr Peter fort. »Also haben wir gestern Nachmittag ein wenig das Haus observiert und festgestellt, dass der Mann offensichtlich allein lebt. Deshalb sind heute in aller Frühe zwei Mitarbeiter von E.ON Mitte zum Forsthaus gefahren, um eine Störung bei der Stromversorgung zu beheben. Tja, und nun hat Herr Pichler zwar wieder Strom zuhause, leistet aber jetzt dem verehrten Herrn Hohmann Gesellschaft. Allerdings wohlgemerkt nicht im gleichen Raum, wir haben sie getrennt voneinander untergebracht – aber dafür gesorgt, dass die beiden sich kurz gesehen haben«, schloss Peter grinsend und zog an seiner Winslow.

»Da lässt man die Kerle einmal allein, und schon lösen sie den ganzen Fall im Alleingang«, stöhnte Gustavsen resigniert, grinste dabei aber breit. »Klasse gemacht, Jungs, das war ein Super-Coup. Das heißt, wir werden sie jetzt getrennt verhören und ein paar Andeutungen fallen lassen, was der jeweils andere schon verraten hat.«

»So hatten wir es uns vorgestellt«, bestätigte Wolfram.

»Wie konntet ihr eigentlich sicher sein, dass ihr den Pichler hattet, um den es geht?«, fragte Sabitzer.

»Naja«, grinste Peter, »wir, ähem, die Leute von E.ON haben sich einfach für ihre Verspätung entschuldigt, weil sie gerade von einem Einsatz in einer Kunstgalerie in Solms kamen.«

»Genau«, lachte Jürgen laut, »der Kerl wurde schlagartig braun wie ein Kalkeimer, und schon wussten wir, dass wir richtig lagen.«

»Prima Arbeit, Jungs«, grinste Gustavsen. »Gut, dann lasst uns anfangen. Ich schätze, in zwei Stunden ist der Fall gelöst. Markus ...«, wandte er sich an den Piloten, der zwischenzeitlich ebenfalls eingetroffen war, »... du und Sandra geht mit Wim und mir runter. Und Sandra, bitte verzeih mir, was ich jetzt tun muss.« Gustavsen stand auf.

Was hat er jetzt vor?, fragte sich Sabitzer. *Er wird doch nicht ...*

Sie gingen hinunter in den großen Kellerbereich. In einem Vorratsraum hingen schwarze Sturmhauben, die der Kommissar jetzt verteilte. Bevor er seine Mütze übers Gesicht zog und die Augenschlitze zurechtrückte, erkannte Sabitzer, dass das Gesicht ihres Vorgesetzten jetzt eine kantige, starre Maske war. Ihr wurde eiskalt, denn sie glaubte zu wissen, was jetzt kommen würde.

Gustavsen öffnete die Tür eines weiteren Kellerraums und ging hinein.

»Los, Hohmann, aufstehen, jetzt wird gesungen«, packte er den Entführten, der wie ein Häufchen Elend und schweißgebadet auf einer Bank an der Wand saß, am Arm. Er zog ihn aus seinem Verlies und führte ihn zu einer weiteren Tür. Als er diese geöffnet hatte und sie eintraten, keuchte Sabitzer unwillkürlich auf.

»Nein, Sven, das kannst du nicht machen, bitte sag, dass du das nicht tun wirst.« Sie war jetzt völlig außer sich.

Der Raum, den sie betreten hatten, war vollständig weiß gefliest und wirkte so steril wie die Dillenburger Pathologie. An den Wänden hingen metallene Haken und Schellen, daran alle möglichen glänzenden Werkzeuge. Im hinteren Bereich stand vor der weißen Wand, deren Fliesen mit einer Leinwand abgedeckt waren, ein einzelner Stuhl mit diversen Schellen im oberen und unteren Bereich. Etwa zwei Meter davor befand sich eine große Fernsehkamera auf einem mannshohen Stativ.

Gustavsen bugsierte den Gefangenen zu dem Stuhl und drückte ihn auf die Sitzfläche.

»Hinsetzen und sitzen bleiben!«, sagte er knapp durch den Mundschlitz seiner Sturmhaube, bevor er sich umdrehte und sich an der Kamera zu schaffen machte. Währenddessen nahm Wim eins der scharf und bedrohlich aussehenden Messer in die Hand und prüfte mit einem Finger die Klinge. Hohmann verfolgte jede seiner Bewegungen mit vor Angst weit aufgerissenen Augen.

»Nein, Sven, das kannst du nicht machen, um Himmels willen.« Sabitzer war jetzt übel. »Bitte, Wim, hört auf damit!«

Sie erntete nur einen kalten Blick ihres Vorgesetzten.

»Sven, bei allem, was dir heilig ist, das darfst du nicht tun. Bitte hört auf!«, flehte sie noch einmal.

Ohne sie anzusehen, sagte Gustavsen zu Markus: »Bring sie raus.«

Markus packte die zitternde, widerstrebende junge Frau und zog sie aus dem Raum. Draußen zogen sie sich die Masken vom Gesicht.

»Markus, das kann doch nicht wahr sein, was die da vorhaben«, sagte sie verzweifelt.

»Es ist ganz anders, als du denkst, Sandra«, sagte der Pilot beruhigend. »Mach dir keine Sorgen, du wirst es gleich verstehen.«

»*Das* verstehen? Wie soll denn das gehen?« Sabitzer war nun den Tränen nah. Sie drehte sich brüsk um und floh in den Wellnessbereich. Dort setzte sie sich in einen der Rattanstühle und schaute ins Leere.

Nach einer Weile – sie hatte jegliches Zeitgefühl verloren – ging die Tür auf, und Sabrina, die Pathologin, erschien. Sie kam heran und strich der jungen Polizistin übers Haar.

»Das war wirklich ein bisschen gemein von Sven. Markus hat mir erzählt, was abgelaufen ist«, sagte sie tröstend.

»Ein bisschen gemein? Bist du verrückt geworden? Seid ihr alle verrückt geworden? Wir reden von Folter, und du findest das *ein bisschen gemein?*«, schrie Sabitzer aufgelöst.

Jetzt fing die Pathologin auch noch an zu lachen, hörte aber abrupt auf, als sie sah, dass die junge Frau kurz vor der Hysterie stand.

»Aber Sandra, glaubst du wirklich, Sven und Wim würden jemanden foltern? Traust du denen so etwas zu?«

»Aber das war doch eindeutig. Dieser Raum, die Werkzeuge, die Kamera.«

»Nein, es *schien* eindeutig. Und das war genauso gewollt«, erklärte Sabrina. »Und du warst Teil der Inszenierung. Der Kerl sollte Angst kriegen, damit er alles gesteht. Und dass du so reagiert hast, war geplant. Hätte Sven dir vorher gesagt, was er vorhat, hättest du nicht so authentisch reagieren können. Deshalb hat er dich ein wenig manipuliert. Das ist es, was ich als ein bisschen gemein bezeichnet habe. Aber bitte bedenke, es geht hier um sehr viel. Wir sind nah dran, mehrere Morde und Mordversuche endgültig aufzuklären. Nach mehr als dreißig Jahren. Ich finde, das war es wert. Denk dran, bevor du ihn gleich zusammenschlägst«, grinste sie.

Die ruhigen und mit Bestimmtheit vorgetragenen Worte ihrer neuen Freundin zeigten Wirkung. Sabitzer beruhigte sich langsam und fing an zu verstehen, was sie da gerade erlebt hatte und warum. Sie atmete ein paar Mal tief durch.

»Okay, danke, Sabrina, das habe ich wohl jetzt gebraucht. Ich konnte keinen klaren Gedanken mehr fassen, nachdem ich diesen

Raum gesehen habe. Jetzt kann ich das besser einordnen, und ich erkenne auch die Notwendigkeit.« Sie straffte sich. »Aber Strafe muss sein, und das werde ich ihm heimzahlen, und wenn ich morgen nach Eibach fahre und ihm extra Kümmelbrötchen mit doppelt Salz backen lasse.« Sie konnte jetzt zum ersten Mal wieder lachen und drückte die Hand der Pathologin.

Erneut öffnete sich die Tür, und ein verschwitzt wirkender Kommissar erschien. Seine Sturmhaube hielt er noch in der Hand. Etwas unsicher näherte er sich den beiden Frauen. Bevor er etwas sagen konnte, drückte Sabrina noch einmal fest die Hand der jungen Polizistin und huschte dann hinaus.

»Ja also«, begann Gustavsen zögernd, »ich hatte mich ja vorher schon entschuldigt, aber das muss ich jetzt wohl nochmal tun. Bitte verzeih mir, Sandra, dass ich dir das zugemutet habe. Das ist eigentlich unverzeihlich. Andererseits war es schlicht und ergreifend notwendig, zumindest habe ich es so gesehen. Und spätestens jetzt weißt du, dass die *UGA-Connection* und Problemlöser-AG nicht nur bellen, sondern auch richtig beißen kann und dass es bei unseren Aktivitäten nicht nur theoretisch brutal zugehen kann. Trotzdem, noch einmal sorry dafür. Verzeihst du mir?«

»Ich bin noch nicht ganz sicher«, sagte Sabitzer, »das war schon ein Hammer eben. Und du kannst heilfroh sein, dass Sabrina vor dir da war, sonst würde ich dich jetzt in der Sauna einschließen und die Temperatur hochdrehen«, versuchte sie sich an einem hilflosen Grinsen.

Statt einer Antwort zog Gustavsen seine Assistentin sanft auf die Beine und drückte sie an sich. Seine Lippen näherten sich ihrem Mund, und ganz sachte küsste er sie. Die junge Frau war zu überrascht, sich zu wehren, und erwiderte schließlich den Kuss. Schlagartig fiel die Anspannung von ihr ab, und sie fühlte sich wieder so geborgen, wie sie sich in den letzten Tagen immer wieder gefühlt hatte. Nach einer Weile lösten sie sich voneinander und schauten sich tief in die Augen.

»Wieder gut, Sandra?«, fragte Gustavsen leise.

»Ja, Sven«, flüsterte Sabitzer.

36

Sie versammelten sich im großen Gemeinschaftsraum. Alle Anwesenden schauten gespannt auf die beiden Kommissare. Sabitzer signalisierte allen mit einem Nicken, dass sie in Ordnung war.

»So, Jungs, wo stehen wir jetzt? Was habt ihr aus den beiden Galgenvögeln herausgeholt?«, fragte Wolfram.

»Alles«, grinste Wim, »absolut alles, schätze ich. Die haben gesungen wie die Domspatzen.« Dann wurde er unvermittelt ernst und sah Sabitzer an.

»Tut mir sehr leid, Sandra, dass wir dich ein bisschen benutzt haben, aber es stand viel auf dem Spiel. Bitte verzeih uns das.«

»Vergeben«, sagte die junge Frau knapp.

»Gut. Trotzdem möchte ich, bevor wir in medias res gehen, noch etwas erklären. Ihr erinnert euch sicher alle an diese schreckliche Sache vor einigen Jahren, als dieser Frankfurter Bankierssohn entführt und schließlich ermordet wurde, nicht wahr?«

Zustimmendes Gemurmel war zu hören.

»Dieser Junge war also entführt worden, und sie hatten den Kidnapper bereits gefasst. Der hatte die Entführung auch gestanden, weigerte sich aber, den Aufenthaltsort des Kindes preiszugeben. Daraufhin soll man ihm angeblich mit Folter gedroht haben. Aus Angst hat er dann verraten, wo er den Jungen – der zu diesem Zeitpunkt bereits tot war – untergebracht hatte. Soweit die Fakten.

Die ganze Aktion, das hat man auch im Ausland wahrgenommen, führte in Deutschland zu einer ausufernden Debatte, ob es zulässig sei, in einem solchen Fall Gewalt anzudrohen oder einzusetzen. Letztendlich kam es sogar zu einem Gerichtsverfahren, in dem der Polizeivizepräsident und ein Polizist zu einer Geld- und Bewährungsstrafe verurteilt wurden.

Und das, meine Lieben, hat in besagtem Ausland niemand verstanden. Und ich auch nicht. Damals war davon ausgegangen worden, meine ich mich zu erinnern, dass der Junge irgendwo festgehalten wurde, wo er nur noch für eine bestimmte Zeit Luft bekommen würde. Und mir ist vollkommen schleierhaft, wie beispielsweise jemand, der selbst Kinder hat, das Vorgehen der Frankfurter Polizisten verurteilen konnte. Das ist vollkommen widersinnig. Selbstverständlich würde ich in so einem Fall alles, absolut alles tun, um das Leben meines Kindes zu retten, und wenn ich … ach, ich sag es lieber nicht.

Das möchte ich nur mal grundsätzlich loswerden und klarmachen, dass zu unseren Prinzipien auch schon mal gehören kann, sich die Hände schmutzig zu machen. Wie in dem grandiosen Film *Eine Frage der Ehre*, wo Jack Nicholson sagt, seine Existenz finde man zwar grotesk, aber tief im Herzen wolle letztlich doch jeder, dass er mit seiner Waffe an dieser Grenze stehe, damit man selbst ruhig schlafen könne.

Genug der Vorrede. Sandra, ich kann verstehen, dass das, was du heute mit ansehen musstest, ein Schock für dich war. Die anderen kennen das ja schon. Eigentlich ist es ganz einfach: Dieses Ferienhaus hat ja früher einem Jagdpächter aus dem Raum Lüdenscheid gehört. Und dieser hatte sich halt einen Raum eingerichtet, in dem er das erlegte Wild verarbeiten konnte. Das ist der Raum, in dem wir vorhin waren. Uns kommt er zugute, weil wir wissen, dass jedem, der in Handschellen da hineingeführt wird, das Herz in die Hose rutscht. Apropos Hose …«, grinste er nun und holte zwei Banknoten aus der Tasche, »… hier sind deine zwanzig Gulden, Sven. Wir haben nämlich eine, wie ich zugeben muss, etwas unappetitliche Wette laufen. Und heute hat Sven gewonnen. Ich glaube, du führst jetzt mit sieben zu drei.«

»So ist es«, lachte Gustavsen und nahm das Geld an.

»Lasst mich raten«, sagte Sabitzer, »ihr Kerle wettet, ob eure Gefangenen sich beim Anblick der Wildkammer einnässen, richtig?«

»Richtig«, schmunzelte Wim. »Wir haben beide beim Umtausch in Euro noch einiges an altem Geld zurückbehalten. Und nun wetten wir jedes Mal um zehn Gulden oder zehn Deutsche Mark.«

»›Männer sind primitiv, aber glücklich‹, sagt Mario Barth«, ließ sich Anja vernehmen. »Wo er Recht hat, hat er Recht.«

»Das kann man wohl sagen«, schüttelte Sabitzer den Kopf.

»Okay, weiter im Text«, nahm Gustavsen das Gespräch in die Hand. »Der Raum dient, wie Wim erläutert hat, tatsächlich nur der Einschüchterung, was übrigens bisher immer perfekt funktioniert hat. Wie auch heute. Hinzu kam, dass unsere Jungs hier so clever waren, es so zu arrangieren, dass die beiden Gefangenen sich kurz sehen, aber nicht miteinander reden konnten. Deshalb war es bei Herrn Pichler – sein Vorname ist übrigens Uwe – noch einfacher als bei Hohmann. Denn ihm mussten wir nur den Raum zeigen und sagen, dass Maximilian uns bereits alles erzählt hat und er sich aussuchen kann, ob er ebenfalls ausführlich gesteht und den Kronzeugen gegen Ernesto gibt oder wegen des Raubüberfalls mit Todesfolge voll verknackt wird.

Beide haben übereinstimmend ausgesagt, dass Ernesto den Inhaber und die Kundin der Kunstgalerie erschossen hat. Und sie haben außerdem gesagt, dass dies aus reiner Mordlust geschah, weil alle maskiert waren und die beiden weder Widerstand geleistet haben noch in irgendeiner Weise aggressiv geworden sind. Im Gegenteil, der Galerist muss ein ehemaliger Soldat gewesen sein, der vollkommen ruhig war und die Räuber gebeten hat, alles mitzunehmen, aber keine Gewalt anzuwenden. Wenn ich sage, *beide* haben das ausgesagt, muss ich etwas relativieren. Pichler war, wie es Alejandro aufgeschrieben hat, der Fahrer des Transporters beim

Überfall und nicht mit drin in der Galerie. Er hat nur beim Wegfahren gehört, wie die Burschen darüber geredet haben und Ernesto mit seinen Schießkünsten geprahlt hat. Warum wünsche ich mir gerade bloß, diesen Drecksack mal in unserer Wildkammer zu haben?«, schüttelte der Kommissar mit einem entschuldigenden Blick zu Osvaldo den Kopf.

»Nun, das war das eine. Jetzt zu Alejandros Tod. Als wir letzte Nacht das Haus in Guatiza gestürmt haben, fragte uns einer der beiden Idioten, ob wir Juan José erreicht hätten. Das ist der Mann, der Alex auf dem Gewissen hat. Mit vollständigem Namen heißt er Juan José Bottas Ramirez und ist so etwas wie Ernestos zweiter Mann. Pichler war Augenzeuge und Hohmann ebenfalls. Der eine hat das Auto gefahren, mit dem sie Alejandro erwischt haben – wir kennen jetzt auch den genauen Tathergang –, der andere den Traktor, mit dem sie ihn an den Weiher herangefahren haben. Das heißt, mindestens einem von ihnen, vielleicht sogar beiden, droht eine Anklage wegen Beihilfe zum Mord. Deshalb haben sie letztlich auch so bereitwillig ausgesagt, um für eine Gerichtsverhandlung Punkte zu sammeln. Wir haben die Geständnisse vollständig auf Video. Nun werden wir das Ganze noch einmal komplett und offiziell als polizeiliche Vernehmung durchgehen und erneut aufzeichnen. Dabei werden wir dann feststellen, ob es irgendwelche Widersprüche gibt. Gefühlsmäßig würde ich sagen, es wird keine geben. Die beiden waren gebrochen, und Hohmann wirkte sogar froh, sich alles von der Seele reden zu können. Übrigens …«, sah er Anja und Sabitzer an, »… hat dieser Ramirez auch Sebastian Hohmann erschossen, kurz bevor sie das Heidehäuschen in Brand gesteckt haben. Maximilian war Zeuge, ist aber nach eigenen Angaben so von dem Kerl eingeschüchtert worden, dass er nicht gewagt hat, irgendetwas zu tun. Er war wohl hochgradig drogensüchtig und dadurch komplett von Ernesto und seinem

Haufen abhängig. Außerdem ist Ramirez nicht nur ein Mörder, sondern offenbar ein ausgemachter Sadist. Gleichzeitig aber auch dumm wie eine ungefüllte Croqueta, denn Sebastian zu erschießen, wo sie doch sowieso das Haus niederbrennen wollten, war natürlich vollkommen dämlich. Denn schließlich hätten sie so seinen Tod ganz leicht als Unglücksfall tarnen können. Das hat dann überraschenderweise auch der pflichtbewusste Kommissar Pfeiffer verstanden und – gegen Bezahlung, versteht sich – angeboten, die Leiche zu entsorgen. Und er hat tatsächlich Beweismaterial, nämlich den von Maximilian Hohmann im Namen seines Bruders geschriebenen Abschiedsbrief mit den entsprechenden Fingerabdrücken.

Was sie übrigens nicht wussten, war, wie Alejandro an den Schlüssel zu diesem Keller gekommen ist. Möglicherweise hat er ihn Maximilian in irgendeiner Kneipe aus der Tasche gezaubert, aber richtig erklären konnten sie sich das nicht.

Damit«, lehnte er sich in seinem Sessel zurück, »haben wir heute einen Kunstraub, insgesamt vier Morde und mehrere Mordversuche endgültig aufgeklärt. Ach ja, die Angriffe auf Sandra und mich sind natürlich von Ernesto direkt in Auftrag gegeben worden. Allerdings hat er nur noch insgesamt vielleicht zehn oder zwölf Männer – oder besser gesagt, er *hatte* sie. In den letzten Tagen haben sich die Reihen ja ganz schön gelichtet.

Ernesto selbst ist der Typ auf den Fotos mit dem neuen Gesicht und lebt nach wie vor im Schelderwald in allem vorstellbaren Luxus. Wenn er das Haus verlässt, dann im Ladeabteil eines Lieferwagens. Um nach Lanzarote zu kommen, benutzt er gecharterte Jets einer Firma mit Sitz irgendwo in der Karibik. Er ist aber wohl nicht mehr allzu oft dort, weil er sich in der Schelde sicherer fühlt.«

»*Fühlte!*«, sagte Anja mit Nachdruck, »Ich gehe mal davon aus, mit dem sicher fühlen ist es spätestens morgen vorbei.«

»Darauf kannst du wetten, meine Liebe«, sagte Wim mit Inbrunst. »Wir werden dem Kerl jetzt endgültig das Handwerk legen. Nicht wahr, Sven?«

»Ich bin nicht ganz sicher«, antwortete der Kommissar nachdenklich. »Irgendwie geht mir das im Moment ein bisschen zu glatt. Wir wissen, wie schlau und skrupellos Ernesto ist, und er weiß mit Sicherheit spätestens seit letzter Nacht ganz genau, was die Stunde geschlagen hat. Habt ihr eigentlich den Störsender wieder deaktiviert?«, wandte er sich an Jürgen.

»Nein«, sagte dieser, »wir haben uns schon gedacht, dass jetzt das Ende unmittelbar bevorsteht, und wollten verhindern, dass die noch irgendwas arrangieren. Und laut Drohne hat auch seither niemand das Gelände verlassen.«

»Das ist gut«, sagte Gustavsen. »dann werden wir noch heute Nacht zuschlagen und den Sack zumachen. Mit Ernesto sollen sich noch vier Mann in dem Unterschlupf befinden, dieser Juan José und zwei weitere Handlanger. Wir müssen allerdings damit rechnen, dass die Bude mit ziemlich fiesen Mitteln gesichert ist, auch wenn die beiden Clowns uns heute dazu nichts sagen konnten. Also werden wir nach dem Funkverkehr auch die Stromzufuhr unterbrechen. Auch wenn wir davon ausgehen müssen, dass sie einen Generator haben, bringt uns das zumindest genug Zeit, um auf das Gelände vorzustoßen und ans Haus heranzukommen. Auf dem Weg dahin müssen wir allerdings mit Sprengfallen rechnen. Peter, kannst du uns anhand der Drohnenbilder die Wege markieren, auf denen in den letzten Tagen Leute umhergelaufen sind, damit wir einen oder mehrere Korridore haben, auf denen wir zum Haus gelangen?«

»Kein Problem«, sagte der Südafrikaner gelassen und blies mit seiner Winslow etwas Vanille-Aroma umher.

»Gut. Wenn wir also vor dem Haus sind, machen wir dunkel und schauen mit Nachtsichtgeräten und Wärmekameras, wie es drinnen aussieht. Dann Blendgranaten hinterher und von allen vier Seiten rein. Mal sehen, was denen dann noch einfällt.«

37

Um die Anspannung der letzten Stunden und die Aufregung vor dem anstehenden Finale ein wenig zu verarbeiten, ging Sabitzer noch einmal ins Schwimmbad. Heute gelang das FSO-Schwimmen schon viel besser. *Die kochen einfach alle viel zu gut,* dachte sie und stellte erleichtert fest, dass sie ihren Humor wiedergefunden hatte. Das heutige Erlebnis im Keller war natürlich ein Schock gewesen, aber sie verstand nun die Notwendigkeit und war wie die anderen Teammitglieder unglaublich erleichtert, dass die Angelegenheit nun tatsächlich vor dem Abschluss zu stehen schien. Und wie musste es erst für Wim und die anderen sein, die sich teilweise dreißig Jahre lang die Zähne an dem Fall ausgebissen hatten. Mehr als drei Jahrzehnte Ungewissheit und Zorn über die Gewissenlosigkeit eines Menschen, mit dem man auch noch verwandt war und dem man überdies mehr oder weniger selbst den Weg gebahnt hatte. *Wahnsinn, was wird da für eine Last von Wim abfallen. Und hey, ich durfte sogar mithelfen, den Fall endgültig zu lösen, das ist unglaublich.*

***

Diesmal verlief das Abendessen in einer so gespannten Atmosphäre, wie es Sabitzer in dieser Runde noch nie erlebt hatte. Alle saßen mit ernsten Gesichtern um den Tisch herum und aßen lustlos die köstlichen Hähnchenschenkel, die Anja zubereitet hatte. Es war aber nicht die Anspannung vor dem Einsatz als solches, sondern die Aussicht, endlich diesen Ernesto zu packen, war sich die junge Polizistin sicher.

Später versammelten sich alle am Wohnzimmertisch und besprachen die Vorgehensweise. Peter legte einen Plan auf den Tisch, der aufzeigte, wo Ernestos Leute sich in den vergangenen Tagen bewegt hatten und wo demzufolge keine Sprengfallen lauern würden. So sorglos, wie die Kerle umhergelaufen waren, schien unwahrscheinlich, dass überhaupt irgendwo Minen lagen, aber natürlich mussten sie auf Nummer sicher gehen.

Sie würden mit drei Autos fahren, die von Anja, Sabrina und Wim gesteuert wurden.

Gustavsen und Sabitzer sollten sich dem Haus von links nähern, Jürgen würde sich hinter dem Haus in etwas erhöhter Position postieren, um im Eventualfall einen Flüchtenden mit dem Gewehr außer Gefecht zu setzen.

Wolfram und Markus sollten die rechte Flanke des großen Hauses abdecken, während Osvaldo darauf bestanden hatte, allein von vorne auf das Haus zuzugehen und, sofern er die Möglichkeit bekam, zumindest zu versuchen, die Verbrecher zur Aufgabe aufzufordern. Zusätzlich würde sich Peter an der rechten seitlichen Grundstücksgrenze verstecken – etwa an der Stelle, wo vor Jahrzehnten Alejandro seine Fotos gemacht hatte –, um Osvaldo den Rücken zu decken, falls dieser unter Beschuss geraten sollte.

Die Zeit verstrich quälend langsam. Um halb drei in der Nacht gab Gustavsen schließlich das Signal zum Aufbruch. Alle waren von Kopf bis Fuß in schwarz gekleidet und hatten sich die Gesichter mit Tarnfarbe beschmiert. Die Nachtsichtgeräte baumelten um den Hals. Selbst die drei Fahrer rüsteten sich so aus, denn man wusste ja nie, wie sich so eine Aktion entwickeln würde. Und falls sie einer Polizeistreife in die Hände fallen sollten, würde Gustavsen das schon regeln.

Sie bestiegen den Touareg, den Ford Flex und ein Tesla Model X, das wie Sharan und Astra in einer der hinteren Garagen gestanden hatte und als lautloses Elektrofahrzeug sowie mit seinem Allradantrieb am besten geeignet war, Jürgen von der Waldseite aus unbemerkt so nah wie möglich an das Grundstück am Herrnberg heranzubringen. Folgerichtig fuhr dieser mit Sabrina am Steuer in der Nanzenbacher Dorfmitte links hoch in die Schwarzbachstraße, um am Sportplatz vorbei durch den Wald in die Schelde zu gelangen.

Anja lud Wolfram und Markus in den VW und fuhr über Hirzenhain, um etwa zwei Kilometer östlich des Herrnberg anzuhalten. Die beiden stiegen aus und verschwanden sofort im Wald.

Wim steuerte Gustavsens Flex Richtung Dillenburg, fuhr dann über Eibach und den Ölsberg und erreichte schließlich die ehemalige Grube Königszug, wo er die beiden Kommissare aussteigen ließ. Gustavsen und Sabitzer gingen über die Straße und suchten sich im Wald einen Weg zwischen der Grube Stilling und dem Nikolausstollen, um so an die linke Seite des einzunehmenden Grundstücks heranzukommen.

Alle hatten Funkgeräte und Headsets dabei und bestätigten sich schließlich gegenseitig durch Drücken der Sendetaste, dass jeder an seinem Platz angenommen war. Mittlerweile war es kurz vor vier Uhr. Jürgen hatte sich einen Platz an der nordwestlichen Grundstücksbegrenzung ausgesucht, wo auch der Strommast stand, der das Anwesen mit Energie versorgte. Mit Hilfe der mitgebrachten Leiter kletterte er an dem Holzmast hoch und brachte eine Ladung Plastiksprengstoff unterhalb der in einer Kunststoffführung laufenden Stromleitung an. Dann stieg er wieder herunter, schleppte die Leiter zurück zum Wagen und nahm seine Position hinter dem Gewehr ein. Zur Bestätigung, dass er seine Aufgabe erledigt hatte, drückte er zweimal *Senden*.

»Alle bereit?«, fragte Gustavsen leise in sein Mikrofon. Alle um das Haus Postierten klickten zur Bestätigung zwei-, die Fahrer jeweils dreimal.

»Seht ihr alle das Licht vor der Eingangstür? Wenn das ausgeht, hat Jürgen den Strom unterbrochen, und es geht los.«

Es klickte zehn Mal.

»Die Wärmekamera zeigt drei Umrisse, alle im Erdgeschoss und zwei davon in einem Raum. Da das Haus so groß und deshalb davon auszugehen ist, dass jeder der Typen dort ein eigenes Zimmer hat, müssen wir damit rechnen, dass die wach sind. Sonst würden sie um diese Zeit wohl nicht zusammenhocken. Außerdem hatten wir die Information, es seien vier Mann da. Falls sich nicht einer abgesetzt hat, könnte es theoretisch sein, dass er sich irgendwie isoliert eingerichtet hat, sodass ihn die Wärmekamera nicht einfängt. Also größtmögliche Vorsicht. Oberste Priorität ist, dass von uns keiner zu Schaden kommt, auch wenn das eventuell bedeutet, dass einer von denen entkommt. Ist das klar?«

Zehn Klicks.

»Außerdem keine Blendgranaten. Jetzt, wo wir wissen, wo die Burschen sind, bringen die nichts. Und auch beim möglichen vierten Mann würden sie uns nichts nützen. Ich wiederhole, keine Blendgranaten.«

Wieder klickte es zehn Mal.

»Also los, auf drei.«

Bei drei drückte Jürgen einen Knopf, und mit einem leisen Knall explodierte der Plastiksprengstoff und zerstörte die Aufhängung der Stromleitung. Dadurch wurde diese entzweigerissen, und sofort ging das Licht vor der Eingangstür aus.

Sie hasteten los. Gustavsen beobachtete weiterhin das Haus durch die Wärmekamera.

»Sie laufen nach hinten!«, brüllte er nun ins Headset. Die Kerle waren also wach gewesen und hatten den Stromausfall sofort bemerkt. Nun musste man auch nicht mehr leise sein. »Jürgen, aufpassen, falls sie rauskommen. Alle anderen, ihr könnt rein. Aber achtet auf Sprengfallen im Haus und auf den eventuellen vierten Mann.«

Von drei Seiten schlugen sie nun zeitgleich die Fenster mit ihren Pistolengriffen ein. Vorsichtig kletterten Gustavsen, Markus und

Osvaldo durch ihre jeweiligen Fenster, untersuchten die Fensterbänke und Fußböden nach Sprengfallen und spähten nach der möglichen vierten Person. Danach winkten sie Wolfram und Sabitzer ebenfalls herein und arbeiteten sich langsam nach hinten.

Plötzlich krachte hinter dem Haus ein Schuss, ein Fenster zersplitterte lautstark und es ertönte ein Schmerzensschrei. *Jürgen,* dachte Sabitzer. *Er hat den ersten erwischt. Das dürfte genau der richtige Zeitpunkt gewesen sein.*

Den gleichen Gedanken hatte Gustavsen, und er schätzte die Lage sofort richtig ein.

»Kommt raus dahinten, ihr seid umstellt!«, schrie er laut. »Ihr kommt hier nicht mehr weg. Hände über den Kopf und langsam Richtung Vordertür. Ihr habt dreißig Sekunden. Macht ganz langsam die Tür zum Flur auf. Eine hektische Bewegung, und ihr seid Geschichte.«

Es dauerte weniger als zwanzig Sekunden, bis vorsichtig eine Tür geöffnet wurde. Dann erschien eine Gestalt mit hoch über den Kopf gereckten Händen. Dahinter kann eine zweite, die krampfhaft versuchte, den linken Arm in die Höhe zu halten, während der rechte kraftlos herabbaumelte. *Rechte Schulter getroffen, saubere Arbeit, Jürgen,* dachte Sabitzer.

Wolfram und Markus stürzten sich auf die beiden Kerle. Der erste wurde unsanft zu Boden gerissen und mit Kabelbindern gefesselt. Den zweiten fesselten sie mit dem gesunden Arm an ein Heizungsrohr und rückten ihm einen Sessel zurecht – sie befanden sich in einem großen Wohnraum, der selbst in der völligen Dunkelheit und im Grün der Nachtsichtgeräte luxuriös wirkte. In Sekundenschnelle war die Lage unter Kontrolle.

Osvaldo holte zwei Magnesium-Leuchtstäbe aus der Tasche und brach sie jeweils in der Mitte durch. Auf sein Zeichen hin hatten sie die Nachtsichtgeräte abgenommen, denn nun wurde der Raum in helles Licht getaucht.

Bereits kurz vorher hatte Gustavsen registriert, dass seine Wärmekamera nur noch zwei Signaturen zeigte.

»Einer haut ab, ich gehe hinterher«, brüllte er und setzte sich in Bewegung. In dem Raum an der hinteren, rechten Hausecke entdeckte er eine Treppe in den Keller. Diese rannte er hinab. Unten angekommen, sah er eine angelehnte Tür, die er öffnete. Ein langer, betonierter Gang lag vor ihm. *Diese Sauhunde haben sich einen Fluchttunnel gegraben, ich fasse es nicht,* wunderte sich der Kommissar. *Und ich dachte, die beiden Typen hätten uns heute alles verraten, was sie wissen. Trau niemals einem Gangster.*

Mittlerweile zeigte die Wärmekamera wieder eine schwache Signatur. Gustavsen rannte in unregelmäßigem Zickzack den Gang entlang. *Und ich habe den anderen eben erzählt, sie sollen nichts riskieren,* dachte er. *Wenn der Typ da vorn auch ein Nachtsichtgerät oder eine Wärmekamera hat, kann er mich wie einen Hasen abschießen. Aber ich lasse ihn nicht laufen, hier und heute wird das Ganze zu Ende gebracht. Aber warum denke ich plötzlich an Sandra und den Kuss heute? Konzentrier dich, alter Mann. Das Mädel ist viel zu jung, und du bist zu alt für diese Stunts.*

Offenbar war er jedoch immer noch schneller als der Bursche, den er verfolgte, denn die Signatur wurde immer stärker. Dann beschrieb der Gang eine Kurve, und als er diese durchlaufen hatte, sah er einen Mann vor einer Stahltür stehen, der gerade versuchte, einen Code in eine Tastatur einzugeben.

Gustavsen blieb stehen und atmete durch. Er holte ein Magnesiumlicht aus der Tasche, brach es entzwei und ließ es auf den Boden fallen, ebenso wie das Nachtsichtgerät.

»Gib auf, Junge, es ist vorbei«, sagte er gemütlich. »Ich glaube, dein Chef hat dich verarscht.«

Der Mann stand immer noch mit dem Rücken zu ihm und tippte auf dem Zahlenfeld herum. Er war definitiv nicht Ernesto, und

Gustavsen war sofort klargeworden, was passiert war. Ernesto hatte sich durch einen Tunnel abgesetzt und seine letzten Gefolgsmänner im Stich gelassen. Vielleicht wollte er, dass diese aufgerieben würden, damit er nicht mit irgendjemandem teilen müsste. Verrat brauchte er ja nicht mehr zu befürchten, ihm musste klar sein, dass die Beweiskette längst lückenlos war. Also hatte sich der schlaue Fuchs – *ja, schlau ist er, das muss man ihm lassen,* dachte der Kommissar – einen ganz persönlichen Bau in den Wald gegraben und war verschwunden.

»Achtung Fahrer, sofort alle Position aufgeben und abhauen«, sagte Gustavsen ruhig in sein Funkmikro. »Ernesto vermutlich auf der Flucht und irgendwo da draußen. Wir sagen Bescheid, wenn die Luft rein ist.«

Drei Dreifachklicks gaben ihm Bestätigung.

Nun gab der große, kräftige Mann vor ihm endlich seine sinnlosen Bemühungen auf und drehte sich um.

»Den erwischt ihr nicht mehr, der ist schon lange weg«, höhnte er in Richtung Gustavsen.

»Kann sein, aber dafür haben wir dich und deine Kumpels«, sagte der Kommissar gelassen. »Und offensichtlich hat er dich gerade geopfert, so wie es aussieht.«

»Geopfert? Das werden wir sehen. Du wirst jetzt erleben, wie es ist, wenn man sich mit mir anlegt. Wie euer Spion vor dreißig Jahren.«

»Du bist Ramirez, richtig?«, kombinierte Gustavsen. »Du hast Alejandro auf dem Gewissen und Sebastian Hohmann.«

»Und eine ganze Menge mehr«, prahlte der Mörder. »Und du bist der Nächste.«

»Komisch, mein Junge, irgendwie sehe ich gerade nicht die Verstärkung, mit der dir das gelingen sollte. Aber nur zu, versuch es ruhig. Es wird mir ein Vergnügen sein.«

Plötzlich hatte der Mann ein Messer in der Hand. Gustavsen war so gelassen geblieben, weil er gesehen hatte, dass der Kerl keine Schusswaffe trug.

»Hiermit werde ich dich aufschlitzen, Bulle«, rief der Kerl.

»Ich glaube, du hast zu viele schlechte Krimis gelesen. Vielleicht hättest du noch *Yippie Yah Yei Schweinebacke* oder sowas rufen sollen, um mir richtig Angst zu machen.«

Der Mann warf das Messer spielerisch von einer Hand zur anderen und kam langsam näher.

»Jetzt mache ich dich fertig, Arschloch.«

Ich werde Osvaldo fragen müssen, ob es verwerflich ist, dass ich jetzt Lust habe, den Burschen so richtig durch die Mangel zu drehen, dachte Gustavsen. *Andererseits, er hat mich gerade beleidigt und geflucht, das wird unser Priester auch nicht gutheißen.*

Mit einem gutturalen Schrei griff Juan José Bottas Ramirez an.

Im noblen Wohnzimmer war Jürgen dabei, den verletzten Gangster zu versorgen – *als Arzt mit Scharfschützenausbildung würden einem nie die Patienten ausgehen,* ertappte sich Sabitzer bei unredlichen Gedanken und beschloss, bei Osvaldo Absolution zu erbitten –, als sie und der Kommissar den ziemlich zerschunden wirkenden Ramirez anschleppten. Die junge Polizistin war, nachdem Gustavsen über Funk knapp »Gesichert!« gemeldet hatte, sofort losgelaufen, um nach ihm zu schauen.

»Hier ist noch ein Patient, Jürgen«, sagte sie. »Der muss gegen eine ziemlich massive Tür gerannt sein.«

»Und das offenbar gleich mehrmals«, konstatierte der Sanitäter nach einem Blick ins verbeulte Gesicht des Kerls. »Du weißt nicht zufällig etwas darüber, Sven?«

»Keine Ahnung, was ihm passiert ist«, antwortete Gustavsen grinsend. »Vielleicht ist er mangels Nachtsichtgerät in der Dunkelheit gegen die Tür gelaufen. Übrigens hat er mir gebeichtet, dass Ernesto heute gegen Mitternacht abgehauen ist. Somit können wir jetzt die Autos herbeirufen. Sobald die da sind, verschwinden außer Sandra und mir alle, bevor wir dann die Kavallerie antraben lassen. Wolfram und Markus, geht aber bitte raus und sichert die Umgebung.«

»Wird gemacht.«

»Das war übrigens vorhin clever gemacht, Jürgen«, lobte Gustavsen seinen Freund.

»Ich hatte mir gedacht, eine Kugel in die Schulter würde den Kampfgeist der Kerle ein wenig dämpfen«, sagte Jürgen trocken. »Also habe ich die Gelegenheit genutzt, als ich freie Schussbahn hatte.«

»Damit hast du die Sache entschieden, das steht mal fest«, bestätigte der Kommissar. »Wer weiß, auf was für Ideen die Burschen sonst gekommen wären.«

38

Gegen neun Uhr trafen Gustavsen und Sabitzer im Nanzenbacher Quartier ein. Die junge Polizistin trug zwei große Tüten, als sie den Wohn- und Essbereich betraten.

»Hey, ihr habt Jakobsbrötchen mitgebracht«, freute sich Sabrina. Ihr und allen anderen Anwesenden war anzusehen, dass sie keine Minute geschlafen hatten. Und es war außerdem offensichtlich, dass sie nicht so richtig wussten, wie sie den Einsatz der vergangenen Nacht bewerten sollten. Besonders Wim saß mit ernster Miene in seinem Sessel.

»Hallo Sven«, sagte er müde, »erzähl mal, wie es weitergegangen ist.«

Gustavsen gähnte. »Natürlich. Aber ich brauche jetzt Kaffee und Kümmel, sonst werde ich unleidlich. Deshalb beantrage ich ein Arbeitsfrühstück.«

»Genehmigt!«, erscholl es im Chor.

»Tja, wo soll ich anfangen«, überlegte Gustavsen, nachdem er einen tiefen Schluck Kaffee getrunken und in sein geliebtes Kümmelbrötchen gebissen hatte. »Ach, ich weiß gar nicht mehr, wo mir der Kopf steht. Sandra, am besten übernimmst du das Erzählen.«

»In Ordnung«, sagte Sabitzer. »Kurz nachdem ihr weg wart, traf mehr oder weniger das gesamte Regierungspräsidium ein. Glücklicherweise war auch Herr Erster Kriminalhauptkommissar Ebert dabei, der das Ganze dann in die Hand genommen und unseren Bericht dann auch, sagen wir, optimiert hat. Ich finde den Mann übrigens irgendwie cool«, sagte sie mit einem Blick auf ihren Vorgesetzten.

»Ja, das stimmt schon«, sagte Gustavsen mit vollem Mund. »Dafür, dass er nicht weiß, wo aus der Pistole der Schuss rauskommt, kann man ihn echt gebrauchen. Und vor allem kann er lügen wie die Brüder Grimm, wenn es darum geht, uns aus den Schlagzeilen rauszuhalten.«

»Wobei das in diesem Fall allerdings nicht so einfach war«, übernahm die junge Polizistin wieder, »denn irgendwie mussten wir ja erklären, wie es uns gelungen ist, zu zweit das Haus zu erobern, und das auch noch mithilfe eines Distanzschusses. Sven und ich sind jetzt Superstars, jedenfalls haben sie uns alle so angeschaut.«

»Das stimmt«, grinste Gustavsen, »wir beide sind jetzt für die Öffentlichkeit vermutlich Catwoman und Batman oder sowas. Mir wird jetzt schon schwindlig, wenn ich mir vorstelle, was morgen in der Dill-Post steht. Tut mir übrigens leid für euch alle, dass ihr keine Lorbeeren abbekommt. Deshalb an dieser Stelle ein Riesenlob an jeden hier. Ihr wart allesamt spitze, nicht nur heute Nacht, sondern während der ganzen letzten Tage. Ihr habt einen klasse Job gemacht. Schade, dass ihr euch damit zufrieden geben müsst, dass nur wenige Eingeweihte wissen, was ihr getan habt. Aber vielleicht schreibt ja irgendwann mal einer ein Buch darüber«, schloss er schmunzelnd.

»Jedenfalls ist es leider tatsächlich so« fuhr Sabitzer fort, »dass Ernesto geflüchtet ist. Und zwar gegen Mitternacht. Sein Stellvertreter hat nichts davon gewusst, er hat ihn nur um diese Zeit hinausgehen sehen und danach nicht mehr zu Gesicht bekommen. Den Code für die Fluchttür hatte er im Handy gespeichert; Ernesto muss ihn in der Nacht geändert haben, damit ihm niemand folgen konnte – inklusive seiner eigenen Leute.

Laut Ramirez – der noch heute Nacht umfassend gestanden hat, weil die Indizien überwältigend waren und er offensichtlich ziemlich sauer auf seinen Boss war – wusste übrigens außer ihm selbst niemand von dem Fluchttunnel. Dieser ist bereits vor langer Zeit unauffällig gegraben worden. Maximilian war zu dieser Zeit zwar bereits Bandenmitglied, hat aber wie alle anderen nichts mitbekommen und ist absichtlich im Dunkeln gehalten worden. Und Pichler ist ohnehin nicht oft dort gewesen.

Unterm Strich heißt das ganz einfach, wir konnten es nicht verhindern. Wir wussten von nichts, wir hätten es nicht wissen können, und wir haben in den letzten Tagen alles lückenlos überwacht – zumindest alles, wovon wir wussten. Und wenn ich rekapituliere, was ihr mir von ihm erzählt habt, war allen klar, Ernesto ist schlau und skrupellos. Insofern ist seine Flucht und deren Art letztlich keine große Überraschung.«

»So ist es«, sagte Wim zornig. »Und trotzdem macht es mich wahnsinnig, dass dieser Hund schon wieder entkommen ist.« Hilfesuchend schaute er zu Gustavsen.

»Verstehe dich voll und ganz, Wim«, sagte dieser. »Aber wir werden ihn schnappen, verlass dich drauf. Wenn meine müden Synapsen richtig liegen, ist heute Dienstag. Das heißt, wir haben genau eine Woche gebraucht, um den Fall aufzuklären und abzuschließen.« Er warf Sabitzer einen anerkennenden Blick zu. »Und Ernesto kriegen wir auch noch. Wenn wir uns jetzt ein wenig erholt und uns um die anderen anstehenden Projekte gekümmert haben, blasen wir zum finalen Angriff. Ernesto hat jetzt immerhin erstmal keine Leute mehr; die dürften wir alle festgesetzt haben. Also muss er sich zunächst neues Fußvolk organisieren. Nicht, dass das unmöglich wäre, Gangster gibt es immer, und Geld dürfte er ebenfalls in Massen irgendwo gebunkert haben. Aber ich bin zuversichtlich, dass wir gemeinsam ihm den Garaus machen werden. Übrigens, wo ist eigentlich Markus?«, fiel dem müden Kommissar erst jetzt das Fehlen des Piloten auf.

»Der muss was erledigen«, sagte Wim knapp.

»Okay, das war es dann erstmal, denke ich«, sagte Gustavsen, der kaum noch die Augen offen halten konnte. »Sandra und ich hauen uns jetzt mal ein Stündchen aufs Ohr.«

»Oha!«, erklang es vielstimmig, und die junge Frau wurde ein weiteres Mal rot.

***

Kurz nach Mittag wachte Sabitzer auf und brauchte einige Sekunden, um sich zu vergegenwärtigen, wo sie sich befand. Langsam kehrte die Erinnerung an die vergangene Nacht zurück und löste ein eigenartiges Gefühl in ihr aus. *So ist das vermutlich, wenn die Anspannung nachlässt und das Adrenalin verbraucht ist,* dachte sie. Trotzdem fühlte sie sich ausreichend erfrischt und stand schließlich auf, um eine Runde zu schwimmen. Im Bad war sie ganz allein, und nach ein paar intensiven Bahnen drehte sie sich auf den Rücken und betrachtete versonnen die Wände, die so gekonnt den Bergen auf Lanzarote nachempfunden waren. *Wie schön ist das alles, und ich darf mitten drin sein. Irgendjemand muss mich nachher mal kneifen.*

Nachdem sie sich ausgiebig entspannt und noch eine Zeitlang im Whirlpool geräkelt hatte, sprang sie unter die Dusche und ging zurück ins Zimmer. Sie zog ihre übliche Kombination aus Jeans, Sweatshirt und Sneakers an und ging hinüber in den Wohnbereich, wo sie bereits den köstlichen Duft erschnupperte, der aus der Küche herauswehte. *Frische Waffeln, wie herrlich.*

Außer Gustavsen und dem abwesenden Markus saßen alle bereits um den großen, niedrigen Wohnzimmertisch herum. Wim wirkte besser gestimmt als am Morgen, was sie erfreut zur Kenntnis nahm. Trotzdem ging sie zu ihm, nahm ihn in den Arm und fragte ihn nach seinem Befinden.

»Gut soweit, Sandra, schön, dass du nachfragst«, sagte der Holländer dankbar. »Es ist zwar wieder schwer zu verkraften, dass mein sauberer Schwager immer noch auf freiem Fuß ist, aber trotzdem haben wir eine Menge erreicht und außerdem den echten Mörder Alejandros überführt und festgesetzt. Übrigens auch dank deiner tatkräftigen Unterstützung, Sandra. Ich gebe Svennie ja nur ungern Recht, weil er sich sonst wieder selbst auf die Schulter klopft, aber er hat absolut das Richtige getan, dich in unsere Gruppe zu bringen. Du bist nicht nur eine tolle Ergänzung für ihn, sondern auch eine Bereicherung für uns.«

Alle um den Tisch herum nickten bekräftigend, und nun wusste die junge Polizistin mit einem Mal auch, wie es sich anfühlte, wenn man wie ihr Chef nahe am Wasser gebaut war. Sie verbarg ihr Gesicht an Wims Brust, um die Tränen zu verbergen, die nun ungehemmt flossen.

Die Situation wurde durch die krachend auffliegende Tür zu den Garagen sowie ein lautes »Überraschung!« gerettet. Nacheinander erschienen dort Benito und Lina, Elena und Markus, gefolgt von Ariane Hohmann und Petra. *Das war es also, was Markus zu erledigen hatte,* war Sabitzer nun klar. Offenbar war er am frühen Morgen nach Lanzarote geflogen und hatte alle abgeholt.

Nun ging ein kollektives Umarmen und Herzen los. Alle begrüßten sich überschwänglich, und auch bei Ariane und ihrer Schwester wurde keine Ausnahme gemacht.

Nachdem die Begrüßungszeremonie vorüber war und sich alle auf Anjas Aufforderung hin um den großen Esstisch platziert hatten, erschien schließlich auch Gustavsen, immer noch übermüdet, aber frisch geduscht und gekleidet.

»Was ist denn hier für ein Krach, mitten in der Nacht?«, stöhnte er, um nach einem kurzen Schnuppern begeistert dreinzuschauen. »Anja, riecht das etwa so, wie ich meine, dass es riecht? Waffeln mit Rum und ohne Hefe?«

»Exakt, Sven, und mit Waldfrüchten und Sahne selbstverständlich.«

»Damit ist der Tag gerettet«, seufzte der Kommissar und klopfte allen am Tisch auf die Schulter, bevor er sich auf einen freien Stuhl neben seiner Assistentin fallen ließ.

»Mit Rum und ohne Hefe?«, fragte diese.

»Ja klar, eine Waffel muss mit Backpulver und Rum-Aroma gemacht sein. Hefewaffeln schmecken doch wie ein grauer Anzug. Und Anja macht die besten«, sagte Gustavsen überzeugt.

Anja und Sabrina schleppten Waffeln, heiße Früchte und Sahne herbei, und alle bedienten sich. Gustavsen hatte nicht übertrieben, die Waffeln waren exzellent.

»Sven, du fragst gar nicht, warum die Leute aus Lanzarote da sind«, sagte Osvaldo mit einem listigen Grinsen.

»Nee, tue ich nicht«, sagte Gustavsen mit vollem Mund, »weil ich mich erstens freue, dass sie alle da sind, und mir zweitens klar ist, dass ihr irgendeine Art Abschlussparty geplant habt, an der sie teilnehmen sollen – was ich übrigens ebenfalls klasse finde. Schließlich bin ich der Columbo von Nanzenbach, dem man nichts vormachen kann. Und habe heute Nacht einen aufsehenerregenden internationalen Kriminalfall aufgeklärt, wie ich in aller Bescheidenheit hinzufügen möchte.«

»Naja, mit einer derart kompetenten Assistentin …«, warf Jürgen mit einem freundlichen Blick auf Sabitzer ein, »… hätte vermutlich auch Mr. Bean den Fall gelöst. Also wirf dich mal nicht zu sehr in die Brust.«

»Genauso ist es, Gustavo«, bestätigte der katholische Priester. »Außerdem wollen wir jetzt mal sehen, ob du wirklich so gut bist, indem wir dich raten lassen, was für eine Art Abschlussparty wir geplant haben.«

»Lass mal überlegen. Jägerheim. Ja, das ist es. Ihr habt den Saal im Jägerheim gemietet, und dort wird heute Abend gefeiert. Ich bin ein Genie.«

»Falsch.«

»Wir gehen zum Maulaffenplatz, und da gibt es Pommes, Softeis und Freibier.«

»Falsch.«

»Wir gehen aufs Tanzplätzchen und sehen nach, ob die Antenne noch da ist.«

»Wieder falsch.«

»Passe«, sagte Gustavsen resignierend unter dem Gejohle aller Anwesenden.

»Wie zu erwarten«, sagte Markus grinsend, »in der Weltpolitik ist er gut, aber fürs reale Leben nicht zu gebrauchen.«

»Stimmt«, sagte Osvaldo, »deshalb hier die Auflösung. Wir gehen heute Abend ins evangelische Gemeindehaus in der Hauptstraße, und dort werden wir die Dorfbevölkerung über den Abschluss des Falles informieren, Pfarrer Kämpfer wird eine Andacht halten, und danach gibt es ein christliches Karaoke und spanische Tapas. Was sagst du dazu?«

»Das klingt nicht schlecht, Osvaldo«, sagte Gustavsen und klatschte einen großen Löffel Sahne auf seine Waffel. »Aber was um Himmels willen ist *christliches Karaoke?*«

»Ganz einfach, es werden Freiwillige …«, der Priester grinste, »… ausgesucht, die dann zu instrumentaler Begleitung christliche Lieder, Worship-Songs und so weiter singen.«

»Warum hast du das Wort *Freiwillige* so betont, Osvaldo?«, runzelte der Kommissar die Stirn, »da steckt doch irgendwas dahinter.«

»Du bist wieder viel zu misstrauisch, Gustavsen«, sagte Peter gemütlich.

»Ja, und das aus gutem Grund«, versetzte der Kommissar und rollte die Augen. »Sandra, lass es dir gesagt sein, wenn du die hier als Freunde hast, brauchst du keine Feinde mehr – und auch keine Verbrecher.«

Alle lachten.

Epilog

Das Gemeindehaus in der Nanzenbacher Hauptstraße platzte aus allen Nähten. Offenbar war beinahe das ganze Dorf zusammengekommen.

Diesmal übernahm Osvaldo die Einleitung und berichtete, ohne zu viele Einzelheiten zu nennen, vom Abschluss des Falles um die vor einer Woche im Biebersteiner Weiher gefundene Leiche. Er stellte die Zusammenhänge zu dem Kunstraub in Solms vor mehr als dreißig Jahren her, klärte über die Ereignisse rund um das Heidehäuschen auf und stellte abschließend das tatsächliche Verhältnis zwischen Ariane und dem ermordeten Alejandro sowie ihrem ebenfalls ermordeten, unschuldigen Ehemann klar.

Anschließend hielt der Nanzenbacher und Eibacher Pfarrer – es waren auch, wie die Einheimischen Sabitzer zuraunten, einige Menschen aus den umliegenden Dörfern anwesend – eine beeindruckende Predigt, in der er die beiden Verbrecher, die gemeinsam mit Jesus gekreuzigt worden waren, in den Mittelpunkt stellte. Dabei verlieh er seiner Hoffnung Ausdruck, dass die verhafteten Mitglieder von Ernestos Gangsterbande hoffentlich den Weg desjenigen einschlagen würden, der am Ende Jesus um Vergebung gebeten – und sie auch zugesagt bekommen hatte.

Nach der Andacht folgte das Karaoke, bei dem sich vor allem die jüngeren Leute mit viel Freude und Einsatz beteiligten und von alten *Paul-Gerhardt*-Liedern bis zu den wunderschönen modernen Kompositionen von *Albert Frey* alles abdeckten. Dann ging Wim ans Mikrofon, und an seinem schelmischen Grinsen wurde Gustavsen sofort klar, was jetzt kommen würde.

Wim hielt eine launige Rede über Nanzenbach, zeigte sich beschämt, dass er letztlich Ernesto auf sein deutsches Lieblingsdorf aufmerksam gemacht hatte, und leitete dann über zu seinen persönlichen Erfahrungen mit dem Treppenort. Aufgrund seiner unnachahmlichen Erzählweise lachten die Besucher ein ums andere Mal lauthals.

»Und nun kommen wir zum letzten Freiwilligen für unser Karaoke, bevor wir zum Essen übergehen. Ich rieche schon die köstlichen Tapas, und scheinbar hat auch jemand den Pommes-Automaten wiedergefunden und zum Laufen gebracht.«

Gustavsen wusste, was jetzt kam, und versuchte, sich auf seinem Stuhl klein zu machen – aber vergebens.

»Der letzte Freiwillige …«, rief Wim, »… kann angesichts der Ereignisse der letzten Tage nur einer sein. Und wer ist das?«

»Gustavsen, Gustavsen«, erscholl es durch das Gemeindehaus, und alle klatschten und stampften mit den Füßen.

»Da musst du jetzt durch, fürchte ich«, feixte Sabitzer schadenfroh, als sich der Kommissar langsam erhob.

»Freu dich nicht zu früh, Kommissarin Sabitzer«, sagte Gustavsen durch die Zähne. »Kümmel-Columbo Gustavsen hat immer noch einen Pfeil mehr im Köcher.«

Er ging nach vorne und flüsterte Wim etwas ins Ohr. Dieser nickte und nahm noch einmal das Mikro.

»Bei unserem letzten Vortrag machen wir es so, dass der Freiwillige, der ja nicht so richtig freiwillig hier steht, die Möglichkeit hat, sich einen Co-Sänger auszusuchen …«, er grinste breit in Richtung Sabitzer, die jetzt ihrerseits auf ihrem Stuhl zusammensank, »… sowie einen Chor für den Refrain. Und damit sich das auch lohnt, wird diese spontane Band insgesamt drei Lieder singen.«

Gustavsen nahm das Mikro und grinste nun ebenfalls von einem Ohr zum anderen. Er sagte nichts, sondern machte nur das bekannte Zeichen mit dem Zeigefinger in Richtung Sabitzer. Zu allem Überfluss fingen jetzt auch noch Anja und Sabrina an, laut ihren Namen zu skandieren.

»Sandra, Sandra«, hallte es bald durch den Saal.

Die junge Polizistin stand ergeben lächelnd auf und trottete auf die Bühne.

Dann traf es auch die anderen Mitglieder des *UGA*-Teams, die Gustavsen ebenfalls mit knappen Handbewegungen nach vorne beorderte.

»Okay Leute, ihr wollt es offenbar nicht anders. Aber beschwert euch hinterher nicht über Ohrenschmerzen«, grinste er ins Mikrofon. »Wir singen übrigens sicherheitshalber englische Lieder, damit ihr nicht merkt, dass wir nicht nur nicht singen, sondern auch nicht richtig Hochdeutsch können.«

Als die junge Organistin die ersten Töne spielte, wurde es still im Gemeindehaus. Der Text des Liedes wurde in großen Buchstaben sowohl an die vordere als auch die hintere Wand projiziert.

Als dann der Kommissar einsetzte und die erste Strophe von *I will sing of my Redeemer* sang, musste Sabitzer bereits mit den Tränen kämpfen. *Der kann ja auch noch singen,* ich fasse es nicht. Die Stimme ihres Vorgesetzten ging ihr sprichwörtlich durch und durch.

I will sing of my Redeemer, and His wondrous love to me,
on the cruel cross He suffered, from the curse to set me free.

Nun zeigte der Kommissar dem Chor seinen Einsatz an.

Sing, oh, sing of my Redeemer, with His blood He purchased me,
on the cross He sealed my pardon, paid the debt, and made me free.

Und jetzt gab es für die junge Frau kein Entrinnen mehr. Glücklicherweise kannte sie die deutsche Version und die Melodie des Songs noch von früher.

I will praise my dear Redeemer, his triumphant pow'r I'll tell,
how the victory He giveth over sin, and death, and hell.

Nach dem nächsten Refrain sangen Gustavsen und Sabitzer die dritte Strophe zusammen.

I will sing of my Redeemer, and His heav'nly love to me,
he from death to life hath brought me, son of God with Him to be.

Gar nicht mal schlecht! schienen Gustavsens Lippenbewegungen nach dem abschließenden Refrain zu sagen, und die klatschende Menge im Saal sah das offensichtlich genauso.

Dann wurde es wieder still, als Gustaven alleine *The Old Rugged Cross* sang.

On a hill far away stood an old rugged cross,
the emblem of suffering and shame.
And I love that old cross where the dearest and best
For a world of lost sinners was slain.

So I'll cherish the old rugged cross,
till my trophies at last I lay down.
I will cling to the old rugged cross
and exchange it someday for a crown.

To the old rugged cross I will ever true,
it's shame and reproach gladly bear.
Then He'll call me someday to my home far away,
where His glory forever I'll share.

»Und zum Abschluss mein absolutes Lieblingslied«, sprach der Kommissar dann in sein Mikro, als Klavier und Cajón leise einsetzten, »das deshalb mein Favorit ist, weil auch ich mich immer wieder frage, wie es sein kann, dass ER einen üblen Sünder wie mich liebt. Auf geht's. Übrigens, jeder, der sich dieselbe Frage auch schon mal gestellt hat, darf jetzt ruhig laut mitsingen, okay?«

I stand amazed in the presence of Jesus the Nazarene,
and wonder how He could love me, a sinner condemned, unclean.

How marvelous! How wonderful! And my song will ever be:
How marvelous! How wonderful is my Saviour's love for me.

He took my sins and my sorrows, he made them his very own,
he bore the burden to Calvary, he suffered and died alone.

How marvelous! How wonderful! And my song will ever be:
How marvelous! How wonderful is my Saviour's love for me.

When with ransomed in glory His face I at last shall see,
'twill be my joy through the ages to sing of His love for me.

How marvelous! How wonderful! And my song will ever be:
How marvelous! How wonderful is my Saviour's love for me.

Nun verstummten die Musikinstrumente, und der ganze Saal sang den Refrain.

How marvelous! How wonderful! And my song will ever be:
How marvelous! How wonderful is my Saviour's love for me.

Und ein letztes Mal mit Begleitung.

How marvelous! How wonderful! And my song will ever be:
How marvelous! How wonderful is my Saviour's love for me.

Nach den letzten Tönen setzte ohrenbetäubender Beifall ein, und Sabitzer sah, wie sich ihr Chef die unvermeidlichen Tränen wegwischte. Schnell griff sie sich ihr Mikrofon.

»Vielen Dank und guten Appetit.«

Wie sich herausstellte, hatten Osvaldo und die anderen *Lanzaroteños* tatsächlich Einfluss auf die Speisenauswahl genommen, denn es gab Tapas in allen möglichen Variationen, darunter die geliebten Croquetas und sogar Fanta Zitrone. Offensichtlich traf die Auswahl den Geschmack der Nanzenbacher und der Auswärtigen, die eifrig zugriffen und sich dabei lachend unterhielten.

Als sie beim Kaffee angelangt waren, gesellte sich der sympathische Nanzenbacher Pfarrer zu ihnen.

»Sven, nur für den Fall, dass du gerade mal keine Mordfälle zu bearbeiten hast, wir könnten noch Unterstützung in unserem Männerchor gebrauchen, der ist ein wenig dünn bestückt. Deine Stimme ist viel zu schade, um nur *Hände hoch!* und so etwas zu brüllen.«

»Okay, ich überleg's mir, Harald – sobald ich Wim, der mir das eingebrockt hat, erschlagen habe«, drohte Gustavsen lachend.

»Ach, übrigens, was ich noch sagen wollte: Wir sind hier alle dankbar dafür, was ihr getan habt und tut. Man kriegt ja das eine oder andere mit, was nicht im offiziellen Polizeibericht steht – oder in dem von der Feuerwehr«, grinste der Geistliche. »Macht weiter so, und Gottes Segen für eure Arbeit. Ach ja, Sandra – ich darf dich doch duzen –, du hast einen klasse Job gemacht, wie ich höre, und das nicht nur beim Singen. Du scheinst die perfekte Ergänzung für Sven zu sein.«

»Salud!«, sprach die UGA-Connection.

Ende

Glossar (in – fast – alphabetischer Reihenfolge)

Achse des Bösen

Dieser Ausspruch wird ursprünglich George W. Bush, dem früheren US-Präsidenten, zugeschrieben. Damit meinte er Staaten, die Terroristen unterstützen und nach Massenvernichtungswaffen streben.

Später gesellte sich im gleichen Zusammenhang noch der Begriff *Schurkenstaaten* hinzu.

Albertsons

Eine der größten Supermarktketten in den USA.

Aryan Brotherhood

Nazis gibt es nicht nur in Deutschland. Auch in den USA existiert eine relativ starke braune Szene.

Arische Splittergruppen und regierungsfeindliche Autonome gibt es auch im Bundesstaat Montana, wobei es nicht so ist, dass man die dort an jeder Straßenecke trifft.

Black Ops

Militärische oder geheimdienstliche Aktivitäten, die oftmals gegen geltendes Recht verstoßen und deshalb verdeckt ablaufen – vor allem, damit die Urheber im Falle des Scheiterns ihre Kenntnis abstreiten können.

Bürgermeister

Anfang der Achtziger erhob die Stadt Dillenburg Gebühren für die Modernisierung des Abwassersystems. Diese wurden auf Basis der Grundstücksgröße berechnet und fielen derart hoch aus, dass sie für einige Nanzenbacher Hausbesitzer den finanziellen Ruin bedeutet hätten. Dagegen wehrten sich die Nanzenbacher, allen voran der daraufhin als *Kanalrebell* bekannt gewordene Robert Horch (siehe *Personen*), vehement, unter anderem mit einer großen Demonstration vor dem Dillenburger Rathaus. Tatsächlich erreichten sie eine deutliche Reduzierung der Kanalgebühren.

Café con Leche

Spanischer Milchkaffee, gewissermaßen das Gegenstück zum italienischen *caffè latte*. Die rudimentären Spanischkenntnisse des Autors reichen gerade so aus, um ihn »corto de café« zu bestellen, das heißt übersetzt so viel wie »kurz Kaffee«, also möglichst wenig Kaffee im Verhältnis zur Milch.

Castellano

Die spanische oder kastilische Sprache.

Christliches Karaoke

Der Autor hat nicht die geringste Ahnung, ob es so etwas überhaupt gibt. Aber wäre das nicht mal eine tolle Sache im Nanzenbacher evangelischen Gemeindehaus – oder gleich in der Kirche mit der Wahnsinns-Akustik? Also, liebe Nanzenbacher, sagt Bescheid, wann es losgeht, und Bert ist dabei. Zum Üben hier schon einmal die Links zu den gesungenen Liedern:

I will sing of my Redeemer
https://www.youtube.com/watch?v=3p8THfJihuc

The Old Rugged Cross
https://www.youtube.com/watch?v=zyfR7URb8TY

I stand amazed in the Presence
https://www.youtube.com/watch?v=dpot-ZDYHAQ

Croquetas

Spanische Kroketten, die im Gegensatz zu den in Deutschland üblicherweise verwendeten mit verschiedenen Füllungen hergestellt werden. Ein Gedicht!

Drive-by-Shooting

So bezeichnet man im anglikanischen Sprachraum einen Anschlag mit Feuerwaffen aus einem vorbeifahrenden Fahrzeug.

Eibelix

Auch ihn gibt es. Er steht bunt bemalt in Lebensgröße oberhalb der Eibacher Heilquelle an einem seiner Hinkelsteine. Das heißt, *wenn* er gerade dort steht; er ist nämlich, wie sich in den letzten Jahren herausstellte, ein begehrtes Diebesobjekt. Spekulationen, dass auch hier Ernesto die Finger im Spiel haben könnte, konnten jedoch bisher nicht bestätigt werden.

El Cid

Ein kastilischer Ritter und Söldnerführer und *der* spanische Nationalheld.

Entrepreneurship

Der Entrepreneur, auch *Intrapreneur* geschrieben, ist der sogenannte ›Unternehmer im Unternehmen‹. Er zeichnet sich dadurch aus, dass er als Angestellter stets so handelt, als sei das Unternehmen sein eigenes. Durch dieses Verhalten wird er zu einem wertvollen Arbeitnehmer – und anfällig für Mobbing und Burnout.

Flan de Huevos

Spanischer Karamellpudding. Lecker.

Ford Flex

Tatsächlich das amerikanische Lieblingsfahrzeug des Autors. Allerdings aufgrund seiner Ausmaße, seiner Straßenlage und seines Spritverbrauchs für deutsche Straßenverhältnisse nicht wirklich geeignet.

Ohne Ausbildung bei der Kriminalpolizei

Reine Erfindung des Autors, der seinen Kommissar aber nicht anders in der Geschichte unterbringen konnte und sich deshalb Wims Beziehungen bedienen musste.

Goethe

Dass der berühmte Dichter etwas mit dem Brand zu tun hatte, ist natürlich erstens Quatsch und entspringt zweitens auch nicht der wildgewordenen Fantasie irgendeines Nanzenbachers. Wohl aber der des Autors, der durch einen entsprechenden Eintrag auf der Nanzenbacher Facebookseite inspiriert wurde.

Grzimek

Bernhard Grzimek war *der* Tierforscher der Sechziger und Siebziger. Jüngeren Lesern wird es vermutlich genauso gehen wie Frau Sabitzer – der Name sagt ihnen nichts (mehr).

Hasta la próxima

Spanisch für ›Bis demnächst‹.

Herrnberg

Den Nanzenbacher Bahnhof, der sich eine Stunde per pedes vom Dorf im Schelderwald befindet, gibt es wirklich. Er ist erst 1987 außer Betrieb genommen worden und heute, soweit der Autor weiß, in Privatbesitz.

Gegenüber und in nicht allzu großer Entfernung befindet sich die Grube, von welcher der Bahnhof seinen Namen hat. Dort findet man auch Ernestos Hauptquartier, das immer noch beziehungsweise wieder bewohnt ist – hoffentlich jedoch nicht von Ernesto und seinem Haufen.

Die Grubenhistorie der Bergmannsdörfer im Schelderwald ist hochinteressant. Es ist lohnenswert, sich damit näher zu beschäftigen, um einen Eindruck zu gewinnen, wie mühsam das Leben damals gewesen sein muss. Gerade um Ernestos Unterschlupf herum gibt es viele ehemalige Gruben, der *Königszug*, die *Grube Stilling* und der *Nikolausstollen* – wo früher wirklich ein sehr gutes Restaurant war, Wim übertreibt diesbezüglich überhaupt nicht – sind die bekanntesten.

In medias res

Ist eine lateinische Phrase und bedeutet wörtlich ›mitten in die Dinge‹. Sie steht dafür, irgendeine Angelegenheit ohne Umwege anzugehen, ähnlich wie ›ins oder ans Eingemachte gehen‹.

Kaufland

Einen solchen Markt gibt es, soweit der Autor weiß, in der ganzen Gegend nicht. Und auch sonst ist der Verweis auf die mit zu viel Salz bestreuten Kümmelbrötchen frei erfunden, weswegen kein heimischer Bäcker um sein Leben fürchten muss. Andererseits – Kümmelbrötchen ohne Salz mag der Autor schon lieber.

Laissez-faire

Ist Französisch und heißt übersetzt so viel wie ›Lassen Sie machen‹ oder ›Lassen Sie laufen‹. Es ist zu einer Kennzeichnung einer liberalen Wirtschaftspolitik ohne Regulation geworden, aber auch zum Prinzip einer Kindererziehung, die im Wesentlichen auf Nichteinmischung basiert. Der Gegenentwurf ist sozusagen das Prinzip ›Vertrauen ist gut, Kontrolle ist besser‹.

Lanzarote

Die Lieblingsinsel des Autors.

Und tatsächlich, das sagen Hals-Nasen-Ohren-Ärzte, das beste Klima der Welt, quasi eine Art Nordseeklima ohne Reiz:

https://www.hallokanarischeinseln.com/das-beste-klima-der-welt/

Demgegenüber landschaftlich absolut reiz-*voll*, wie der Autor findet. Immer und zu jeder Jahreszeit eine Reise wert – eben wie Nanzenbach!

Den Ort *UGA* gibt es dort ebenfalls, und er wird tatsächlich groß geschrieben, zumindest auf dem Ortsschild!

Die kleine, putzige Kirche gibt es, ebenso den Platz direkt nebenan mit dem Holzdromedar. Genauso gibt es auch Wims Anwesen am Hang am Ortsrand – nur gehört es vermutlich jemand anderem.

Ebenso gibt es Nazaret auf Lanzarote, das im Gegensatz zu seinem aus der Bibel bekannten Pendant in der anderen Himmelsrichtung hier tatsächlich ohne ›h‹ geschrieben wird.

McCain

Bekannte Pommes-Marke. Wie *Botato, Le Gusto* oder *Alnatura*, um bloß nicht den Verdacht der Schleichwerbung aufkommen zu lassen.

›Mi casa, ...

... su casa‹ bedeutet ›Mein Haus, dein Haus‹ und ist eine spanische Höflichkeits- und Gastfreundschaftsfloskel.

Muchas gracias

Spanisch für ›Vielen Dank‹.

Ohnezahn

Diese gemütliche Buchhandlung gibt es in Dillenburg leider so nicht. Es gibt dort jedoch die Buchhandlung *Rübezahl*, die in Sachen Ambiente, Fachkenntnis und Angebot ihrem Fantasiependant durchaus das Wasser reichen kann und einen Besuch wert ist.

Papas Arrugadas

Ungeschälte Kartoffeln, die in Salzwasser gekocht und nach dem Abschütten erneut mit Salz bestreut werden. Nicht unbedingt der Geschmack des Autors, aber eben ... Geschmackssache.

Pathologie

Die gibt es in Dillenburg, soweit der Autor informiert ist, auch nicht, wurde aber hineingenommen, um die sympathische Figur der Gerichtsmedizinerin entsprechend unterzubringen. Der Autor hofft, der Leser wird das genauso sehen!?

Policía Canaria

Die Polizei der *Autonomen Gemeinschaft der Kanarischen Inseln*.

Sajeret

(Verschiedene) Einheiten der israelischen Streitkräfte. Die bekannteste ist die *Sajeret Matkal,* die sich hauptsächlich der Terrorismusbekämpfung widmet.

Scones

Weiches, krustenloses Gebäck, das in England vor allem zur Tea Time gegessen wird, dann meistens mit Clotted Cream.

Shinkansen

Der erste und bekannteste Mega-Schnellzug der Welt. Mittlerweile nicht mehr die Nummer eins unter den Hochgeschwindigkeitszügen. Trotzdem ist eine Fahrt in ihm nach wie vor ein Erlebnis, das auch der Autor bereits genießen durfte.

Tal der Ahnungslosen

Sarkastischer Ausdruck für die Bereiche in der ehemaligen DDR, in denen man kein West-Fernsehen empfangen konnte.

Trempels

Werden eigentlich ›Drempels‹ geschrieben, machen aber im geschriebenen Buch mit ›T‹ die Verwechslung mit ›Treppen‹ nachvollziehbarer. So werden in den Niederlanden Bremsschwellen auf den Straßen genannt.

Waldschmidt

Der Scherz, wonach die erste Frau der Menschheitsgeschichte eine geborene Waldschmidt gewesen sei, ist ein klassischer Insider. Damit können nur Einheimische etwas anfangen, die wissen, dass *Waldschmidt* einer der am meisten verbreiteten Nachnamen im Dillenburger Ortsteil Frohnhausen ist. Alle Nichtinsider dürfen, wenn sie mögen, über die Absurdität der Behauptung, dass Eva Eltern hatte, schmunzeln – oder dem Autor wenigstens den Flachwitz verzeihen.

Übrigens sind – das nur der Vollständigkeit halber und um sicherzugehen – auch Hannibals entflohener Elefant inklusive der dazugehörigen Fotos und auch Barbarossas Ritt durch Nanzenbach frei erfunden.

Personen

Bei einem Regionalkrimi, der in der unmittelbaren Heimat des Autors spielt, ist die Versuchung natürlich groß, sich für seine Handlung realer Personen zu bedienen. Doch in Zeiten, wo Persönlichkeitsrecht und Datenschutz zu Recht hochgehalten werden, durfte dieser Versuchung nicht nachgegeben werden.

Deshalb basieren die in diesem Buch erscheinenden Protagonisten ausdrücklich nicht auf tatsächlich existierenden Personen, sondern weisen lediglich zum Teil eine oder zwei körperliche, charakterliche oder berufliche Eigenschaften von Menschen auf, die der Autor irgendwann in seinem Leben getroffen hat – und zwar wohlgemerkt nicht ausschließlich in Nanzenbach und Umgebung, sondern buchstäblich weltweit. Und wurden nur deshalb mit hineingenommen, weil sie für die Erzählung relevant sind.

Eine Ausnahme ist *Robert Horch*, der hier ganz bewusst genannt – und gewürdigt – wird, denn er hat definitiv viel für Nanzenbach getan, und das darf an dieser Stelle sicherlich einmal gesagt werden.

Und damit sind wir beim letzten Buchstaben unseres speziellen *UGA*-Alphabets:

Nanzenbach

Das Dorf gibt es wirklich, es heißt auch so und liegt auch genau da, wo es in der Geschichte beschrieben wird, nämlich als Vorort von Dillenburg – dem Geburtsort *Wilhelms von Oranien* – am Fuße einerseits des Westerwalds und des Rothaargebirges andererseits.

Das Dorf liegt wunderbar in einem langgestreckten Tal und besitzt nicht nur aufgrund seiner ungewöhnlichen Hauptstraße einen ganz besonderen Charme.

Die Auslegung dieser so eingehend beschriebenen und auf dem Cover verewigten, unter Denkmalschutz stehenden Hauptstraße geht der Überlieferung nach tatsächlich auf die Idee des Baumeisters *Terlinden* zurück, der dadurch einen weiteren verheerenden Brand verhindern wollte – und damit offensichtlich erfolgreich war.

Ansonsten ist Nanzenbach ein ganz normales kleines Dorf von der Sorte, wie es vermutlich Tausende gibt, mit ganz normalen Menschen, sympathischen und – je nach persönlicher Anschauung – unsympathischen, großen und kleinen, dicken und dünnen.

In Nanzenbach wird geliebt und gehasst, gezürnt und versöhnt, gelacht und geweint, getrauert und gefeiert, (hervorragend) zusammen– und auch mal gegeneinander gearbeitet. Eben wie – genau – in jedem normalen Dorf.

Nur gemordet wurde, soweit sich der Autor zurückerinnern kann, bisher nicht. Aber auch diese Lücke ist ja nun geschlossen.

Die verunglückte Hollywoodschaukel am *Maulaffenplatz* ist eine reine Erfindung; etwas Derartiges gibt es dort nicht.

Auch die dort platzierten Opas gab und gibt es dort in der Form nicht.

Wohl aber war dieser Platz, einst *Kindlers Ecke* genannt, früher DER Dreh-, Angel- und Treffpunkt für das ganze Dorf. Gemeinsame Aktivitäten und Ausflüge nahmen an der Ecke ihren Anfang. Und in der Silvesternacht traf man sich hier pünktlich um zwölf, ballerte um die Wette und wünschte sich ein glückliches neues Jahr.

Ob *Larry Page,* der Google-Gründer, oder Apple-Frontmann *Steve Jobs* gemeinsam mit ihrem Gesichtserkennungs-Kumpel vom FBI jemals Nanzenbach besucht haben, ist – sagen wir mal – Spekulation, kann jedoch angesichts der Anziehungskraft des Dorfes nicht vollständig ausgeschlossen werden.

Sehr viel wahrscheinlicher ist da die Annahme, dass *Tadano Miki* in Nanzenbach dazu inspiriert wurde, den Shinkansen zu entwerfen – denn wo sonst wäre ein Schnellzug so nötig gewesen?

Das *Jägerheim* ist leider seit vielen Jahren geschlossen und musste für dieses Buch eigens wiedereröffnet werden.

Den *Dorfladen* gibt es wirklich, und er wird seit einigen Jahren von der Dillenburger Lebenshilfe betrieben – eine wunderbare Sache, wie nicht nur der Autor findet.

Die *Dorfbücherei* befindet sich im Laden der ehemaligen Bäckerei und ist als dörfliche Begegnungsstätte absolut einen Besuch wert.

Die *alte Schmiede* gibt es natürlich ebenfalls; sie ist zu einer gemütlichen Einkehrstätte umgestaltet worden und gerade in der Zeit, in der diese Zeilen entstehen, durch ihre weihnachtliche Dekoration ein Augenschmaus.

Den *Biebersteiner Weiher* gibt es, und er wird im Buch weitgehend korrekt beschrieben. Tatsächlich wurde früher vor dem Betreten gewarnt, weil er wirklich düster und unheimlich wirkte und man – soweit sich der Autor erinnert – besonders vor den vorhandenen Schlingpflanzen Furcht hatte. Heute ist er in der Tat je nach Jahreszeit und Wetterlage soweit ausgetrocknet, dass ein vor Jahrzehnten dort versenktes Mordopfer heute womöglich sichtbar wäre und das Verbrechen somit ans Tageslicht käme. Auch deshalb bleibt also zu hoffen, dass sich der Klimawandel nicht fortsetzt, nicht dass womöglich noch mehr dunkle Nanzenbacher Geheimnisse ans Licht kommen.

Die *Donnerfichte* war ein Baum von gewaltigen Ausmaßen, zwischen Nanzenbach und Hirzenhain gelegen, und eine Art Wahrzeichen für beide Dörfer. Leider tatsächlich vor einigen Jahren durch einen Blitzschlag vollständig zerstört.

Ebenfalls ganz in der Nähe lag das sogenannte *Heidehäuschen*, welches wirklich vor einigen Jahr(zehnt)en abgebrannt ist.

Das *Nanzenbacher Kabelfernsehen* wird im Buch nach bestem Wissen und Gewissen korrekt beschrieben; in der Tat kommen die Nanzenbacher seit 1967, also lange vor dem offiziellen Start in Deutschland, in den Genuss dieser Form der Übertragung. Und tatsächlich hat der Verein IGF, die Interessengemeinschaft Fernsehen, in den Achtzigern in Eigenregie das offizielle Kabelfernsehen im Dorf verteilt, nachdem die Post das Kabel lediglich bis an den Dorfeingang gelegt hatte.

Das Wichtigste zum Schluss – der Pommes-Automat
Ihn gab es wirklich – man kann es gar nicht oft genug betonen! Er stand, soweit sich der Autor erinnert, Ende der Sechziger oder Anfang der Siebziger an der Metzgerei in der Hauptstraße, und es gab für eine Mark eine Portion leckere Pommes.

Kein Witz!

Schlussbemerkung

Also, lieber Leser, wenn Du Nanzenbach bisher nicht kanntest, hoffe ich, Dir mit meinem Buch und den weiteren Erläuterungen Lust auf einen Besuch meines zauberhaften Heimatdörfchens gemacht zu haben.

Vielleicht machst Du mal einen Tagesausflug in die Region, besuchst den *Wilhelmsturm* in Dillenburg mit seinen beeindruckenden *Kasematten* und fährst dann weiter nach Nanzenbach.

Vielleicht holst Du Dir in der *Metzgerei Kirschbaum* ein Stück Fleischwurst, im Dorfladen das dazugehörige Brötchen – mit etwas Glück sogar mit Kümmel obendrauf – und eine Cola und stöberst dann ein wenig in der Dorfbücherei im ehemaligen Bäckerladen.

Und vielleicht gehst Du anschließend auf einen Kaffee ins Bistro im ehemaligen Dorfgemeinschaftshaus, das heute *Mehr-Generationen-Haus* heißt.

Vielleicht findest Du am Maulaffenplatz sogar jemanden, der Dich auf einen kleinen Spaziergang mitnimmt und Dir auf dem Weg zum mysteriösen Biebersteiner Weiher die Schönheit und die Geschichte des Dörfchens etwas näherbringt.

Und wenn Du das alles noch mit einem Urlaub auf Lanzarote verknüpfen kannst, dann, ja dann wird die Sache rund!

Man sieht sich!

Dein Bert Schönauer

Dir hat das Buch gefallen?

Dann würde sich der Autor sehr über eine entsprechende kurze Rückmeldung oder Rezension bei Amazon oder BoD freuen.

Und vielleicht hast Du auch Lust auf einen zweiten Band?

Bert Schönauer – Die *UGA*-Connection – Corona-Mord

Mitten in der Coronakrise wird im Dillenburger Vorort Frohnhausen der Geschäftsführer einer Firma, die kurz vor der Vorstellung eines wirksamen Impfstoffes steht, erhängt aufgefunden. Sabrina Hampe, Dillenburger Pathologin und Mitglied der UGA-Connection, ist mit dem Opfer befreundet und glaubt nicht an einen Suizid.

Gerade als die Kommissare Sven Gustavsen und Sandra Sabitzer die Ermittlungen aufnehmen, kommt ein Anruf von der Kanareninsel Lanzarote. Dort ist ein Flüchtling aus Nigeria angekommen, der eine unfassbare Geschichte zu erzählen hat – die noch dazu mit dem vermeintlichen Selbstmord in Frohnhausen im Zusammenhang zu stehen scheint.

Über Nacht befindet sich das UGA-Team in einem gnadenlosen medizinischen Wettbewerb, in dem die Kontrahenten auch vor den übelsten Mitteln nicht zurückschrecken. Noch dazu scheint ihr alter Widersacher Ernesto, der ihnen beim letzten Fall durch die Maschen geschlüpft ist, wieder die Hände im Spiel zu haben.

Ist es ein Vorteil für die Ermittler, ihren Gegner und seine Vorgehensweise zu kennen?

Wird sich die UGA-Connection in einem paramilitärischen Umfeld in einer unbekannten Umgebung behaupten können?

Werden sie diesmal endlich ihren alten Konkurrenten zur Strecke bringen?

Und welche Rolle spielen die Israelis, die plötzlich auf der Szene erscheinen?